JN021253

Re:Monster

リ・モンスター

暗黒大陸編

THE DARK CONTINENT

4

金斬児狐

Kanekiru Kogitsune

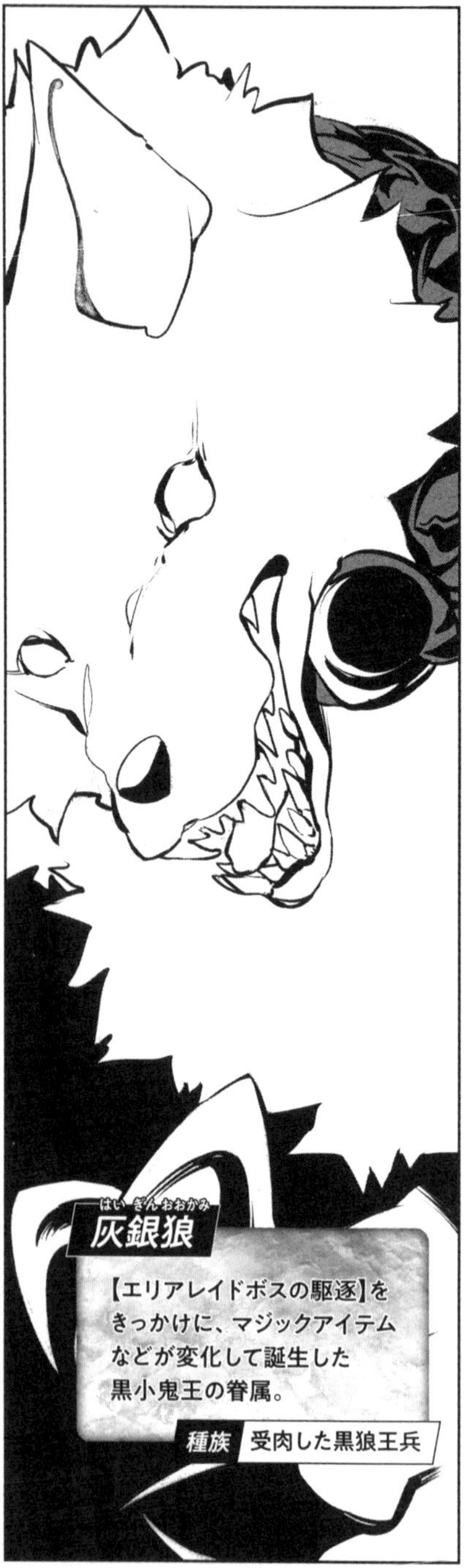
灰《はい》銀《ぎん》狼《おおかみ》
【エリアレイドボスの駆逐】をきっかけに、マジックアイテムなどが変化して誕生した黒小鬼王の眷属。
種族 受肉した黒狼王兵

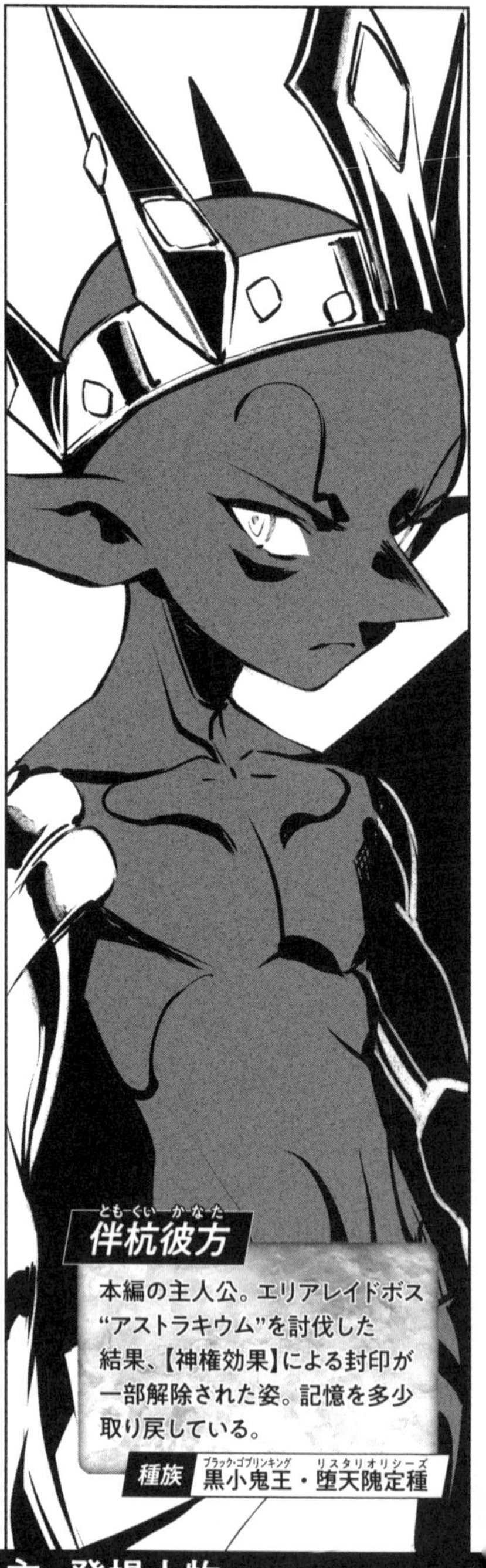
伴《とも》杭《ぐい》彼《か》方《なた》
本編の主人公。エリアレイドボス“アストラキウム”を討伐した結果、【神権効果】による封印が一部解除された姿。記憶を多少取り戻している。
種族 黒小鬼王《ブラック・ゴブリンキング》・堕天隗定種《リスタリオリシーズ》

主な登場人物 Main Characters

《九十一日目》／《百九■一■日》

朝日が昇《のぼ》り始《はじ》めた薄暗い時刻に、俺――伴杭彼方《ともくいかなた》は目が覚めた。

サッパリと爽快《そうかい》な目覚めで、眠気《ねむけ》もダルさも一切ない。それどころか、すぐに戦闘状態になっても問題ないほど、軽やかで活力に満ちている。

きっと、近くにある《時刻歴在都市《じこくれきざいとし》ヒストリノア》――【歴史《れきし》の神《かみ》】に選ばれた【エリアレイドボス】である古代過去因果時帝〝ヒストクロック〟の統治領域――から漂う芳醇《ほうじゅん》な匂いに食欲を刺激され、身体がやる気に満ちているのだろう。

漂《ただよ》ってくる匂いだけで美味《うま》いと分かる料理店の店先にいると思ってもらえれば、少しはこの気持ちが分かるだろうか。

日課の朝練をして身体をほぐしていくが、どうしても、もうすぐ出合える未知の美食に意識が向いてしまう。

朝練で動いた事で腹が空《す》き、エネルギーを身体が欲し、漂ってくる匂いに刺激されて口内には涎《よだれ》が溢れ、グルルと腹が鳴った。

俺は朝から食欲の権化に成ったと言ってもいいだろう。

空腹は最高のスパイスであり、それは心身に強い影響を及ぼす。

朝練を滞《とどこお》りなく終え、このままあえて何も喰わないで《時刻歴在都市ヒストリノア》の攻略に挑戦する事も選択肢の一つだな――と思いつつ《時刻歴在都市ヒストリノア》上空を回る時計を見上げると、丁度ガゴンと動いて短針が隣の区画を指した。

それを確認し、まだ挑戦できないなと少し落胆する。

というのも、現在と過去が入り交じりながら時を刻み続ける《時刻歴在都市ヒストリノア》に入るには、十二ある区画それぞれの外壁に一つずつ存在する【時刻門《じこくもん》】を通る必要がある。

【時刻門】には、中に入る者を邪魔する門番はおらず、老若男女誰でも入る事はできるそうだが、常に門が開いている訳ではない。

そして、《時刻歴在都市ヒストリノア》は時計を模した形状で構成されている為、内部のギミックは、短針と長針――時と分を示す二つの針と深く連動している。

各【時刻門】の開閉もその一つであり、上空の短針が指している区画の【時刻門】しか開かない。

つまり現在、短針が指している隣の【時刻門】は開いているはずだ。

だが、一つひとつの区画は広いし、移動中に周囲の危険地帯から出てきたモンスターに襲われる事も考えられる。そうなると移動中にまた短針が動いてしまい、中に入るタイミングを逃す可能性が高い。

そして中に入ってからが本番である点も踏まえれば、無駄に体力を消耗しないよう、またこの【時刻門】が開くのを待つのが無難だろう。

という事で、今は朝食をとる事にした。

腹が減り過ぎて正常な思考ができないのは困る、という理由もある。

手際よく用意した今日の朝食は、山盛りの黒錆《くろさび》ご飯に、魔牛《まぎゅう》の分厚いステーキ三枚、新鮮な山盛りサラダと一メートル級の焼き魔魚《まざかな》だ。

小腹を満たすほどもないが、むしろこれくらいが食欲を掻き立てる。

ペロリと平らげてしまって物足りなさを感じながら、もうすぐやってくる本番に向けて装備のチェックを行うなどして時間を潰した。

そして良い時間になったので、相棒の灰銀狼《はいぎんおおかみ》に跨《また》って最寄りの【時刻門】に向かい、どんどん近づいてくる高く聳《そび》え立《た》つ銀の防壁を見た。

僅かな継《つ》ぎ目《め》も見当たらないツルリとした金属製の防壁は、その高さだけでも大したものだが、左右どちらも霞《かす》むほど遠くまで続いている。

これは内部の探索はかなり大変そうだと思いつつ、防壁に設けられた巨大な【時刻門】の前に到着した。

左右に巨人の像の装飾が施《ほどこ》された【時刻門】には、『7』を意味するこの世界の文字が刻まれている。

《時刻歴在都市ヒストリノア》の中央に聳える軸塔から伸びる短針はもうすぐそこまで迫り、長針が確実に分を刻んでいた。もうすぐ時間だ。

今か今かと逸《はや》る気持ちを抑えつつしばらく待っていると、短針がゴウンゴウンと低い音を轟《とどろ》かせながら動いて、目の前の【時刻門】の上空で停止。

すると門は自動的にゆっくりと開いていく。

完全に開き切る前に門を通り抜けると、まず俺達を出迎えたのは、どこにも繋がっていない半円の閉ざされた空間と、その中央にある人間大の丸い時計形石像だ。

外の防壁と同じ銀の金属壁で隙間なく覆われた周囲をひと通り見まわし、何処《どこ》かに繋がる通路などはない事を確認する。

それからとりあえず、次に繋がるキーアイテムであろう時計形石像に歩み寄った。

どのような仕掛けがあるのかと身構えていると、一定の距離まで近づいたところで、文字盤の部分に文字が浮かび上がった。

読んでみると――

［一の刻、【時変《じへん》の迷路《めいろ》】を攻略せよ。新しき英傑よ、新たな歴史を歩め］

――とあった。

その意味を考えようとしたところで、周囲に変化が起こる。

銀の金属壁に覆われて閉ざされていたはずの空間が、その構造を大きく組み替えて、新しく十二の通路が生まれたのだ。

入り口から覗いて見ると、通路の先は複雑に枝分かれしているらしい。

侵入者を阻む、最初の防衛区画だ。

ここに関しては、数日前に《赤蝕山脈《せきしょくさんみゃく》》で別れた老狩人などから生《なま》の情報を得ている。進む事は十分に可能だろう。

しかしその情報が本当なのか確認する意味でも、油断せずに一歩ずつ確実に進んでいく。

《時刻歴在都市ヒストリノア》攻略は、こうして迷路の探索から始まった。

《九十二日目》／《百九■二■目》

《時刻歴在都市ヒストリノア》。

その最初の関門として侵入者を阻む、外縁部に広がる【時変の迷路】の攻略は、予定よりもゆっくりとしたものになった。

出現するダンジョンモンスターの強さなど、理由は幾つかあるが、その最たる原因は、【時変の迷路】が、上空の短針が一つ動く度に、つまり一時間毎に環境が大きく変化する事だった。

簡単に説明すると――

一時は、魔樹《まじゅ》が過剰なまでに鬱蒼《うっそう》と生い茂る薄暗い【森林《しんりん》迷路】。

二時は、床や壁が強弱の差が激しい流砂で構成された蒸し暑い【幻砂《げんさ》迷路】。

三時は、場所によって重力が変動して岩塊や水球などが浮かぶ荒地【浮動《ふどう》迷路】。

四時は、光源が存在せず闇に包まれている狭くて湿度の高い【洞窟《どうくつ》迷路】。

五時は、伸ばした自分の手すら見えない濃霧で満たされた【濃霧《のうむ》迷路】。

六時は、身体が吹き飛ばされそうなほどの強風が常に縦横無尽に吹き荒れる【颶風《ぐふう》迷路】。

七時は、外壁と同じ金属で構築されている事以外は特徴の乏しい単純で無機質な【金属《きんぞく》迷路】。

八時は、モンスターより多く設置された特殊なギミックや悪辣《あくらつ》な罠が行く手を阻む【機構《きこう》迷路】。

九時は、強烈な熱を放つマグマが流れていて唐突な小噴火が通路で起こる【溶岩《ようがん》迷路】。

十時は、多種多様な毒性の魔蟲《まちゅう》や毒性植物の楽園とも言える【蟲毒迷路《こどく》】。

十一時は、腐臭が漂い骸《むくろ》が転がり墓標が点在する古戦場【死霊迷路《しりょう》】。

十二時は、一時から十一時までの全ての特徴が混ざる【混沌迷路《こんとん》】。

――以降この繰り返し。

また、このような一時間毎の目まぐるしい環境変動に伴い、内部構造も大きく変わる。行き止まりの先に新しい道が出来てショートカットできるようになる事もあれば、その逆で開けていた道が急に閉ざされる事もある。

つまり、一時間毎に正しい道が変わっていくと言えば、難度の高さが伝わるだろうか。

更に、環境の変動に加え、出現するダンジョンモンスターの種類や特徴も様変《さまが》わりするので、戦いに慣《な》れ難《にく》い点も面倒だ。一応、混沌迷路では全ての環境に出現するダンジョンモンスターと戦えるので、この時は迷宮の攻略よりも狩猟優先で討伐に慣れる事に努めている。

まとめると、時間経過による環境の変化こそ、【時変の迷路】攻略において最も厄介な要素である。これがなければ、もう少し難度が下がったのは間違いない。

ただ、俺にとってそれは悪い事ばかりではない。

何せ、十二種類の環境それぞれで生きるダンジョンモンスターを喰う事ができるからだ。飽きる事なく獲物を喰える状況は歓迎すべきだろう。

それにどの環境にも、他種よりも一段階以上強い、その環境の主とも言える強個体が出現するように設定されているらしく――


【森林迷路】では、樹木の影に潜み、雷鳴と共に襲い掛かる黒雷影虎《クロトラ》。

【幻砂迷路】では、流砂を操り、獲物を引きずり込む巨大な流砂幼蜉蝣《アリジゴグ》。

【浮動迷路】では、重圧を操作し、不可視の領域を展開する浮宝玉型悪性精霊《アクダマジェム》。

【洞窟迷路】では、光のない環境に適応し、無音で丸呑みしようとしてくる眼の無い白大蛇《シロヘビ》。

【濃霧迷路】では、濃霧に紛れて触腕を伸ばし、獲物を引きずり込んで絞殺する幻霧魔蛸《キリタコ》。

【颶風迷路】では、風に乗って高速移動し、すれ違いざまに転倒させ切り裂き毒を塗る三位一体の颶風鎌鼬《カマイタチ》。

【金属迷路】では、無数の金属ゴーレムが合体し、様々な変形能力を持つ連隊魔機《レンタイユキ》。

【機構迷路】では、要塞のような分厚い殻《から》に火炎放射機やバリスタなどを備え、周囲に罠などを増設する要塞宿借《ヤドカリ》。

【溶岩迷路】では、周囲の溶岩を自在に操り、武器や鎧にして敵を焼失させる火砕竜《カサイリュウ》。

【蟲毒迷路】では、無数の毒虫が殺し合った末に一つに混ざって形成された毒蟷螂百足《トウロウムカデ》。

【死霊迷路】では、三メートルほどの重甲冑に怨霊が憑依《ひょうい》し、優れた剣技を駆使する騎死王《キシオウ》。

【混沌迷路】では、各環境のモンスターの特徴が雑多に融合し、敵対者に死を運ぶロックエンド・

キメラロード。

――といった猛者《もさ》がいる。

これら環境主達は手強《てごわ》い代わりに旨味《うまみ》が強く、どれも美味い。

特にロックエンド・キメラロードは部位によって味も食感も大きく違うので喰って楽しく、探し求めてしまうくらいには優良な獲物である。

もっとも、一時間という時間制限があるし出現数も少ないので、遭遇するのは稀《まれ》なのだが。

ともあれ、難度が高いだけに、どのダンジョンモンスターも美味い存在が揃っている。

それに各環境でしか取れない素材などもあるので、それらを採取するだけでも恩恵は大きい。

ポリポリと【浮動迷路】の浮遊岩の欠片《かけら》を摘《つま》みつつ、確実に進んでいった。

《九十三日目》／《百九[redacted]三[redacted]目》

【時変の迷路】は広く複雑だ。ただでさえ迷う構造である上、一時間毎に起こる環境変化で壁や地形が変動する。

そういった要素が攻略難度を引き上げているのは事実だが、しかし上空に浮かぶ針の根本を見れば、進むべき方向はある程度分かるようになっている。

なので【時変の迷路】がどれだけ複雑でも、進むべき方向さえ見失わなければ、時間さえあれば踏破はできる。

それに俺の場合は、灰銀狼に乗る事で移動速度を上げられるので、間違った道を選んでも即座に戻って別の道に進める事も大きなアドバンテージになっていた。

そうして攻略法に目処《めど》が立ち、余裕が生まれれば、他に目が行くのは自然な事だった。

具体的に言えば、各環境特有の素材やドロップするアイテム類の収集である。

例えば、【森林迷路】では豊富な食材や魔樹素材が手に入り、【金属迷路】では固有の魔法金属などが手に入る。その他、環境ごとに手に入る素材は多種多様であり、かつ他所《よそ》では手に入らない物ばかりだ。

この機会を逃すのも勿体《もったい》ないので、今日は攻略を進めつつも採取を重点的に行った。

採取に熱中し過ぎると進行速度が遅くなるのでほどほどに抑えたが、それでも収穫はかなりのものになった。用意しておいた収納系マジックアイテムの幾つかが満杯になるほど、在庫を大量に確保できた。

摘み食いしながらだった事も考慮すれば、かなり効率よく回れた方だろう。

一日の労働の成果に満足しつつ夜営し、灰銀狼と共に夜食を楽しむ。

【溶岩迷路】に出没する五メートルを超える火砕竜を頭からボリボリ喰い、ついでに火砕竜が秘める高熱で【濃霧迷路】の幻霧魔蛸を焼きながら摘む。迷宮酒もドロップしたのでそれも嗜《たしな》んだ。

美食が揃い美酒も手に入るここは、ある意味極楽なのかもしれないな。


「能力名《アビリティ》【浮岩天動《フガンテンドウ》】のラーニング完了」

「能力名【火砕竜《カサイリュウ》の熱殻《ねっかく》】のラーニング完了」

「能力名【濃霧隠遁《ノウムイントン》】のラーニング完了」


それに大量に上質な食材を喰って多数のアビリティもラーニングできたので、とても有意義な一日だった。

《九十四日目》／《百九[redacted]四[redacted]目》

今日も元気に朝から探索し、夜が近づく午後五時頃。

素材を採取しながら進んでいた俺達の前に、《時刻歴在都市ヒストリノア》に入る時に潜った【時刻門】と似た、しかし細部が異なる巨大な門が現れた。

どうやら【時変の迷路】の終点まで到着できたらしい。

長かったような短かったような、結構充実した道中を振り返りつつ、一先《ひとま》ずの達成感を得た。

さっさと先に進みたいが、この【時刻門】も短針が回って来るまで開かないらしいので、適当に時間を潰して待つ事にする。

時間潰しに最適なのは、やはり飯だろう。

ここで【時変の迷路】は終わりなので、その記念として全ての環境主の最も美味そうな部位を用意した。

調理法は、悩んだ結果、今回は鍋料理にする。

適度な大きさに切った肉と野菜などがグツグツと煮え、美味そうな匂いが広がっていく。

いい具合に色が変わった肉を喰ってみると、引き締まって力強さを感じる味が口内を支配した。

内包されていた強い魔力が胃から全身に巡る高揚感。食欲を乱暴に刺激する肉の魅力。

キメラロードの心臓の一部だったらしい肉を即座に食い尽くすと、俺の手は次から次へと動いて、鍋の中身はあっという間に無くなった。

また、鍋と一緒に飲んでいる、瓢箪《ひょうたん》形の水晶瓶に入った【時涙《じるい》】という甘口の迷宮酒も逸品《いっぴん》だ。

手に入った他の迷宮酒も飲み、俺と灰銀狼は幸せな一時《いっとき》を過ごす事ができた。

[能力名【陰影雷虎《カゲノライコ》】のラーニング完了]
[能力名【幼体《ヨウタイ》】のラーニング完了]
[能力名【重圧宝玉《ヘビージェム》】のラーニング完了]

「能力名【無音鱗殻《むおんりんかく》】のラーニング完了」
「能力名【斬打毒の三重苦《ザダドー・イタチ》】のラーニング完了」
「能力名【損壊剥離《そんかいはくり》】のラーニング完了」
「能力名【防塞殻《ぼうさいかく》】のラーニング完了」
「能力名【蠱毒《こどく》の主《ぬし》】のラーニング完了」
「能力名【騎死王の呪剣《キシオウノジュケン》】のラーニング完了」
「能力名【禁忌《きんき》の理《ことわり》】のラーニング完了」

美味いだけでなく、多数のアビリティもラーニングできた。

帰りにまた食材集めをするのもいいなと思う中、上空にやってきた短針に合わせて、時刻門がゆっくりと開いた。

手早く片付けてから門をくぐると、そこにはどこか見覚えのある開けた空間があった。

何処かに繋がる通路のない空間で、その中央には砂時計形石像だけが浮いている。

石像に近づいて書かれた文を読み解くと――

「二の刻、【時転《じてん》の機都《きと》】を攻略せよ。巡る都を探索し、時を感じよ」

――とある。

そこまで読んだところで、前と同じように周囲の壁がパズルのように動き、開かれた先には次の領域――【時転の機都】が現れた。

【時転の機都】は名称通り、都市と表現するのがふさわしい場所だった。

ただし、普通の都市とは様子が明らかに異なっている。

一定間隔で立ち並び、上空を回る針に迫るほどに高く聳え立つ、特殊な金属柱によって構成される摩天楼《まてんろう》。

その摩天楼の周囲には、小指の爪よりも小さいものから数階建ての建物よりも巨大なものまで存在する、無数の歯車をはじめ――

伸びては縮み、縮んでは伸びるを繰り返す、大小様々のゼンマイ集合体。

一定のリズムで増減を繰り返す赤色の液体が詰まったシリンダー群。

金属の枠に嵌《は》められた、自ら光を放つ水晶が数十数百と連なって出来た謎の構造物。

分厚くも透き通ったガラスのケース内で、上から下へ一定の速度と量で流れ落ち続ける黄金の砂。

円盤や長方形、菱形や台形など様々な形をした大小様々な金属塊と、それらを繋げる巨大ネジ。

――そういった様々な何かが接続し、驚くほど精密に組み合わさって、ゴウン、ゴウンと重低音の独特な駆動音を発しながら一つの目的の為に稼働している。

《時刻歴在都市ヒストリノア》が時計をモチーフにしている事を考えれば、【時転の機都】は時計の機械部《ムーブメント》に相当するに違いない。

遠目から眺めるだけでも見応えのある壮大な光景に、思わず唾《つば》を呑み込みつつ。

今日のところは安全圏らしき入り口で一泊する事にして、明日から挑戦する都市の様子を細かく観察してから寝た。

《九十五日目》／《百九■五■目》

【時転の機都】はハッキリ言って難解だ。

必ず周囲の何処かが一分間隔で変動するので、定点観察していると、一時間も経てばすっかり景色が変わってしまう。

柱となる摩天楼の存在感だけは変わりないが、摩天楼の位置も微妙にずれるらしく、観察をしないまま足を踏み入れていたら、きっと方向感覚が狂っていただろう。

一つ前の【時変の迷路】では、とりあえず上空の短針の位置に注意しておけば、環境切り替えギミックにも対応できたが、【時転の機都】では分を刻む長針にも注意が必要らしい。

細部まで探索するとなると、時間経過によって現れたり消えたりする構造物について、大雑把でもいいから把握する事から始める必要があるだろう。

しかし今回はさっさと先に進む事にしているので、【時転の機都】中央に聳える軸塔を目指して動き出す。

一応、【時転の機都】にも周囲の影響を受け難い通路が用意されているらしい。構造物の点検の際にでも利用されるのだろうか。

事情は分からないが、あるものは有り難く使わせてもらう。

ただし、その通路を進むにしても油断はできない。

一分間隔で何処かしらが変化するここでは、油断すると地形変動に巻き込まれかねないのだから。

実際、歩いていると急に床が割れる事もあったし、壁面から歯車がせり出してくる事もあった。

俺も灰銀狼も回避に成功はしているが、こういったトラブルが随所で起こる。

それに、ここで出現するダンジョンモンスターも忘れてはならないだろう。

【時転の機都】で主に出現するのは、ゴーレム系モンスターだった。

――伸縮自在の金属腕が十二本生える、二メートルほどの浮遊する金属球体〝マジックハンド・エアボール〟。

――口から接着剤や融合材を分泌し、手で塗り込んで様々な物を修復する高機動な金属猿〝リペア・エイプ〟。

――高速回転する嘴《くちばし》を器用に操り、切削加工を施す三メートルほどの金属啄木鳥《きつつき》〝カッティラード・ケラ〟。

――どこか蟻《あり》を彷彿《ほうふつ》させる丸みを帯びた造形で、巨大なボルトクリッパーで武装した機械人形〝ダン型機工兵アーマルト〟。

――油圧ショベルのようなゴツゴツとした鋏《はさみ》で、ある程度のサイズの構造物なら持ち上げられるパワーを秘めた、二十メートルはある金属起重機蟹〝アルタコル・メタルクラブ〟。

こういったゴーレム系は今後の糧《かて》になるので、積極的に狩っていった。

高品質な素材だし、ドロップ品としては上等だろう。

それに〝リペア・エイプ〟から採れる融合材など、利用価値が高い副産物も多いので、集めるだけ集めておけば、帰還したら色々と使えるだろう。

そうこうしつつ、何だかんだと順調に進み、日が沈んだ。

点在する構造物から漏れる人工の光によって周囲は照らされるので、さほど暗くはないが、それでも安全に休憩できる場所の確保は重要だ。

アチコチ歩き、最終的にはとある摩天楼の中にある、まるで空っぽの倉庫のような開けた空間を発見したので、そこで休む事にした。

しかし足を踏み入れたそこで、俺と灰銀狼はそれと遭遇した。

床に生じた発光する魔法陣。

そこから出現した、一見して無機物でありながら、何処か生物のような気配も漂う異形の存在。

三メートルほどの大きさで中身の砂が黄金に輝く豪奢《ごうしゃ》な砂時計に、十二メートル以上はある白い四翼を生やしたような奇妙な造形。

砂時計の中心であるオリフィスには赤い球体が浮かび、それがまるで心臓のように拍動《はくどう》している様はどこか生物的でもある。

後に【知識者の簡易鑑定眼鏡】――装着して視《み》た対象の名前と能力の一つが分かるという鑑定系マジックアイテム――を使って知る事になるその異形の正体は、【時間《じかん》】に関する能力を持つ、〝時砂の翼時計《ロクサーディン》〟という強力な種の一個体。

これまでとは明らかに一線を画す威圧感を発するそのダンジョンモンスターに対し、俺は瞬時に愛用の朱槍を構えた。

油断は一切していない。何かがあれば瞬時に対応すべく、やれる事は全てやっていた。

攻撃の前兆があれば即座に反応できる、はずだった。

――しかし気が付いた時には攻撃を受けていた。

胸部に二センチほどの綺麗《きれい》な穴が開き、その下の皮膚や筋肉は黒く炭化し、骨は高熱によって溶けた。

肺や心臓の一部に文字通り穴が開き、背中まで突き抜けた一撃。それによって生じる諸々の激痛に耐えようと反射的に歯を食いしばるも、口から零《こぼ》れる鮮血。

普通であれば致命傷。即死していてもおかしくはない攻撃を受けた俺を庇《かば》う為か、灰銀狼が俺を隠すように前に出てくれた。

唸り声を発する灰銀狼に対し、ダンジョンモンスターは周囲に十二の光球を展開する事で応える。

一秒後には壮絶な戦闘が開始されるだろうその時、俺は痛みに苦しむよりもまず先に、心の奥底から湧き出す歓喜に思わず笑みを浮かべていた。

思わぬ強敵が出現したが、強敵とは即ち美味。

警戒していても心臓を撃ち抜いてくる輩《やから》は久しぶりで、その味を想像するだけで俺は絶頂に達してしまいそうだった。

《九十六日目》／《百九■六■目》

今日の朝食は、昨日俺に風穴を開けてくれた〝時砂の翼時計〟だ。

激戦の果てに勝利したが、そのせいで綺麗に仕留める事はできなかった。

それに翼の生えた砂時計みたいな造形なので、切ったり焼いたりといった調理らしい調理もせず、生《なま》のまま口に運んだ。

最初にガラスのような胴体をバリバリと噛み砕き、その中身の金色に輝く砂を飲む。

砂金ではないらしく、どうも魔力の塊《かたまり》か何かのようだ。口に入れただけで雪のように溶け、すっと染み込むような上質な魔力の旨味が広がった。

次に翼を喰うと、こちらには血が流れる肉があった。ただ、人工肉のような食感と味がする。味は美味しいいし、噛む毎に旨味が出るものの、人工物感は残る。

そうして最後は、こいつの核に違いない、オリフィスに浮かんでいた赤い球体を口にした。

途端、口内に広がるのは濃密な魔力。

上等な赤身肉を食した時の感覚が近いだろうか。脂身《あぶらみ》などはないが、純粋な肉の味がするとでも言えばいいのか。

実際には肉ではなく、肉のような何かなのだが、凝縮された生命力のようなものが感じられる逸品である。

満ちる魔力によって全身の細胞が活性化するような感覚は、錯覚ではないだろう。

実際に、表面上は塞がっていてもまだ痛んでいた心臓の傷などが、完全に癒《い》えていく。

[能力名【一秒の空隙《トキスベリ》】のラーニング完了]

[能力名【時間耐性《トレランス・タイム》】のラーニング完了]

ついでにラーニングもできた。

〝時砂の翼時計〟との戦闘中、一時間に一度だけ起こる謎現象によって何度か致命傷を喰らったのだが、【一秒の空隙】をラーニングした事でその謎が解けた。

最初に喰らった一撃を回避も防御もできなかった原因は、【一秒の空隙】によって俺の意識が一秒だけ無防備になっていたからだ。

反応しない時間が一秒もあれば、致命的な攻撃を繰り出すなど簡単な事だ。

一定範囲内にいる一名にのみ効果を発揮する、再使用時間《リキャストタイム》があるので連発はできない、など色々と条件はあるが、強力な能力であるのには変わりない。

いいアビリティを手に入れた事に満足しつつ、今日も【時転の機都】の探索を行った。

そしてしばらくの探索の後、別の摩天楼に入った際に、新しい〝時砂の翼時計〟と遭遇する事ができた。

どうやら摩天楼が出現ポイントらしいが、それはさて置き。

殺意に満ちる相手は、やはり遭遇直後に【一秒の空隙】を使用してきたが、【時間耐性】のお陰か、今度は認識できた。

攻撃方法は、翼の先端に宿した光球から放たれた閃光だった。

強力な閃光はレーザーそのもので、生身で受ければ俺の肉体が損傷するほどに危険な攻撃である。

攻撃速度も非常に速く、攻撃の初動を見逃せば対処できるはずもない。

しかし認識できれば対処もできる。

朱槍を突き出して心臓を狙った閃光を切り裂き散らし、今度はこちらが【一秒の空隙】を発動。

あちらにも【時間耐性】があるだろうから、通りは悪いだろう。

ただ、向こうは俺がそんな真似をしてくるとは思っていたはずもなく、咄嗟《とっさ》に動けはしなかった。

その隙を逃さず、灰銀狼に乗った俺はランスチャージで攻撃。

全速力で駆け抜ける灰銀狼の速度が乗った朱槍の一撃は、オリフィスに浮かぶ赤い核を正確に貫き、その勢いのまま〝時砂の翼時計〟の全身を数十メートルほど引きずった。

核を貫いて仕留めた事で、今度こそ損傷らしい損傷のない綺麗な残骸が残った。それをバリバリと美味しく喰った後は、他の摩天楼を中心に探索を開始。

強敵と高確率で遭遇できる場所を探索するのは、楽しみが多くて良いモノだ。

《九十七日目》／**《百九■七■目》**
今日は近場にある摩天楼を狩り場にしつつ進み、夕方には【時転の機都】の中心に聳える巨大な軸塔のすぐ傍までやってこれた。

遠目からでも視認できていただけあって、軸塔の大きさは他と比べてずば抜けている。

下から見上げると首が痛くなるほどの摩天楼よりも更に高く、直径にして三倍はあるだろう。

大きさだけでも大したものだが、ツルリとした金属構造体には継ぎ目の一つも見当たらない。

一本の金属の棒がそのまま天に伸びているようだ、とでも表現しようか。

どんな建築方法なのか気になるが、これも【神】の奇跡だから深く考えても意味はないだろう。

そんな軸塔を登るべく出入口を探すが、パッと見ではそれらしいものを発見できなかった。

となると、何かしらのギミックを解く必要がある事は、これまでの道中で学習した。

まず上空を見るが、今は短針も長針も少し離れた位置にある。

次いで床を見ると、何やら軸塔を中心に、一定の角度と距離を保って走る光の線があった。

軸塔に遮《さえぎ》られて反対側までは見えないが、角度からして時計のように十二の領域に区切られているみたいだった。

となれば、ここの構造からして、軸塔を中心にした広場は文字盤に該当すると見ていいだろう。

つまり、【時刻門】と同じく、短針が指す区画に出入口が設置されている可能性は高い。

幸い、軸塔の周囲には何も無い開けた空間が広がっている。隣の区画への移動は容易《たやす》く、いくら軸塔が大きいとは言っても歩いて回れる。それに今なら一つか二つ隣の区画に移動すれば、出入口を見つけられそうだ。

しかし俺は、ここで一旦休む事にした。

こういった状況なら、必ず門番がいるはずだからだ。

きっと一定距離に近づいたら階層ボスなりなんなりが出現してくるに違いない。

激戦が予想できる現状、俺はまず状態を万全にするべく、確保していた数体の〝時砂の翼時計〟を完食する事にした。

すると、今日の探索と移動で消耗した体力気力魔力が回復するだけでなく、活力も戦意も高まった。

そうして休息をとった俺達の上空で短針と長針が重なった瞬間、軸塔に四角い光の亀裂が走る。

亀裂が走った壁面が動き、内部への入り口が出来上がった。

灰銀狼に騎乗した状態で軸塔に向かって歩むと、パキリと音を立てて前方の空間に亀裂が走った。

亀裂から出現したのは赤と白、そして金を基調とした巫女装束を纏《まと》った一人の女性だった。

絶世の美女と言って差し支えない美貌《びぼう》。目が合った者を魅了する朱色の瞳は優しそうな輝きを宿し、桜色のぷっくりとした唇は思わず触れたくなるほど魅力的だ。

豪奢な金の天冠を被り、銀糸のような長髪を赤金の丈長《たけなが》によって一つに纏めている様は気品に溢れている。

身の丈は二メートルほどと高く、メリハリの利いたモデル体形で、スラリと伸びる白魚《しらうお》のような手には採物《とりもの》と思《おぼ》しき鈴と矛《ほこ》が握られていた。

見ただけで【魅了《チャーム》】されてしまいそうになるが、纏う雰囲気はこれまでに遭遇したダンジョンモンスター達とは比べ物にならない。

対峙しただけで潰れてしまいそうになるほどの魔力を内包し、静かにこちらを見る双眸は優しいが、しかしその奥底に秘められる感情はまるで獲物を前にした肉食獣のそれである。

だから見惚《みと》れている事などできるはずもなく、灰銀狼の上で朱槍を構えた俺達に対し、巫女はまず最初に笑みを浮かべた。

寒気《さむけ》を感じるほどの美がそこにあった。

そして巫女は三つの燃える大きな歯車を出現させて後光のように背負い、腰から桃紅色《とうこうしょく》の翼を生やし、三十メートルほどの高さまで一瞬で飛翔してその場に滞空する。

――戦闘態勢に移行した。

そう判断すると同時に、俺は本能的に灰銀狼を右に跳躍させる。

次の瞬間、燃える車輪の一つが高速回転する事で飛び散った火の一部が、燃え盛る鳥と化して風よりも速く飛翔し、俺達が先程までいた場所を爆砕した。

赤い爆炎と共に、砕けた床の金属が高速で周囲に散らばるが、幸い回避行動が早かったので爆風に煽《あお》られるだけで済む。

しかし巫女の攻撃はそれだけに止まらなかった。

一つだけではなく、三つ全ての燃える車輪が高速回転し始める。

飛び散る火は瞬く間に大火となり、無数の燃える鳥や犬、あるいは狐や虎などに変化した。

燃える動物群は、車輪が回転すればするほど燃え盛る大火に比例して数を増やし、すぐに五十を超え、尚も増えていく。

最も速いが直線的な鳥、最も威力が高いが数が少ない虎。威力はそこそこだが数が多く連携する犬、陰に隠れながら執拗に追尾してくるのが鬱陶《うっとう》しい狐。

その一つひとつが魔力を凝縮して生成された魔力爆弾であり、直撃すれば致命傷を負うだろう。

普通の小鬼《ゴブリン》であれば数千単位で鏖殺《おうさつ》できるであろう、絨毯《じゅうたん》爆撃に近いその攻撃を全て回避する事は、流石に今の状態では不可能だった。

時には朱槍で切り裂いて消滅させ、時には頭の王冠の能力で吸収、時にはマジックライフルで撃ち落とし、時には機械腕を伸ばして握り潰す。

攻撃を受けるにしてもできるだけ遠隔で対処して最低限の被害に抑えつつ、灰銀狼による高速移動で相手を翻弄《ほんろう》し、中空に浮かぶ巫女を観察する時間を捻出。余波で多少火傷《やけど》を負う事はありつつも、攻略の糸口を探っていった。

巫女は面制圧能力に優れ、自動追尾する圧倒的な火力の魔力爆弾動物群で他者を寄せ付けない。

加えて三十メートルほどの高さに滞空する事で、容易《ようい》に接近されない状況を作り出している。

上昇して以降は動いていないので、飛翔速度まではまだ分からないが、固定砲台と化している現状でもその性能の高さには苦笑いしか出てこない。

ただ、それでもやり様《よう》はある。

脳内で戦略を組み立て、これで何とかなりそうだ……などと甘い考えが過《よぎ》ったその時、一匹の燃える兎《うさぎ》が眼前に出現した。

これまでの動物群のような、生成され、俺達を狙って移動し、爆発する、という一連の流れが省略されたかのようなこの現象は、【時間】に関係する何かが作用した事は明白だった。

ともあれ、【時間耐性】が効果を発揮して灰色に染まった視界の中で、今まさに爆発せんと膨張《ぼうちょう》する兎を即座に丸呑みにして対処する。

【時間耐性】が無ければ爆発した後でようやく状況を認識していたかもしれないし、事前に認識できても僅かでも躇えばそのまま爆発に全身を呑まれていたほどギリギリのタイミングだった。

燃えるような魔力の激しさは激辛《げきから》、口内で弾ける食感は炭酸に似た兎の喰いごたえを楽しんで、掴んだ生を実感する。

兎を喰った事で得た魔力で一先ず火傷や傷を癒《い》やしつつ、マジックライフルの速射で血路を切り開く。

巫女を空から落とす。
まずはそれから始めよう。
［エリアボス〝時巡る歯車の朱鷺巫女《ライヒェンギア・トキノウズメ》〟の討伐に成功しました］
［達成者は塔への移動が認められ、以後エリアボス〝時巡る歯車の朱鷺巫女〟と戦闘するか否かは選択できるようになりました］
［達成者には初回討伐ボーナスとして宝箱【巫女の炎歯車】が贈られました］

《九十八日目》／《百九■八■目》

昨日の数時間に及ぶ激闘の後、そのまま眠ってしまったらしい。

全身がボロボロだ。胴体の火傷は酷《ひど》いし、右目は熱で弾け、呼吸もしにくい。気管支とかが焼《や》け爛《ただ》れている痛みがある。

まあ、ひと眠りした事で、消《け》し炭《ずみ》みたいになっていた戦闘直後から比べればまだマシな状態にはなっているのだが。

とにかく、勝ったのは俺である。

となれば、巫女を食すのは正当な権利だろう。

朱槍によって心臓を貫かれ、仰向《あおむ》けで地面に横たわる巫女に近づく。

確かに死んでいるが、それでもその肉体にはまだ生気が宿っているような存在感があった。

まず、白魚のような手に触れた。スベスベの肌は触り心地がよく、俺の機械腕を握り潰さんばかりの剛力を発揮したとは思えない柔らかさだ。

上質な骨肉である事は間違いなく、食欲のままひと口噛むと、そこには天国があった。

物理的に殴ってくる美味。脳幹を震わせる魔力の暴力。口どけの爽やかな脂と赤身の絶妙なバランス。

そのまま喰うだけで十分な、余計な調理を必要としない至高の食材の一つだと断言できる。

加えて血の一滴に至るまで感じられる濃厚な味の深みに、全身の怪我が瞬《またた》く間に癒えていく生命力の塊でもあった。

頭から足先まで全てを腹に収め、満足感に浸りながら横に転がった。

［能力名【炎禍の巫女《エンカのみこ》】のラーニング完了］
［能力名【時巡る歯車《ときめぐるはぐるま》】のラーニング完了］
［能力名【獣災の鎮魂火《じゅうさいのちんこんか》】のラーニング完了］
［能力名【護告砲浄《ごこくほうじょう》】のラーニング完了］

［能力名【滞空放火《たいくうほうか》】のラーニング完了］

そして大量にアビリティをラーニングできた。

実際に戦った際の戦術的にも、得られたアビリティの構成的にも、巫女は固定砲台として優れていた事がよく分かる。

巫女は、古代爆雷制調天帝〃アストラキウム〃に次ぐ美味さだったのは間違いない。

それは得られたアビリティの数の多さからも証明されているが、しかし個人的な味の満足度で言えば、巫女の方が上かもしれない。

やはり肉体の変化が大きいのだろう。小鬼《ゴブリン》である今と比べれば、強化人間《ブーステッドマン》だった以前の方が遥《はる》かに強い。その差が満足度に大きく影響しているのではなかろうか。

ともあれ、巫女を喰った事で四肢にはこれまでに無いほどの力が漲《みなぎ》り、魔力も充実している。

視覚聴覚など様々な感覚も研ぎ澄まされ、肉体の操作は更に精密になった。

身体を慣らす為に朱槍を振るうと、明らかにキレがいい。

正直ここの【エリアレイドボス】に挑戦するのは不安な部分もあったが、これならどうにかなるだろう。

重傷を負った絶不調から回復して絶好調な俺と灰銀狼は、早速上空の短針が示す出入口を探し、軸塔に足を踏み入れる。

そんな俺達を最初に歓迎したのは、出入口のすぐ傍に鎮座する振り子時計形石像に刻まれた――

[三の刻、【時刻《じこく》の影塔《えいとう》】を攻略せよ。過去の英傑の幻影に学び、頂に至れ]

――という文章と。

軸塔の中央に存在する天井が見えないほど高い吹き抜けから落下してきた、身の丈十メートルを超える巨大な牛頭の白い人影だった。

《九十九日目》／《百九[redacted]九[redacted]目》

軸塔に入った直後に俺の眼前に落下し、大の字で床に横たわる白い人影。

頭部が牛頭という特徴から、恐らくは牛頭鬼《ミノタウロス》系だとは思うが、詳しくはないのでハッキリとはしない。

ともかく、牛頭鬼らしき白い人影の巨躯に見合うだけの重量と、そこに落下速度も加わった結果、硬いはずの地面は十数センチも陥没《かんぼつ》し、無数にヒビ割れ、その衝撃の凄まじさを物語る。

普通なら即死していてもおかしくはないだろう。いくら頑丈な牛頭鬼にしても耐えられる限界を超えているはずだ。

しかし白い影の牛頭鬼は少ししてムクリと立ち上がり、眩暈《めまい》を振り払うように何度か頭を振り、俺の方を振り向き――静かに消えた。

まるで幻だったかのように、フワリと空間に溶けるような消え方だった。

その光景に思わず目を見張る。

登場の仕方も衝撃的だったが、退場の仕方もまた衝撃的だった。

ただ、少し待つと、白い影の牛頭鬼は再び落下してきた。

まるで過去に起こった出来事を繰り返し再生するように、しばらく観察している間もずっと落下しては消えてを繰り返す。

最初は驚いたが、【知識者の簡易鑑定眼鏡】を使って調べると、この白い影は過去の先人達の幻影――【時刻の影《シャーディアン》】だという事が分かった。

【時刻の影】とは《時刻歴在都市ヒストリノア》でもこの軸塔――【時刻の影塔】内部特有の現象だ。

《時刻歴在都市ヒストリノア》は【歴史の神】が創造した領域である為か、過去ここに挑んだ数多くの挑戦者達の歴史が記録されている。

【時刻の影】は、その歴史の一部が、現在に存在する俺達でも観測できる形となって繰り返し再生される現象だ。

【時刻の影】に対して、俺達が干渉する事はできない。

ただ見ているだけしかできないが、しかしその行動の一つひとつが【時刻の影塔】の攻略のヒントとなる。

【時刻の影】が進んだ先には、上階に続く階段、財宝が眠る隠し部屋、不意を突いて殺しにかかってくるトラップ、あるいは出現するダンジョンモンスター、その攻撃方法や弱点など、重要な情報が詰まっていた。

さて、そんな有用な【時刻の影】だが、大きく分けて三種類あるらしい。

一つは、落下という迫力満点な出迎えをしてくれたものと同じ、白い影。

これは直近に挑んだ者の影らしく、数分前に通ったか、あるいは数年前に通ったかくらいのものらしい。もしかしたら入った出入口の時間がズレているだけで、現在攻略中の者もいる可能性がある影だ。遭遇する頻度は一番低く、最初の白い影を含めて数えられる程度しか見ていない。

次が灰色の影。

これは十数年前から百数十年前までの影らしく、遭遇頻度はそこそこ高い。個人的には隠し扉とかを見つけている印象が強い。そんな影の中には、ここに来る前に《赤蝕山脈》で出会った老狩人と似た影がいたような気がする。

最後に黒い影。

これは灰色のものより更に古い影であり、遭遇する回数が最も多かった。結構即死級のトラップなどに引っかかっている印象が強く、攻略の為の情報が足りないから大変だったんだなと思わずにいられない。

そんなありがたい先人達の後ろをなぞり、前に進んでいく。

中央の吹き抜けを飛んでいければ良かったのだが、試しに上に向けて石を投げたところ、一定の高さまで上がって以降その速度は目に見えて落ち、次第にスロー再生のような速度で飛び続けた。

【時刻の影塔】は塔型の構造をしていて、上階に進むには階段を登らねばならない。

恐らくは不正を妨げるトラップになっているのだろう。時間経過を遅くするとか系だろうか。ただ逆に、上から落ちてくるのはいいらしい。

それを少し残念に思いながら、俺達は上に登り続けた。

《百日目》／《二[redacted]日目》

昨日一日をかけて【時刻の影塔】の攻略に挑んだが、恐らくはまだ半分程度までしか進めていない。

最深部だけあって、出現するダンジョンモンスターはこれまでと比べて遥かに強い。

それに加えて、【時刻の影塔】特有の機構も時間がかかる原因になっていた。

上階を目指す構造の【時刻の影塔】では、各階を探索して階段を見つける必要がある。

外で観測した直径からするとどう考えてもあり得ない広さがある反面、階段は複数用意されているようだが、延々と続く通路と広い部屋を一つひとつ見ていくしかない。

時には【時刻の影】のヒントですぐ見つかる事もあるが、そうでない場合が圧倒的に多い。

そして見つけた際、階段は光の壁で封印されており、部屋に用意された封印解除の試練を乗り越える必要があった。

封印解除の試練は二種類存在する。

一つは、定められた時間内に出現し続けるダンジョンモンスターの一定数以上の討伐。

もう一つは、時間に関係する謎解きだ。

討伐試練の方は、十分な戦闘能力さえあれば無難にこなせるだろう。制限や苦労も多いが、一定時間で確実に進む事ができる。

対して謎解き試練の方は、戦闘能力を必要としないし、戦闘による疲労や武具の消耗なども無い。

部屋の中にヒントが隠されているので、知識が乏しくても何とかなる可能性もある。

ただし場合によっては、謎を解くまでに討伐試練よりも遥かに時間がかかる。

どちらの試練を選ぶかは決められるし、何度でもチャレンジできるので、まずは謎解きに挑んで、駄目そうなら討伐に切り替える方針をとった。

謎解きだけで進めたなら良かったのだが、上層になるほど難しくなっていき、討伐に切り替える事が増えていく。

ダンジョンモンスターを摘みつつ焦らず進みながら、【エリアレイドボス】戦にむけた戦力の増強の為、巫女から得た宝箱【巫女の炎歯車】に入っていたマジックアイテムの習熟にも努める。

マジックアイテムの名称は【火獣群《かじゅうぐん》の歯車《はぐるま》】。巫女が背負っていた三つの燃える歯車が、一つになったような簡素な形状をしている。

歯車の回転によって生じる火花を火獣に生成変化させる【火車化獣《カシャカジュウ》】。

爆発のような大火を後方に発し、瞬間的に凄まじい加速を得る【火翔加速《カショウカソク》】。

受けた炎熱系攻撃を吸収し、使用者の体力や魔力に変換する【火護快気《カゴカイキ》】。

三つの能力は使い勝手もよく、そもそも歯車自体が燃えているので高熱攻撃を仕掛ける事も可能という優れものだ。

ただし、使用している間は常にかなりの魔力を消費するし、火獣の一体一体は弱くて自爆特攻以外には使えない。

使い方次第で自滅しかねないリスクもあるが、間違いなく強力な武器になるので、燃える歯車を背負い、灰銀狼に跨り、マジックライフルと朱槍を携えて上を目指した。

さて、明日ぐらいには登頂したいものであるが。

《百一日目》／《二[redacted]一[redacted]日》

何だかんだと手間はかかったが、無事に【時刻の影塔】の最上階に到達した。

最上階は高さ百メートル、直径五百メートルを超える空間拡張された大型ドームのような一室で、円を描くように等間隔で聳え立っている十二本の太い円柱以外は何もない。

円柱の配置的に、恐らくは部屋自体が時計の文字盤に見立てて構成されているのだろうか。

かなり重要なギミックになっていると思しき十二本の円柱には、精緻《せいみつ》な魔法陣がビッシリと刻まれている。

魔法陣はかなり複雑で、何を意味しているのか完全に理解する事は難しいものの、様々な部分で『時間』と『月日』、それから『星座』を表現しているような造形が見受けられる。

場所が場所だけにこの推測はまず間違いではないだろうが、そんな事は一先ず置いておくとして。

ここを抜ければ、《時刻歴在都市ヒストリノア》の主である古代過去因果時帝〝ヒストクロック〟に挑戦できるはず。

それはこれまでの道中で手に入れた情報から推察できたし、何より、以前倒した古代爆雷制調天帝〝アストラキウム〟に似た魔力が大気に満ちているのを感じ取れる。

思わず涎が出てくるほどに芳醇な香りとも表現すべきそれは、とてつもなく魅力的だ。

一刻も早く味わいたいものだが、【時刻の影塔】の最後の関門は、主である〝ビストクロック〟を守る番人でもあるのだから、これまでで最も手強いはずだ。

気を引き締め直した俺と灰銀狼が、警戒しながら部屋の中央まで進むと、床から石板がゆっくりと迫《せ》り出《だ》してきた。

これまでの試練にも似た物があり、その時の試練内容などが刻まれていたのだが、今回も同じようだ。石盤にはこうある。


［許サレルノハ十二刻、【大イナル神】ノ眷属ヲ模倣セシ二十四ノ〝偽青道十二星獣《ソルディア・カリプレ》〟ヲ殲滅セヨ］

つまり二十四時間以内に、二十四体の敵を屠《ほふ》ればいいらしい。

制限時間は過去最長だが、最も多かった時で千体以上の討伐が必要だった事を考えれば、今回の討伐数はかなり少ないと言えるだろう。

そしてその文の下には、これまでにも多少は書かれていた討伐対象の情報が刻まれている。

戦闘する際の参考になるのだが、これまでよりも情報が多いのは、最後だからなのか、それだけ難敵だからなのか。

それは分からないが、それなりにある情報量を読み終えると、石版はゆっくりと床に沈み、周囲の十二の円柱が虹色に発光した。直視すれば暫く何も見えなくなりそうなほどの光量だ。

咄嗟に手で光を遮りながら周囲を窺うと、まるで複数の何かが滲《にじ》み出ようとしているかのような空間の揺らぎを知覚する。

光は数秒で止んだが、その時には既に俺を囲うように十二の討伐対象――〝偽青道十二星獣〟が出現していた。

モコモコとした燃える羊毛に包まれた赤き灼羊《しゃくよう》〝アリウエス・カリプレ〟。

重厚な積層鎧殻を身に纏う超重量の狂える金牛《きんぎゅう》〝タウロラス・カリプレ〟。

肥大化した片手に鎌剣《ハルパー》を握り風を操る美貌の双子〝ジェミルア・カリプレ〟。

液体で構成されたような甲殻を持つ揺らめく水蟹《みずかに》〝キャンサンド・カリプレ〟。

全身が灼熱のマグマで構成された小さな太陽を背負う獅子《しし》〝レオル・カリプレ〟。

腹部から見た事も無い異形を生成する悍《おぞ》ましき黒乙女《くろおとめ》〝ヴェルディゴ・カリプレ〟。

左右の秤《はかり》に竜巻と轟雷の精霊を乗せた古びた天秤《てんびん》〝ライブレス・カリプレ〟。

水銀によって構成された長い尾と鋏を持つ毒蠍《どくさそり》〝スコルティオス・カリプレ〟。

下半身が六脚の馬体で上半身は炎弓を携えた男性という射手〝サジダリオス・カリプレ〟。

脚部が異様に肥大化し魔剣のような鋭角を持つ灰山羊《はいやぎ》〝カプレリコン・カリプレ〟。

暴風と濁流を吐き出す醜《みにく》い翁《おきな》の顔を模した歪《いびつ》な造形の水瓶《みずがめ》〝アクエリフェレス・カリプレ〟。

螺旋《らせん》のように捻じれ合いながら毒と水を吐く人面の双魚《そうぎょ》〝ビスケティー・カリプレ〟。

とある【大神】の【神代ダンジョン】に出現するとされる【星獣】の模倣種らしく、性能は本物よりも落ちるものの、これまでに遭遇したダンジョンモンスターとは一線を画す存在感がある。

どいつもこいつも十メートルを超える大岩のような巨躯で、それだけをとってもかなりの威圧感だ。

しかもそれに加えて物理的な圧力を伴う魔力の波動まで発しており、精神が弱ければ対峙しただけで気絶しかねない圧がある。

そんな存在が十二体も一堂に会して全方向を囲んでいる現状は、一般的には死地に立っていると表現すべきだろう。

しかし俺は死闘の気配に緊張や怖気《おじけ》を感じるよりも先に、その血肉を喰った時の味を想像してしまった。

いきなり周囲に出現した極上の獲物を前に、思わず涎が垂れそうになる。

そうして食欲を刺激されつつも、討伐する必要があるのは二十四体のハズなのに、ここにはまだその半分しかいない事に小首を傾げた。どうやら追加も現れそうにない。

つまり何か仕組みか条件があるのか、それはまだ分からないが、ともかくまずはこの十二体を相手にせねばならない。

そんな訳で俺は灰銀狼に跨り朱槍を構え、背面に燃える歯車を従えて戦闘を開始したのだが……戦況は想定していたよりも悪いものになった。

〝偽青道十二星獣〟はどいつもこいつも強い。それは対峙した瞬間に分かっていた事だ。

しかし実際に戦闘を開始すると、それぞれの個性が互いを補強するように連携してくるので、攻略難度が更に跳ね上がる。

全方位から絶え間なく致命的な破壊力を持つ攻撃に晒《さら》され続けるのは、流石に灰銀狼に乗った俺でも厳しいものがあった。

だからまず、相性的に一番やりやすい金牛を集中的に狙う事にした。

金牛は、重厚な積層鎧殻を身に纏う事で、半端な攻撃では傷一つ負わない圧倒的な防御力を獲得している。しかも見た目通りの重量がありながら、ドラッグマシーンのように短距離で最大加速した突進を行ってくる。まるで敵を轢殺《れきさつ》する暴走殺人重機だ。

実際、マジックライフルから放たれる魔弾も、燃える車輪から生み出した火獣の爆撃攻撃も呆気《あっけ》なく弾かれてしまう。逆に向こうの突進が直撃すれば、俺達は抵抗もできず即死するだろう。

単純だがそれ故に恐ろしいものの、しかし俺が手にする朱槍はそんな金牛の守りすら容易く切り裂き、致命傷を負わす事が可能だった。

だから普通なら苦戦を免《まぬが》れなかっただろう金牛も、ただの獲物として楽に狩る事ができた。

他の〝偽青道十二星獣〟との攻防の隙を狙って突進してくる金牛の四肢を、すれ違いざまに朱槍で切り裂いていく。

尋常ならざる生命力による再生能力も、朱槍の効果によるのか発揮される事はなく、数回繰り返すだけで金牛は動けなくなった。

倒れたところですかさず背骨を割断し、そのまま首を刎《は》ねてあっさり仕留める。

戦闘の余波で死体が壊される前に回収しようと思ったのだが、残念な事に死骸はすぐさま光の粒子に変換され、出現元の円柱に吸い込まれてしまった。

それを悔しく思いつつも、周囲にまだまだ残っている敵の対処に追われ、一旦忘れる事にした。

次こそは消える前に確保しようと心に決め、損耗を抑えつつ着実に数を減らす方針で戦っていく。

その戦い方は間違っていなかっただろう。戦況は徐々に俺達の優位になっていった。

だが、金牛を仕留めてからそれなりの時間が経った頃。

もう少しで特に弱らせた二、三体を連続で仕留められ、その後も連鎖的に崩せそうな状況が整ってきた時である。

金牛を吸収した円柱が再び発光し、新しい金牛を出現させたのだ。

それも、金牛は金牛でも、最初のものとは大きく異なっていた。

元々見上げるほどだった巨躯は倍の二十メートルほどにまで膨《ふく》れ上がり、重厚な積層鎧殻は更に厚みを増している。

それだけでなく、積層鎧殻と巨大化した破城槌のような角は超振動しているらしく、ブゥイーーーンと独特な高周波音を発して大気を震わせている。

近づくだけで大気や地面を伝った超振動が全身を襲い、動きが著《いちじる》しく制限されてしまう。下手すれば動く事すらできなくなりそうだ。

そこに超重量の高速タックルを喰らえば、瞬間的に細かく破砕され、残骸も残らない血煙《ちけむり》になってしまうだろう。

そう想像させるだけの恐ろしさを、禍々《まがまが》しく強化された新・金牛は存分に体現している。

灰銀狼の機動力と他の〝偽青道十二星獣〟を盾にする事で、新・金牛をどうにかやり過ごしつつ、今回の試練について考察を重ねていく。

討伐対象は十二体の〝偽青道十二星獣〟で、その強化個体まで倒す必要がある。ここが時計のような空間である事を踏まえると、強化前と後は午前と午後を表現しているのだろう。だから二十四体の討伐が試練の達成条件という訳だ。

それが分かっただけでよしとしつつ、戦闘を続ける。

そして強化個体を倒すと、その後は倒した〝偽青道十二星獣〟を小型にしたような雑魚敵《ざこてき》が五体出現するようになった。

小型種は体長が一メートル程度と小さく、保有する能力もそこまで強力ではない。

と言いつつ、ここまでの道中に出現したモンスターよりは強いので、油断はできない。

しかも殺しても殺しても一定時間が経過すると無限に追加されるらしく、〝偽青道十二星獣〟との戦闘中に損害度外視の自爆特攻を仕掛けてくるのは始末が悪すぎた。

倒した強化個体が増えれば増えるほど雑魚敵の数も種類も増え続け、戦場はどんどん混沌を極めていった。

そして十数時間後、制限時間を少し残して、どうにか全討伐を終える事ができた。

［階層ボス〝偽青道十二星獣《ゾルディア・カリプレ》〟の討伐に成功しました］

［達成者は天領《てんりょう》への移動が認められ、以後エリアボス〝偽青道十二星獣〟と戦闘するか否かは選択できるようになりました］

［達成者には初回討伐ボーナスとして宝箱【星降《ほしふ》る青《あお》の偽称《ぎしょう》】が贈られました］

かなりキツイ戦いだった。

強化個体は殺すと死骸が残ったので、十二体分全て確保する事に成功し、小型種もそれぞれ数百から千体単位で確保できた。

戦果としては十分満足できるものではあるが、それと引き換えに全身の損傷が酷い。

灼熱で全身を焙《あぶ》られ、逃げ場のない洪水に呑まれた肉体は毒に侵され、鋭い斬撃によって筋肉は断裂し、耐えがたい衝撃で全身の骨は砕かれた。

【黒小鬼王《ブラック・ゴブリンキング》・堕天隗定種《リスタリオリシーズ》】である現在、【強化人間】だった時と比べると、肉体面では弱くなっている。以前なら回避や防御できたような攻撃でも、ダメージを負う事が多々ある。

小型種の攻撃でも当たり所が悪ければ結構危なかったし、複数の強敵が相手では怪我を負う事を避けられず、治るとはいえ痛いものは痛い。

もう少し手加減してほしいものだが、言って手加減してくれる相手ではなかった。

しかし終わってしまえば、それもまた美食のスパイスになる。

〝偽青道十二星獣〟の強化個体は、素材が良いのでしっかりと調理して味わいたいが、今は残念ながらその余裕がない。

喰いやすいようにザックリとした大きさに捌《さば》いた後は、軽く火で焙ったりちょっと調味料を振りかけて簡単に味付けをしたりしたぐらいで、すぐさま喰いついた。

最初は金牛の肉に齧《かじ》りつくと、血や肉が舌の上を転がって味が爆発的に広がる。

その瞬間、幻視したのは天国だった。

舌の温度だけで溶けるアッサリとした上質な脂。

ギュッと引き締まった赤身は噛めば噛むほど旨味が滲み、食感も味も変わるので飽きる事はない。

その他も喰っていくが、それぞれ食感も味の傾向も全く違うのがとても面白い。

灼羊や金牛などは見た目から連想できるが、黒乙女は部位によって糖度が変わる柔らかな甘味を思わせ、水瓶は辛みのあるシャキシャキとした野菜のようだ。

どれを喰い合わせても相性がいいらしく、まるで天然のフルコースを味わっているみたいだった。

［能力名【灼熱の羊毛《スコーチング・ウール》】のラーニング完了］
［能力名【黄金の牛歩《ゴルドオクス・フット》】のラーニング完了］
［能力名【双貌の剣舞《ミラーフェイス・ソードダンス》】のラーニング完了］
［能力名【深水性軟吸甲殻《しんすいせいなんきゅうこうかく》】のラーニング完了］
［能力名【獅子《しし》なる太陽《たいよう》】のラーニング完了］
［能力名【災《わざわ》いの忌児《いじ》】のラーニング完了］
［能力名【精霊《せいれい》の天秤《てんびん》】のラーニング完了］
［能力名【水銀の毒尻尾《マーキュリー・テイル》】のラーニング完了］
［能力名【射殺《いころ》す獣眼《じゅうがん》】のラーニング完了］

［能力名【割断《かつだん》の剣角《けんかく》】のラーニング完了］
［能力名【老いた暴れ口《ロートル・マウス》】のラーニング完了］
［能力名【渦巻《うずま》く毒水《どくすい》】のラーニング完了］
［能力名【偽星獣因子《カリプレ・ファクター》】のラーニング完了］

量が量だけにラーニングできた数も多くなった。

それだけでなく、失った血肉は〝偽青道十二星獣〟を喰う毎に補充されていくように感じられ、同時に摂取できる大量の魔力が丹田《たんでん》に凝縮していくような感覚を覚えた。

それに死闘を乗り越える中で何度もレベルアップを重ねた結果、細胞が活性化した肉体は試練前よりも遥かに軽く感じられ、かつ力強さが増している。

容量が余っていた器が溢れそうになるほど満ちた、と表現するのがいいだろうか。

【黒小鬼王】となってから過去最高潮と言える状態の俺は、とりあえず装備を点検し、手に入れたばかりの宝箱【星降る青の偽称】から中身を取り出して調べた後、そのまま先に進む事にした。

試練をクリアした時に部屋の中央に出現した、高い天井の先まで続く螺旋階段を登っていくと、複雑に動く機械に四方を囲まれた狭い一室に着いた。

規則正しくリズムを刻む音が響く中、部屋を少し見て回ると、床に設置された如何《いか》にもなレバーがあった。

罠の類ではないと感じたのでそれを引いてみると、周囲の機械が一斉に動いた。

部屋の内装が次々と変化していき、最終的には、小さな時計が集まって巨大な時計を構築するという独特な彫刻が施された豪奢な門が出現した。

その門には――


［四の刻、【時帝《じてい》の天領《てんりょう》】を支配せよ。過去と現在が交錯し、時の織り成す極地にて］

――と刻まれている。

事前に感じていた通り、この先で待つのは古代過去因果時帝〝ビストクロック〟で間違いない。

門の前に立っただけでも、これまでとは比べ物にならないほどの圧倒的な魔力が全身を包むのだから、それ以外だった場合は逆に困るくらいだ。

ようやく辿り着いた最後の難関を前にして、感慨深くここまでの道中を振り返りつつ、門を押す。

ゆっくりと開いていく門の向こうから眩《まぶ》しい光が差し込み、俺達は駆け込むように勢いよく潜り抜けた。

《百二日目》／《二[redacted]二[redacted]目》

古代過去因果時帝〝ヒストクロック〟が待つ最終地点、《時刻歴在都市ヒストリノア》の最深部である【時帝の天領】。そこに到達した俺達を出迎えたのは、高速で迫る銀色の壁——に見えるほどに巨大な、牛頭の人型の背中だった。

咄嗟に横に飛び退いたが、そんな事をしなくても問題はなかったかもしれない。

というのも、その銀色の牛頭の人型は、過去の先人達の幻影——【時刻の影《シャーディアン》】に酷似していたからだ。

それも、大きさや細部の特徴からして、軸塔に入ったところにあった吹き抜けで、何度も何度も繰り返し落下していた牛頭鬼《ミノタウロス》だろう。コイツとは何かしらの縁があるのだろうか。

ともあれ、【時刻の影】は過去を映す幻影なので実体はない。だからたとえぶつかったとしてもただすり抜けたはずだ。

しかし、同時に強い違和感があった。

そもそも【時刻の影】は【時帝の天領】の一つ前、つまり軸塔——【時刻の影塔】内部だけで生じる現象のはずだ。

なのに【時帝の天領】でまで発生しているのは何故か。

この現象の原理の詳細までは把握できていないので、そんな事もあるのか、もしくはそもそも鑑定内容が間違っていたのか。

――あるいは、この牛頭鬼は【時刻の影】と似ているが全く違う別の何かなのか。

個人的には最後の説が有力だ。

何故なら真に迫るというか、実際にそこにいるような存在感を、目の前の牛頭鬼から感じるからだ。

回避せずに当たればその圧倒的質量に呆気なく潰されかねない、という直感があった。

【時刻の影】には何度も遭遇してきたが　これは一度も覚えた事のない感覚だ。

実際、銀色の牛頭鬼は幻想のように一定時間で消えずにずっと残っている。

それどころか、十メートルを超える巨躯の大半を隠してしまうほど巨大な城壁盾を構えた。

その瞬間、城壁盾の前面に黄金の爆発が生まれた。

何が起きたのか俺には詳細が不明なのだが、黄金の爆発の規模からすると、かなりの破壊力がある何かを防いだのだろう。

爆発はそれから僅か一秒の間に十度は発生したが、僅かに城壁盾の角度を調整したり、あるいは押し出したりする事で対処している。そんな動作だけで牛頭鬼の技量の高さが窺えた。

そうして戦う様はとても幻影とは思えない迫力と戦意に満ちており、見れば見るほど実際にそこにいるように思えてくる。

それにしてもこの牛頭鬼は、断続的に攻撃を受けているのに小揺《こゆ》るぎもせず、むしろ攻撃を受けながら前進していく。その姿をどこかで見た事があるように感じてしまうのは、気のせいだろうか。

そんな風に少し気を取られていると、迫る致命の気配と、静かな殺気を感じた。

自然と身体が動いて朱槍を突き出せば、高速で飛来してきた何かがアッサリと切り裂かれ、俺の左右を通り抜けて床に突き刺さる。

眩《まばゆ》い黄金の閃光が散り、強い衝撃で機械腕が少し震え、大気がビリビリと震えた。

背後に流れた残骸を目で追えば、朱槍が切り裂いたのは黄金の矢らしい。

それもただの矢ではなく、直径で一メートルはありそうな巨大な矢だ。

まるで丸太のような黄金の矢は、地面に突き刺さって少しすると淡く輝きながら、ゆっくりと消失した。

この黄金の矢は物質で作られたものではなく、魔力か能力で生成されたものなのだろう。ということは、予め製造する手間が無く、魔力などがあれば幾らでも生成できるのかもしれない。

追撃に対して備えていると、百メートルほど前方で突然、黄金の矢が出現した。

鋭い鏃《やじり》から太い矢柄、太い矢柄から大きな矢羽と順に現れながら飛来する黄金の矢は、まるで俺にある程度近づいた瞬間に実体化したようだった。

飛来速度自体そもそも速いのだが、一定範囲内に近づくまで見えない分、更に速く感じる。

恐らくは先程牛頭鬼を襲った攻撃もこれなのだろう。

そう思いながら、飛来し続ける黄金の矢を時には切り伏せ、時には最小限の動きで回避する。

数秒の間だけで射られた黄金の矢は百を超えた。

来るのは正面だけでなく、左右や上方からと、油断はできない。

それでも捌く事に少しずつ慣れてきたか、しかしこの場に留まり続けても黄金の矢の連撃は止《や》みそうにない。

むしろ、より速く、数が増し、威力が上がってきていた。

標的《俺》が大きく動かない事で、精度を犠牲に連射速度と破壊力の向上に射手の意識が傾き出したのだろうか。

射手の姿を見られればその辺りの機微も少しは分かるかもしれないが、面倒な事に、矢と同じくその姿は見当たらない。

《時刻歴在都市ヒストリノア》の直上にある【時帝の天領】の床は、まるで超強化ガラスのように硬くありつつも透き通っており、視界を遮る障害物もない。つまり非常に見晴らしのいいここで発見できないとなれば、射手は【光学迷彩《こうがくめいさい》】など身を隠す術を身に付けている可能性が高い。

このまま留まっていても埒《らち》が明かないので、攻撃の合間を見て前に駆ける。

攻撃されている方向は大体分かっていた。射手との距離を縮められれば何かしらの発見があるはず。

その考えは正解だったらしく、射手の気配を感知する事ができた。

気配がする場所は、やはり何も見えない。しかし僅かな音や匂い、あるいは秘匿《ひとく》された魔力の僅かな気配が、確かにそこに何かがいるのだと教えてくれている。

そこまで知覚できれば、後は簡単だ。

並走する灰銀狼に跨り、背後に浮かぶ【火獣群の歯車】に魔力を注ぎ込む。

これまでになく大量の魔力を一気に注ぎ込んだ歯車は、黒く燃え盛りながら高速回転し、まるでジェットエンジンのように黒い大炎を後方に向けて噴き出した。

歯車が持つ三つの能力のうちの一つ、【火翔加速】だ。

それによって移動速度が飛躍的に向上し、何かがいる場所までの距離が瞬く間に詰められた。

その間にも黄金の矢は何本も飛来するが、いずれも遥か後方の地面を貫くだけに終わっている。

こちらの加速に全く狙いが追いついていないらしい。

俺は、気配がする辺り一帯に、【火車化獣】によって生じた火獣達を差し向けた。

黒豹《くろひょう》や黒鷲《くろわし》が地を駆け空を飛び、そして連鎖的に大爆発して空間を薙《な》ぎ払《はら》う。込める魔力を多くした為か、通常の赤い炎ではなく黒炎となっており、自爆特攻の火力はこれまで以上の破壊力を秘めていた。

そうして爆炎と爆風が浮き彫りにした不可視の敵は、身の丈十メートルを超える黄金の巨人のようだった。黄金の矢の異常な大きさも、射手のサイズからすれば納得だ。

ただ予想と違い、敵は複数存在した。

大爆発に巻き込まれた黄金の巨人射手は十を超える。その内の半数は爆発によって致命傷を負ったのか黄金の粒子となって消滅し、残り半分も四肢を失って黄金の粒子が鮮血のように勢いよく溢れている。

放置して何か置き土産されても面倒なので、瀕死の黄金巨人射手には火獣の追加を差し向けて確実に仕留めておいた。

一先ず攻撃してきた一団を殲滅《せんめつ》する事に成功したかと思ったら、しかしまた別方向から黄金の矢が飛来した。

どうやら敵はまだ残っているらしい。休む間もなく戦闘は続く。

黄金の矢を朱槍で切り裂きつつ、新手が存在すると思しき方向に視線を向けると、驚くべき事に先程の銀色の牛頭鬼がその方向に突っ込んでいた。

城塞盾を前に突き出し、肩に巨大な戦斧を構えての突貫《とっかん》だ。巨大な脚が床を踏み締める度に眩い銀の炎と雷が発生し、その見た目からは想像もできないほどの速度で突き進んでいく。

城塞盾の表面では黄金の爆発が断続的に続いているので、攻撃を受けているのだろう。しかしや

は り小揺るぎもせずに牛頭鬼は突き進み、戦斧を振り下ろした。

それはまるで世界を切り裂くような一撃だった。

背中が寒くなりそうなひと振りと共に生じた、銀に輝く爆炎と雷撃が空間を激しく薙ぎ払う。

それに合わせて黄金の爆発が複数発生したので、そこにいた黄金巨人射手達は纏めて仕留められたのだろう。

純粋な暴力の化身のような牛頭鬼の姿に感心しつつ、俺は懐からとあるマジックアイテムを取り出した。

それは、宝箱【星降る青の偽称】から手に入れたばかりの【天星術師の星読み眼鏡《てんせいじゅつしのほしよみめがね》】だ。鑑定系マジックアイテムの一種で、星の煌《きら》めきのような青い結晶体で作られ、薄《うっす》らと銀色に輝くレンズが嵌め込まれている。

今まで使っていた同系統マジックアイテムの【知識者の簡易鑑定眼鏡】とは比べ物にならないくらい上等な品で、得られる情報量が段違いなだけでなく、その他に幾つもの能力を秘めている。

色々と有用なそれを使って銀色の牛頭鬼を視てみると、どうやら【時差の銀僚《タルシーヴァ》】と呼ばれる存在らしい事が分かった。

異なる時間軸において【時帝の天領】まで辿り着き、古代過去因果時帝〝ビストクロック〟に挑戦している存在の分身、あるいは影だそうだ。

コイツは現象として発生するように設定はされているものの、条件が厳しいので滅多に現れる事はないという。

というのも、そもそもここまで辿り着く者自体が稀有《けう》である事に加え、戦闘中に他の挑戦者が丁度到達する事が条件らしい。

世界に刻まれた過去の情報すら読み解く【天星術師の星読み眼鏡】によれば、確認されたのは遥か昔に僅か二度だけ。

その時のメンツがとても興味ある名称だったが、流石に今はそれは横に置くとして。

そんな貴重な事象を経験するとなると、やはり牛頭鬼と俺は何か縁があるのだろう。失われた記憶に関係している可能性もあるのではないだろうか。

そんな事を思いつつ、俺は新手の黄金巨人射手に火獣を向かわせながら、牛頭鬼の様子を静かに観察した。

俺が牛頭鬼の存在を認識しているように、向こうも俺達を認識できるようだ。だからある程度は協力可能である。

ただ、それぞれの時間軸によって状況に違いがあるらしい。

例えば黄金巨人射手の位置だ。最初に黄金巨人射手が出現した場所が一緒だったとしても、俺達の行動によって黄金巨人射手達の動きも違ってくる。その為、それぞれの戦況は似ているようで異なり、行動の優先順位に差異が生じる。

だから高度な連携などとれる訳もないが、どちらかの時間軸で敵を仕留めれば、その敵は両方の時間軸から消える。また、互いに互いの攻撃は当たらないから、攻撃の直撃や余波など考えなくてもいいのは大きなメリットだ。

それに古代過去因果時帝〝ビストクロック〟だけは共通の敵なので、攻略の際は心強い存在である事には変わりない。

ただしデメリットもあり、【時差の銀僚】が存在する時は〝ビストクロック〟に強化が入るらしい。

魔力量増加など見過ごせない強化だが、強い分だけ仕留めた時の美味さが増しそうだと俺の【直感《インチュイション》】が囁《ささや》いているので、個人的には完全なデメリットとも言えないのが少し悩ましい部分だ。

ともあれ、それから暫くの間は不可視の黄金巨人射手達との戦いが続いた。

これには【天星術師の星読み眼鏡】が大いに役立った。

ただ見るだけで隠れていてもアッサリと発見できるし、その能力やどういう存在なのかまで分かるからだ。

それによれば黄金巨人射手は、かつて名を馳せた【分身《ぶんしん》の勇者《ゆうしゃ》】パルマンド・ラという巨人で、過去に存在したモノを自らの黄金の魔力を依《よ》り代《しろ》として再現する〝ビストクロック〟の能力、

【刻まれた万象の黄金時《ゴルディオン・ブランディンアーク》】によって生じている。

パルマンド・ラは元々狩人《かりうど》だったが、ある日【分身の神の加護】を授かった。

それから経験を重ねて【勇者】となり、最終的には同時に最大百体まで自身と同等の能力を持つ分身を生み出す事を可能にしたという。一つの意思で統率された群体が、魔力で生み出した巨大な弓矢で敵を仕留める一人傭兵団として、多くの戦場を荒らしたそうだ。

その戦績はザッと確認してみた限りでも凄まじく、生前の彼の強さが窺えた。肉があればとても美味しそうな存在だけに、喰えないのが少々残念である。

そこに不満を抱きつつ、黄金巨人射手を軽く千は倒した頃だろうか。

リンゴーン、リンゴーンと清らかな鐘の音が響いた。

身構えながら周囲を見回し、ふと気になって今は足元にある《時刻歴在都市ヒストリノア》の時針を見ると、丁度時刻が変わったタイミングだった。

何か変化が起こるだろうと更に警戒していると、上空から雲の隙間を抜けて黄金の光が降り注ぐ。

黄金の光は濃密な魔力を帯びていて、浴びるだけで活力を得られるが、同時にそれを放つ存在から受ける特大の重圧感に耐えねばならない。

息苦しさすら覚える中で、光源がいる上空を見上げた。

そこにあるのは分厚い雲だ。裸眼では見通せないほどに濃く、視界は遮られている。

しかし【天星術師の星読み眼鏡】は、その雲が【時送りの白雲《クロムフェルシル》】という特殊なモノである事を読み取っただけでなく、その更に奥に存在するモノまで見通した。

雲に隠れながら黄金の光を放つ存在。

それは百メートルほど上空でゆっくりと回転する、一辺が約五メートルの黄金の立方体だった。

まるで太陽のように輝く様は綺麗だが、見た瞬間、それこそが古代過去因果時帝〝ビストクロック〟だと俺は理解した。

それだけの存在感を放っていたし、背筋《せすじ》に寒気が走るほどの重圧感があった。

獲物の姿を視認した事で戦意は自然と高まり、魔力が漲った。

攻撃を過去に送って無力化するというある種の絶対防御である【時送りの白雲】に守られつつ、上空に留まる〝ビストクロック〟。それをまずはどうやって落としてやろうかと考えていると、黄金の表面に虹色の紋様が浮かぶ。

紋様は立方体の面によって異なり、時計のような紋様もあれば、ホロスコープのような紋様や、カレンダーのような紋様、そして世界地図のような紋様もある。

ただ、六面のうち二面には、紋様の代わりに深い亀裂が刻まれていた。まるで戦斧を叩きつけたような深い亀裂を中心に、そこからクモの巣状に広がるヒビ割れ。察するに、恐らく俺達より前から戦っていた牛頭鬼によるものだろう。

後から参戦してしまった事に何だか申し訳無さを感じるが、そういう仕様らしいので俺達にはどうしようもないし、そんな感情など〝ビストクロック〟には関係ない。

さて置き、浮かび上がった紋様がより強く輝き、黄金の魔力がより強く周囲に照射・散布されると、次の攻撃が来ると【直感】が働いた。

背筋に寒気が走り、咄嗟に灰銀狼を動かして高速移動させる。視界の隅に映る牛頭鬼もまた即座にその場から大きく飛び退き、城塞盾を構えていた。

俺達の判断の正しさは、その直後に天から無数に襲い掛かってきた黄金に輝く轟雷《ごうらい》と巨雹《きょひょう》と呪風《じゅふう》が証明したと言えるだろう。

装備したままの【天星術師の星読み眼鏡】によれば、これは過去に起こった天候災害を再現したものだった。

一秒間に十数発も生じた凄まじい轟雷は、〝雷光龍帝《ライトニング・ドラゴンカイザー》〟と〝雷鎚竜王《トルニル・ドラゴンキング》〟の兄弟喧嘩《きょうだいげんか》が上空で起きた影響による理不尽で不運な帝国雷壊《らいかい》の再現。

小雨のように降り注ぐ一つひとつが五十センチを超える硬く重い巨雹は、〝氷海巨人王《フローズンシー・ジャイアントキング》〟のクシャミから生まれて数日降り注いだ宗国氷壊《そうこくひょうかい》の再現。

そして渦巻き命を蝕《むしば》む呪風は、政治的理由から偽の罪で断頭された【預言者《プロフェット》】の悲嘆と憎悪の血涙から発生した王国風壊《ふうかい》の再現。

どれも一つの文明を滅ぼしたほどの災害だが、それが三つも重なるのはまるで【神災《しんさい》】のようだった。

空から狙いもつけずに放たれる、周囲一帯を覆い尽くすほどの大雑把な攻撃は、到底回避できるものではない。

こちらも歯車を高速回転させて黒い大火を燃え上がらせ、無数の火獣を放って迎撃するが、物量は圧倒的に向こうが上だった。

轟雷を撃ち落とし、巨雹を溶かし、呪風を逸《そ》らしても、まだまだ尽きない。

それに黄金巨人射手のように仕留めれば数が減らせる訳でもなく、かなりの時間をただ防戦する為だけに費やす羽目になった。

ちなみに、隣で戦っていた牛頭鬼は、轟雷を受ければダメージを受けるどころか逆に元気になり、巨雹は城塞盾を傘《かさ》にして呆気なく受け止め、呪風は全身に炎を纏う事で簡単に対処していた。

圧倒的な個の能力で天災を無力化してしまう様は、実際に同じ体験をしている身としては羨《うらや》ましいと思う他ない。

今の状態なら、俺よりも牛頭鬼の方が強いだろうな。

助かるが、それに頼るのは情けないので、〝ビストクロック〟は必ず俺が仕留めて喰ってやろうと心に決めた。

そんな個人の思いはさて置き、人物だけでなく天候まで再現する〝ビストクロック〟との戦闘は、たとえ牛頭鬼という頼れる存在がいたとしてもやはり一筋縄ではいかないようだ。

その他にも再現される様々なナニカとの戦闘は、どんどん激しさを増していく。

《百三日目》／《二■三■目》

古代過去因果時帝〝ビストクロック〟は、ある程度黄金の魔力を消費すると、ゆっくりと降下してきた。

その際には、六本指の掌《てのひら》に似た黄金の祭壇みたいな構造物が透明な床から出現し、そこに〝ビストクロック〟が収まった。

すると祭壇の指のような部位から魔力の鎖が伸びて、黄金の立方体である〝ビストクロック〟に接続し、まるで戦艦に給油するように魔力が補充されていく仕組みのようだ。

あれだけの強力すぎる能力を無尽蔵で行使する事は流石にできないらしく、その時は絶好の攻撃タイミングだった。

ただし、攻撃できる箇所は限られていた。

どうやら《時刻歴在都市ヒストリノア》そのものから供給されているらしい膨大《ぼうだい》な魔力によって、

防御が非常に強固になるらしく、六面あるうち攻撃が通るのはたった一面だけだ。それ以外は魔力防壁の積層によって阻まれ、たとえそれを貫いたとしても即座に回復してしまうので、弱点になる一面を集中攻撃して破壊しなければならない。

立方体である〝ビストクロック〟を倒すには、恐らく全面を壊すのが必須条件だろうから、魔力補給時の攻撃を最低六回繰り返す必要があった。

まあ更にその先もありそうだが、とりあえずそこを目標にする。

既に牛頭鬼が二面を破壊した状態で俺達は参戦したが、長い時間をかけてやっと五面まで破壊する事に成功した。

一面を破壊する毎に再現される人物や天候、あるいは地形などは苛烈《かれつ》を極めたが、それでも終わりは見えてきた。

なおも油断せず、再現された敵を蹴散らし、黄金の魔力を消費させていく。俺の経験による推測だと、そろそろ黄金の魔力の消費が規定値を超え、また降下し始める頃合いだ。

戦いながら食料を喰って栄養補給しなければならないほどの時間が過ぎ、いつしか戦場は夜になっていた。

輝かしい夜空の下で、俺と灰銀狼、それから牛頭鬼の戦いは最終局面を迎えようとしていた。

ゆっくりと回転する古代過去因果時帝〝ヒストクロック〟から、夜空に輝く太陽のように、黄金の魔力が周囲に照射・散布される。

それによって現在と過去は入り交じり、過去の時代を支配した英勇帝王、あるいは失われた文明の叡智《えいち》や万物に襲い掛かる天災厄災が幾重にも再現される。

『グゥオオオオオオオオッ‼』

『ネシ・リナ・ンマルビデ・ハ・レワ！』

大山脈を一息で崩壊させた黄金の多頭竜〝アンフェイグ・レブローン〟。

帝国を一夜で滅亡させた黄金の悪魔王〝ヴォイド・デーモンキング〟。

今〝ヒストクロック〟によって再現されたのは、太古に存在した二体の覇者だ。

ただ一体でも国を滅ぼせるこれらの存在は、本物でないにもかかわらず、ただそこに在るだけで空間を歪めてしまいそうなほどの強い存在感を放っていた。

対峙しただけで自身の死を幻視してしまいかねない。そんな存在を前に、臆《おく》する事なく突き進む一匹の黒狼鬼王。

「グルガウッ！」

燃える車輪を背負った黒狼鬼王――カナタと灰銀狼が一体化した状態。小鬼をひと回り大きくした程度のサイズしかない――は、黒炎の軌跡を残しながら眼前の獲物に向けて突き進む。

強靭な脚力による疾走。重複発動されたアビリティと、背後の歯車から放たれる黒炎による超加速。

まるで赤黒い閃光のようになった黒狼鬼王は鋭い双眸で戦場の全てを見ていた。

『オオオオオオオオオ！』

『ヲシ・ニノモ・ルナカロオ！』

その視線の先で、二体の覇者が自身に迫る黒狼鬼王を最大攻撃で迎え撃つ。

〝アンフェイグ・レブローン〟は百もの獰猛《どうもう》な竜頭を持つ、全長五百メートルを軽く超える巨大な竜だ。

その竜頭の全てから、超高密度の魔力が込められた【竜の息吹《ブレス》】が放たれた。一つひとつが万物をアッサリと蒸発させるほどの威力を持ち、十秒もの間持続するそれが、百の光線となって周囲全域を薙ぎ払う。

まるで光の洪水のような黄金の息吹による圧倒的な破壊の前に、愚かな挑戦者は平伏《ひれふ》すしかない。

しかし黒狼鬼王は、そんな攻撃を前にしても臆してはいなかった。

獣のような鋭い身のこなしと、肉体が千切れてしまいかねない爆発を利用した加速によって、息吹と息吹の僅かな隙間を縫《ぬ》っていく。

僅かでも怯めば一瞬で消滅しかねない死地にあっても、黒狼鬼王の動きは鈍るどころかキレを増していた。

グングンと〝アンフェイグ・レブローン〟との距離を詰めていくが、それを黄金の悪魔王が阻んだ。

異界から顕現《けんげん》した〝ヴォイド・デーモンキング〟は、身の丈五メートルほどと多頭竜に比べれば小さいものの、その能力は多頭竜と同等以上。

そんな悪魔王の五指に、黄金の魔力が収束した。

寒気すら感じさせる魔力はやがて一センチほどの黄金球体となり、それが五つ放たれる。

黄金球体はまるで雷撃のような速度で、優れた狩猟犬が獲物を逃げ場なく追い込むかのように突き進む。

黄金球体の標的は当然、不敬なる黒狼鬼王だ。

五つの黄金球体はある程度まで黒狼鬼士に近づくと、まるでブラックホールのように周囲の全てを空間ごと吸い込み始めた。

疾走する黒狼鬼王が、不可視の鎖に縛られたかのように吸い寄せられる。それも一方向ではなく、前後左右上方と五つの方向からだ。

引き寄せられる強さはランダムに切り替わる上、最大では、一瞬でも気を抜けば動くどころか四肢を引き千切られてしまいかねないほどに強力な引力が発生している。

また、その引力は【竜の息吹】すら引き寄せていた。黄金球体に吸い込まれた息吹は消失するが、それまで威力そのものは変わらない。むしろ不規則に軌道が蛇行する事で先読みができなくなり、黄金球体に近づくほどに、無差別の息吹にも近づいてしまう。

自身の防御力では一撃すら耐える事のできない超攻撃力の合わせ技。回避するしかない中で、更に回避すら困難にさせられる。黒狼鬼王にとってそれは、あまりにも致命的な攻撃と言えるだろう。

しかし、この状況を打開する切り札が黒狼鬼王の手中にあった。

「ジャアアア！」

裂帛《れっぱく》の咆哮《ほうこう》と共に放たれる朱槍の一閃。

ただの攻撃だったなら、むしろ吸い込まれてしまうだけの悪手だっただろう。その一撃はしかし、五つの黄金球体のうち、最も近くにあった前方の一つを容易く切り裂いた。

その瞬間発生する黄金の爆発。凝縮された魔力が開放された結果であるそれは、物理的な衝撃は一切伴わないが、一瞬だけ黒狼鬼王の姿を包み隠す。

それは瞬き一つ程度の、本当に僅かな間だ。

だがその一瞬で大きな変化が起こった。

「「「ヴォフッ！」」」

黄金の爆煙が消えた後に現れたのは、三鬼の黒狼鬼王。

朱槍を片手に持つ本体を先頭に、そのやや後方右側に天使のような装飾が施された白く輝く神剣を携えた分身が、更にその左側に悪魔のような装飾が施された黒く輝く神盾を構えた分身がいる。

それは、アビリティ【三位一体《トリニティ》】による実体のある分身だ。

本体と同等の能力を秘めた二体の分身は一つの意思によって統率され、一切の乱れなく鏃のような陣形で突き進む。

目指すは三鬼から最も近い悪魔王だ。

途中、黄金球体の引力に引き寄せられるが、三鬼はピッタリと密集し、【火翔加速】などを使って互いの力を重ね合わせた。

それはさながらジェットエンジンが一つから三つに増えたようなモノだ。僅かでもズレがあれば制御を失いかねない乱暴すぎる手法ではあるが、【調和《ちょうわ》の極致《きょくち》】によって加速は完璧に調整されている。

まるで赤黒い閃光のようになった三鬼は悪魔王まで一瞬で到達し、朱色の一閃を残してすれ違う。

凄まじい速度で離れていく三鬼の後方では、攻撃を防ごうとした悪魔王の右腕と、驚愕《きょうがく》に口が開いたような頭部が刎ね飛んでいた。

宙に舞い上がった右腕と頭部が地面に落下するよりも早く、三鬼は更に突き進み、その奥でまだ息吹を吐いている多頭竜のすぐ近くにまで到達した。

それでも多頭竜は三鬼の動きに対応し、即座に半数以上の頭部からの息吹を収束させる。それでも息吹の直径は五メートルを軽く超えるほどだ。

世界を塗り潰すような黄金の閃光は、更に一秒後には残りの息吹も全て収束し、最大火力となって三鬼を襲うだろう。

そうなれば流石の黒狼鬼王とて影も残らず消滅するしかない。

しかし、その一秒後は訪れなかった。

収束息吹を、神盾を持つ分身が前に出て受け止めていた。激しい黄金の光の奔流が三鬼を覆い隠す。

収束息吹を防ぐ事など、通常の武具では不可能だ。常識的に考えれば三鬼は既に塵《ちり》と化していてしかるべきだろう。

だが分身が持つ神剣と神盾は、黒狼鬼王が〝ヒストクロック〟と同格の古代爆雷制調天帝〝アストラキウム〟討伐時に得た【調和神之剣盾《アストー・キウラウム》】だった。

故に収束息吹を受けても神盾が壊れる事はなく、それどころか触れた端から収束息吹の魔力を吸収していた。

「ウォンッ！」

そして吸収された膨大な魔力は対《つい》となる神剣に注ぎ込まれていった。

「バウッ！」

神盾の後ろにて、分身が神剣を上段に構えると、目が眩《くら》むほどに白く輝く魔力刃が天高く伸びる。

その長さは三十メートルを軽く超え、まるで巨人の剣のように伸びた神剣を、分身は閃光のような速度で振り下ろした。

その強烈過ぎるひと振りによって空間に断裂すら生じ、多頭竜の巨躯は収束息吹諸共《もろとも》真っ二つに割断された。

戦場は一瞬静寂に包まれる。僅かな間で倒され役目を終えた太古の覇者は、黄金の爆発と共に消滅した。

簡単に切り抜けたように思えるが、紙一重の攻防だった。何かが少しでも違っていれば、結果は逆だったに違いない。

その事実に疲労を感じつつ、三鬼の黒狼鬼王は上空を見上げた。

そこに存在する〝ヒストクロック〟は、魔力を使い過ぎた事で降下してきている。

六面のうち五面を既に破壊している現在、残る最後の一面を壊せばどうなるのか。

それを知る為、黒狼鬼王は〝ヒストクロック〟のところへ向かおうとするが、それより早く銀の牛頭鬼が迫っていた。

六本指の掌のような祭壇が出現し、〝ヒストクロック〟がそこに収まった次の瞬間、突進していった牛頭鬼が戦斧を振り下ろした。

膨大な魔力を帯びる事で防御力を高めていたとしても、牛頭鬼の全力の一撃を受けてはどうしようもない。

最後に残っていた一面は深く穿《うが》たれ、更に戦斧のひと振りと共に巻き起こった銀の雷と炎によって滅茶苦茶に蹂躙《じゅうりん》される。

六面全てを壊された〝ヒストクロック〟の亀裂は全身に広がり、ずっと続いていたゆっくりとした回転が止まって震え出した。

まるで爆発寸前かのように、亀裂からは眩い光が溢れ出している。それに伴う魔力の高まりは、臨界点を遥かに超えていく様を思わせる。

それを見た牛頭鬼は城塞盾を構え、黒狼鬼王達もまた神盾の後ろに隠れた。

防御態勢を整えた両者の前で、予想通りと言うべきか、〝ヒストクロック〟を中心に黄金の爆発が巻き起こった。

今回の爆発は、物理的にも、魔力的にも周囲に凄まじい影響を及ぼした。

牛頭鬼の城塞盾や黒狼鬼王の神盾に、〝ヒストクロック〟の超高密度魔力爆発と超硬超重量の黄金の破片が音速よりも速く衝突する。

破壊力だけで言えば収束息吹をも超えるだろう。魔力爆発だけでも身体が吹き飛ばされるだけの圧力があり、それに含まれる黄金の破片の大半が盾に弾かれなければ、強靭な両者の肉体とて削り取られてただの肉片と化していてもおかしくはなかった。

僅かに盾からはみ出ていたのか、黒狼鬼王の毛皮には赤い血が滲み、傷口には黄金の煌めきが突き刺さっている。

黒狼鬼王よりも肉体面で優れる牛頭鬼ですら幾らか銀の流血が見られ、今の爆発の破壊力の凄さが窺える。

『■■■■■■』

「ブォフ」

苦労して六面を破壊しても、この爆発を耐えられなければ即死して無意味となる。

凄まじい嫌がらせに、声は聞こえないながら何かを言っているような仕草をした牛頭鬼は、傷口に食い込んだ欠片を摘んで取り除いて、その辺に捨てていく。

それを見て思わず『もったいないなー』とでも言うような表情の黒狼鬼王。こちらは傷口に食い込んだ小さな欠片を取り出すと、捨てるのではなく口に運んだ。

バリバリゴリゴリと、普通なら歯が砕けるほど硬い欠片を飴玉《あめだま》のように噛み砕き、そこから溢れる美味に思わず笑みを浮かべている。

——そんな両者の前で、黄金の立方体という外殻を失った本当の〝ヒストクロック〟が姿を現した。

それは、一メートルほどのアンティーク風な丸い懐中時計だった。

表面は色こそ黄金だが、煌びやかだった立方体時とは異なり無数の傷がついていて、長い時間使われていたような摩耗《まもう》が見られた。

恐らく最初はもっと輝いていたが、長い間世界の現在と過去に触れ続けて、そうなったのだろう。

だがだからこそ、これが〝ヒストクロック〟の本体で間違いなかった。

黒狼鬼王は思わずこれまで〝ヒストクロック〟が刻んできた歴史を想像したが、しかしまだ戦闘は続いている。

内包する魔力は黄金の立方体という外殻に包まれていた時よりも更に密度を増した一方、これまでは無かった脆《もろ》さも滲み出ている。

ここを耐え、攻撃が通れば倒せるだろう。

確信にも似たそんな思考が巡る黒狼鬼王の前で、懐中時計の姿をした〝ヒストクロック〟の蓋が開いて文字盤が現れた。

黒狼鬼王がこれまで見た事もないその特殊な文字盤の上で、二つの針がグルグルと高速で動き始める。

それに合わせて〝ヒストクロック〟の周囲の空間が大きく歪んだ――無数の過去が入り交じり、現在に再現される前兆である。

「バウッ」

「■■■■■■」

黒狼鬼王と牛頭鬼が改めて構え直す。

その姿には一部の隙も無い。何が起こっても即座に反応できるだろう。

万全に備える両者の前で、〝ヒストクロック〟は黄金の魔力を放出し、二つの針が重なり合って文字盤の【Ⅻ】を指した。

そこから長針が一周して短針が一つ動き、【Ⅰ】を指す。

すると【Ⅰ】が黄金に輝き、文字盤から浮き上がると、〝ヒストクロック〟と黒狼鬼王達の丁度中間地点まで移動した。

そしてその【Ⅰ】に秘められた黄金の魔力が膨大な圧力と共に爆発し、灼熱の黄金が噴火する。

それはかつて大海に島を生み出した海底火山の噴火の再現だった。

噴き上がる黄金の溶岩が灼熱と岩塊を撒き散らし、周囲一帯を一瞬で薙ぎ払う。

そのままいけば、最終的には【時帝の天領】に黄金の島が造られる事になるかもしれない。

そんな直近で起こった噴火に対し、銀の牛頭鬼は迷わず突進。城塞盾を構え、全力疾走で黄金噴火の中央に存在する【Ⅰ】に突き進む。

熱源に迫るほどに強く襲い掛かる熱波を、牛頭鬼は吸収してむしろ自身の力に変換し、迫る岩石弾を銀の雷撃と炎撃で吹き飛ばす。

かつて島を造ったほどの黄金噴火の勢いは凄まじいものだが、牛頭鬼の突進はそれすら超えていた。

黄金の噴火を掘削し、核となっている【Ⅰ】に対して戦斧を振り下ろす。

噴火を続けていても、【Ⅰ】そのものに防御する機能は無いようで呆気なく両断され、その瞬間に黄金噴火も消滅する。

それはつまり、何を再現しようとも、核さえ潰せば破壊ができるという証明であった。

余韻《よいん》に浸る間もなく、〝ヒストクロック〟の時針が巡り、【Ⅱ】【Ⅲ】【Ⅳ】【Ⅴ】【Ⅵ】【Ⅶ】までの六つが一気に文字盤から浮かび上がって、戦場に広がった。

周囲に広がったそれらが核となって再現されたのは、天を衝《つ》くような大きさの黄金に燃える大樹、天に浮かぶ翼の黄金円環、そして二振りの黄金神剣を持つ身の丈三メートルほどの黄金鬼だった。

黄金に燃える大樹は、かつて周囲の環境を灼熱地獄に変えてしまった〝灼天結晶邪樹《ヴェーラ・イルタユグラ》〟の再現である。

ただ存在するだけで周囲の温度は急激に上昇し、近づき過ぎるとひと呼吸するだけで肺が焼けてしまう程になる。何かしらの対策が無ければ数秒で干上がり、死体は燃えて灰も残らないだろう。

そして怨念など形なき何かを吸い取り、〝灼天結晶邪樹〟は更に大きく成長していく。そうして拡大する灼熱地獄は、過去に存在した【災厄《しくさい》】の一つだった。

天に浮かぶ翼の黄金円環は、味方を超回復させる能力を持つ【大聖女《グラン・サンクタ》】数名の命を燃やして発動する、究極の回復魔法の再現である。

たとえ死んだ者であっても、死体を修復し、魂を呼び戻して復活させてしまうほどの【奇跡】の一つ。本来なら発動から僅かな時間しか保たれないが、〝ヒストクロック〟の膨大な魔力は常識外に長い持続時間を可能にした。

まずはこれを打ち砕かねば、再現された生物の類を破壊する事は難しい。

そして、黄金の双剣を持つ黄金鬼は、かつて存在した幾つかの文明を消し去った【原初】の鬼の一体の再現である。

その名は既に失われ、世界の何処かにある古代遺跡に僅かな記録が残されているのみ。〝ヒストクロック〟よりも上位に位置する為、完全に再現する事はできず、黄金鬼単体の能力では本物とかけ離れた劣化版でしかない。

だから加えて二振りの神剣を再現し装備させる事で、幾らかは全盛期に近づいていた。

そんな黄金鬼が、何かを訴えかけるように口を開いた。

「■■■■■■■■‼」

それは【I】が再現した噴火よりも激しい、世界を震わせる咆哮だった。

味方であるはずの〝灼天結晶邪樹〟から放出される熱波も吹き飛ばし、翼の黄金円環すら破壊しかねない凄まじい威力を秘めていた。

そして、咆哮一つで強烈な存在感を放つ黄金鬼が持つ、二振りの神剣に宿る能力は【破壊《ディストラクション》】と【崩壊《コラプス》】。

かつて存在した【帝王《ていおう》】達が持っていた二つの【神器《じんぎ》】であり、一振りでその能力に相応しい結果を世界に刻むだろう。

ただでさえ強敵である事に間違いない黄金鬼が、優れた武器を持ち、強力な回復の援護を受けている。また、戦場は刻一刻と熱を帯び、敵対者の生命を容赦なく削ってくる。

噴火を一撃で破壊した牛頭鬼ですら、城塞盾を構えて様子見を選択するほどの劣悪な戦力差だ。

常人ならまず諦めてしまうだろう。

そんな中、誰よりも早く動いたのは――黒狼鬼王だった。

「いただきまーーーーーーーーーす！」

背後の車輪から黒炎を爆発的に噴出させて、黄金鬼に最高速度で突進する。

黒い狼そのものだった頭部装甲を意図的に外し、黒小鬼王の素顔が露出している。

黒い毛皮自体が優れた防具となってこれまでの攻撃を防いでいたのだから、素顔が出ているのはつまり防具を外している状態に他ならない。

王冠こそ被ってはいるが、それは防具というにはあまりにも頼りなく、攻撃を受ければ黒小鬼王の肉体とて破壊されるだろう。

致命的な弱点を晒し、まるで黒い流星のように軌跡を残しながら愚直《ぐちょく》に真っ直ぐに突進する様は、あまりにも無謀だった。

自殺願望でも抱いているのか、と思われてもおかしくはない愚行である。

その上、まるで餌《えさ》に喰いつくように口を大きく開けていた。

黄金鬼が神剣を突き出せば、口から入ってそのまま貫いてしまいそうなほどの無防備さである。

あまりにも常識から外れた行動に対しても、黄金鬼の行動は迅速だった。

まるで閃光のように踏み込み、これまでの激しい攻防でも傷一つつかなかった【時帝の天領】の透明な床にハッキリとした足跡を刻みながら、右手に持つ【破壊】の神剣を突き出した。

【破壊】の切っ先は、文字通り触れた物を破壊する。

物を、魔法を、時には現象すら簡単に【破壊】する事が可能な神剣は、黄金鬼の狙い通りに、頭から高速で突っ込んでくる黒小鬼王を捉えた。

鋭い切っ先は大きく開かれた口の中にスルリと入り、そのまま肉体を【破壊】して突き抜ける――

それが本来あるべき光景だったはずだ。

しかしありえない事に、【破壊】の神剣は何も破壊できなかった。

それどころか口に入った瞬間に噛み砕かれ、咀嚼《そしゃく》され、敵を【破壊】するのではなく自身が【破壊】されてしまったのだ。

その結果に黄金鬼は驚いたが、喰われた神剣を即座に手放して側方に逃れようとする。

まるで舞うような足捌きは、一瞬で視界の外に消えたようにも見えるだろう。

しかし直近にまで迫っていた黒小鬼王はそれを許さない。

横に逃げる黄金鬼に対し、伸縮自在の機械腕がまるで蛇のように伸びる。

蛇行し予測し難い動きで迫る機械腕の手には、生体武器の一種である黒短角剣が握り締められている。その切っ先は黄金鬼の脇腹に根本まで深々と、ヒトで言えば腎臓などのある辺りを貫いた。

と同時に刃から猛毒が分泌され、黄金鬼の内部から侵食を開始する。

それでも、強靭な生命力を誇る黄金鬼を殺すまでは至らない。激痛に僅かに悶《もだ》え、動きが多少鈍ったのみだ。

しかしそれだけで黒小鬼王には十分だった。

伸びていた機械腕を縮めて自身を強引に黄金鬼まで引き寄せ、その勢いのまま黄金鬼の胸部に喰い付いた。

神剣と同様に強靭無比なはずの黄金鬼の胸筋や肋骨を、まるで障子《しょうじ》のように呆気なく食い破り、心臓の代わりに存在した核を口に入れ、噛み砕く。

まさに一瞬の出来事だ。

一方の黄金鬼も、ただでは殺されぬとばかりに執念を見せた。

自身を構成する核を失い、消滅するまでの僅かな間に、左手で握る【崩壊】の神剣で黒小鬼王の横腹を穿った。

【崩壊】の神剣の切れ味は鋭く、斬撃に対して優れた防御力を発揮する黒狼装甲を容易く貫き、右わき腹から左わき腹まで貫通し、怨敵を道連れにすべく加減なく【崩壊】を発揮する。

内臓はズタズタに崩壊し、細胞が急速に死んでいく地獄の苦痛が黒小鬼王を襲う、はずだった。

「う、う、う、うまっ、うまあああい！」

しかし、【破壊】の神剣を喰らい、黄金鬼の核すら食い破った黒小鬼王の咆哮が周囲に響く。

それは痛みや苦痛によるものではなく、心の底から発せられた歓喜の叫びだった。

濃厚な〝ヒストクロック〟の魔力の塊と言うべき黄金鬼の核と神剣を喰った事で、黒小鬼王の全身にもまた黄金の魔力が漲っている。

溢れんばかりのそれは黒小鬼王の生命力を一時的に大幅に上昇させ、その結果、脇腹から突き出した神剣が齎《もたら》す【崩壊】を超える速度で傷が治っているのだ。

ダメージを喰らっても回復力がそれを上回るならば、痛みはあっても食欲に塗り潰されてしまう。

「もっと、もっと喰いたいッ！」

実はこれまでにも、黒小鬼王は再現体を、正確に言えば黄金の魔力そのものを喰おうと、何度も試みていた。

しかし食料から魔力を摂取する事はできても、魔力そのものを直接喰う事は叶わないでいた。

その為、食欲を刺激されつつも我慢するという苦難を強いられながら、戦闘を続けていた。

もし魔力が喰えなければ、流石に黒小鬼王も黄金鬼という強敵に対してもっと慎重になっていただろう。

だが先程、〝ヒストクロック〟の外殻を摘み食いし、その身に宿る魔力を摂取した事で、事情が変わってしまったのである。

そうする事で、これまでにも幾千幾万もの獲物を喰らってきた経験からか、あるいは失われた記憶を思い出したのか、黒小鬼王は魔力を喰うコツを会得してしまったのだった。

そうなれば、黄金鬼などはまさに用意された極上の餌に過ぎない。

完全再現されていないとはいえ、部分的には〝ヒストクロック〟すら超える逸材。神剣もまた、それと同じくらいに美味なる獲物だ。

これまでの戦闘で消耗し、空腹だった黒小鬼王にとって、理性が一時的に蕩《とろ》けて本能のまま喰いたくなってしまっても、おかしくはない。

たとえ一般的にはおかしかったとしても、黒小鬼王にとっては正常な思考だった。

「フンっ！　いただきます！」

そして我慢ができなくなった黒小鬼王は、自身の腹部を貫く【崩壊】の神剣を引き抜いて、またも噛み砕き、更に黄金の魔力を取り込んだ。

引き抜いた直後に腹部の傷は癒え、むしろ傷を負う前よりも強靭に強化されていく。

続いて黒小鬼王は、天に浮かぶ黄金円環まで飛翔。動かない魔法が捕食から逃れる事などできるはずもなく、黄金鬼達と同じように核ごと喰われてアッサリと消失する。

最後に残った〝灼天結晶邪樹〟は、自衛の為に周囲の温度を極限にまで引き上げた。

その結果生まれた灼熱地獄は、生物の生存を許さない領域となる。それはまるで太陽そのものが顕現したような状況で、しかしそれでも黒小鬼王を止める事はできない。

身体が内外から燃えていようと気にする事なく、どんどん距離を詰めていく。

そして、その場にて動く者は黒小鬼王だけではなかった。

牛頭鬼は熱波を吸収したのかより元気になり、威圧する咆哮と共にいち早く距離を詰めていく。

二匹の強敵を迎撃すべく、〝灼天結晶邪樹〟が燃える枝を振り回した。それはまるで鞭《むち》のようにしなり、先端は音速を軽く超えていた。

質量と硬度によって凄まじい威力を誇る枝の一撃は、当たれば即座に敵を肉塊に変えてしまうだろう。

しかし牛頭鬼は城塞盾を掲げてそれを完璧に受け止め、それどころか太い腕の筋肉を隆起させてはじき返すと距離を詰め、樵《きこり》のように戦斧を振りかぶって太い幹に一撃を加えた。

硬く重く密度の高い〝灼天結晶邪樹〟は、如何に牛頭鬼とて簡単には破砕できない。

だが二度、三度と角度を変えて戦斧に攻撃され、木片を撒き散らし、遂には〝灼天結晶邪樹〟は伐採される。

ゆっくりと倒れる〝灼天結晶邪樹〟。それを、黒小鬼王はあり得ないほど巨大化させた口で受け止め、バリバリと咀嚼した。身体は小さいままで、頭だけが巨人になったような、何とも歪な姿だった。

あまりにも常識外れな方法で苦難を乗り越えた黒小鬼王と牛頭鬼に対し、〝ヒストクロック〟も最後の足掻《あが》きか。

二つの針が巡り、残る【Ⅷ】【Ⅸ】【Ⅹ】【Ⅺ】が一つに集まって、とある存在を再現させた。

それは〝ビストクロック〟に残された全ての魔力を振り絞ったものだったが、流石に完全再現には至らない。

それでも、黄金鬼よりも遥かに強烈な存在がその場に再現された。

巨躯の牛頭鬼すら見上げるほど巨大な、黄金に輝く半獣半人の異形なる【堕神《だしん》】が一柱。

かつてはこの世界の【神】でありながら、墜ちて世界を荒らした【神災】の一つが、黒小鬼王と牛頭鬼の前に立ちはだかった。


――〝ビストクロック〟が最後に再現した【堕神】戦の後半は、あまり記憶にない。

途中からは考えるよりも先に本能で身体が動いていたし、そんな余裕がないくらい酷い戦いだったという事だろう。

【堕神】の本物が強すぎて今回は再現しきれなかったようで、能力も低く、胸部に存在する連結核を潰せば即座に倒す事が可能だった。更にこちらには、過剰なまでに蓄えられた上質な魔力、そして何より、牛頭鬼という心強《こころづよ》すぎる味方がいた。

最終的には、牛頭鬼に守られながら接近し、下半身を失いつつも捨て身の攻撃で連結核を喰い、九死に一生を得る事ができた。何か一つでも天秤の傾きが違っていれば、結果はまた違っていたかもしれない。
　とてつもない苦労だったが、それに見合った成果は間違いなくあった。

「能力名【歴史に輝く黄金の記録《ゴールド・レコード》】のラーニング完了」
「能力名【歴史の栞《ブックマーク》】のラーニング完了」
「能力名【黄金時の欠片《ゴルディ・フラグメント》】のラーニング完了」
「能力名【原初《げんしょ》の鬼影《きえい》】のラーニング完了」
「能力名【天上の翼環《サンクタ・ハイロウ》】のラーニング完了」
「能力名【破壊の権化《ハカイシャードン》】のラーニング完了」
「能力名【崩壊の予兆《コワレタードン》】のラーニング完了」
「能力名【■■堕神：■■宣告】のラーニング完了」

「エリアレイドボス〝ヒストクロック〟の討伐に成功しました」
「神■■篇〔ヒストクロック〕のクリア条件【単独撃破】【■■討滅】【■■■■】が達成されました」

［■■■には特殊能力《スペシャルスキル》【因果時転の理】が付与されました］
［■■■■には初回討伐ボーナスとして宝箱【積層《せきそう》せし黄金時計《ゴルドクロス》】が贈られました］

［■■■■■／■■■■による■迷詩■攻略の為、【歴史の神】の神力の一部が徴収されました］
［神力徴収は徴収主が■■だった為、■の■る神の神力は■■れました］
［弾かれた神力の一部が規定により、物質化します］
［■■■■は【歴史神之黄金時計《ゴルディアン・ヒストゥロス》】を手に入れた!!］

下半身が無くなっているので、機械腕で這《は》って〝ビストクロック〟の傍に寄る。

【堕神】を倒した直後、六本指の掌のような祭壇の上にいた〝ビストクロック〟は亀裂が走ってガラスが砕け、針も折れ曲がって動かなくなった。

生物というよりは機械的な形状である〝ビストクロック〟の状態を確認すると、確実に機能停止している。

後で喰うべく、出てきた宝箱などと一緒にとりあえず回収し、今日はこのまま寝る事にした。

鉛《なまり》のように重くのしかかる疲労や消滅した血肉、その他諸々の不調を処理する為にも、今は本能が示す最適解に素直に従うべきである。

目が覚めたら色々と気になる部分の検証が必要だろうが、とりあえずは取り出した毛布にくるまって横になる。

そんな俺の隣で、牛頭鬼もまた横になった。

何度か四肢が千切れてはくっ付けて再生していた牛頭鬼も、休んで回復する必要があるらしい。

今回は非常に頼りになったので、またどこかで共闘したいものである。

俺と縁があるのは間違いないので、それは近い未来に叶いそうではあるが。

疲労が酷い。考えるのは明日だ。

牛頭鬼に最後の挨拶として拳を伸ばすと、それに応えてくれたので拳同士をコツンと触れさせ、目を閉じる。

グッナイ。よい夢を。


「神権効果【因果忘却】対象者が解除条件【エリアレイドボスの駆逐】を一部達成しました」

「それによって一部制限が解除され、【小鬼《ゴブリン》】から【中鬼《ホブ・ゴブリン》】に回帰します」

「規格外恩寵【限界超越】が効果を発揮しました」

「規格外[redacted]【堕神[redacted]】が[redacted]」

「試練を乗り越えた事で、[redacted]は本来の【中鬼】から【黒焔領中鬼大王《アルチャータ・ゴブリングレートキング》・堕天隗定種《リスタリオリシーズ》】に

【存在改定《リメイク》】されました
［記憶の一部も封印が解除され、思い出す事ができます］

意識が落ちる前に、どこかで聞いたような声が耳に届いた気がした。

《百四日目》／《二[redacted]四[redacted]目》

ふと目が覚めて周囲を見る。
まだ夜らしく、周囲は暗い。
見上げれば空に星が輝いている。
動こうかとも思ったが身体はまだ怠《だる》く、眠気《ねむけ》がまだまだ残っている。
まだ寝るべきだろう。
起きろと言われても寝たい。
動きたくない。
二度寝最高だね。
満足するまで寝たいので、また目を閉じる。
グッナイ。

《百五日目》／《二■五■目》

昨日一日寝て過ごしたようだが、そのおかげか素晴らしい目覚めだった。

まるで世界が生まれ変わったように感じつつ、俺に起こった変化を確認していく。

まずは【黒焔領中鬼大王《アルチャーター・ゴブリングレートキング》・堕天隗定種《リスタリオリシーズ》】とやらに【存在改定】されたらしい。

種族が変わるのは二度目なのでそこに驚きは少ないが、その他の変化は色々と多い。

頭部には、銀色に輝く髪が肩まで届く長さで生え、被る王冠はより豪華になった。

魔法吸収などの能力を秘めた王冠には、更に様々な能力が追加されている事が肌で感じられるが、それは一先ず置いておくとして。

小柄だった背丈は大きく伸び、百八十センチほどだろうか。一気に成長したが、【強化人間】の頃と似た感覚で動けるので、軽く試すだけで良く馴染《なじ》む。

両腕の機械腕はより逞《たくま》しくなり、動きもより機敏《きびん》になった。胸筋は大きくなり、腹筋は六つに割れ、足も太くなった。筋肉量は見た目通りに著しく増えているらしく、軽く力を込めたり動いたりするとそれが実感できる。

それから、仏像が穿《は》いているような下半身を膝《ひざ》まで包む腰布は、質が向上したのか以前よりも柔らかく滑《なめ》らかな質感になった。

また、所々に灰銀狼の毛皮のような部位が追加されているだけでなく、灰銀狼の頭部によく似た装飾が施された黒いベルトが追加されている。

もしかしたら、灰銀狼を取り込んでしまったのだろうか。

灰銀狼自体、どうして生まれたのかも分からなかった存在ではあるので、今回の【存在改定】で俺と一体化して生体防具となっていてもおかしくはない。

実際、目が覚めてから灰銀狼の姿は確認できていない。

そしてそんな灰銀狼と同じく、【火獣群の歯車】もまた俺の一部になっているようだ。

顔を後ろに向けると、背面には黒く燃える炎――黒焔光背《こくえんこうはい》と呼ぶ事にしよう――が浮かんでいる。

【火獣群の歯車】の面影が残る中央部を軸に燃える黒焔光背は、魔力を込めれば激しく燃え、そこから〝黒焔鬼獣〟という黒い鬼獣を生成できるようだ。

火獣達と同じく形状は俺の意思で自由に変化させられるが、〝黒焔鬼獣《こくえんきじゅう》〟達には額に角が生えているという共通点がある。

それに黒焔となったからか火力は桁違いに上昇しているし、何より一度何かを燃やすと滅多な事では消えないらしい。

試しに、確保していた獲物の一部に黒焔を着火してみたところ、あっという間に燃やしたと思ったらすぐ灰になってしまった。

黒焔の扱い方には気を付けようと思いつつ、黒焔光背は自在に消したり出したりできるようなので、寝る時に邪魔になったりはしない。それにはホッと安堵《あんど》のため息が出た。

その他にも、腰に佩《は》いている生体武器の黒短角剣が黒螺旋剣《ドリルソード》になっているなど、気になる部分は幾つかあるが、特に大きいのは次の二つだ。

まず一つ目は、【鬼王《キング》】から【鬼大王《グレートキング》】になった事。

【天星術師の星読み眼鏡】で軽く調べたところによると、【鬼大王】は【鬼王】よりも上の存在に該当するらしい。

そうなる条件は【天星術師の星読み眼鏡】ですら読み取れなかったが、個人的には、偽物とはいえ【堕神】討伐が関係しているように思える。

あるいは【堕神】とは直接関係は無くても、強敵を討伐した事が何かしらの条件を満たしたから、なんて可能性はありそうだ。

まあ、その辺りの答えはまだ知る事ができない。これについては追々知る機会があれば、という事にしておくとして。

二つ目は、【黒焔王領《こくえんおうりょう》】という新しい能力だ。ちなみに本能的に使い方を理解できている。

これは一定範囲内を自分に都合がいいように支配するという、使い方次第では馬鹿みたいに強力な能力だった。例えば、領域内では〝黒焔鬼獣〟を魔力の消費なく増やせるとか、敵の魔力だけを燃やせるなど、その他も色々できるようだ。

まさに一つの領域を統《す》べる王になれる能力である。

決して、〝中鬼〟という、一般的な生態系では下位に属す種族が持っていていい能力ではない。

竜種とか巨人種とか、生態系の上位にある支配種が持っているべきだろうに。

いやどういうことやねん、と変化を見つける度に突っ込んでしまうが、なんか変わってしまったので仕方ない、と思う事にして。

聴力や視力、筋力や俊敏力など全体的にも以前より大きく強化されているし、周囲に悪影響が大き過ぎて試しづらい新しい能力もある。なので、今日は【時帝の天領】にて訓練をする事にした。

安全で周囲に何もないから、強化された諸々を確認するのにうってつけの環境だ。これを使わないのは勿体ない、という訳だ。

一日全てを使って鍛錬し、肉体を痛めつけた後、夕飯にはお楽しみの〝ビストクロック〟をメインにした料理を用意した。

〝ビストクロック〟は、大雑把に表現すると、巨大な機械時計である。

生体部分は存在せず、特殊な魔法金属と超常的な何かが混合された物質で構成されているので、火を通したりなどの通常の調理は意味がない。

だから〝ビストクロック〟自体には手を加えず、残しておいた〝偽青道十二星獣〟の小型種をオカズとして彩《いろどり》を加えた。

文字通り山となった料理を喰っていくが、どれも美味い。

小型種はバリエーションが豊富なので　程よく上質な脂の乗った肉もあれば、新鮮な野菜のような食感の部位もある。味も、ピリッと辛いモノもあれば、苦くて甘いモノもある。

強化個体と比べれば質は劣るものの、それでも十分以上に良質だ。

しかもこれだけの量があれば、誰だって十分満足できるだろう。単体でも十分メインを張れる品揃えだったと思っている。

ただやはり、〝ビストクロック〟の前では霞んでしまっていた。

〝アストラキウム〟と同様に、ひと口齧るだけで口内を蹂躙し、脳を直接刺激するような旨味の塊だ。

超常物質製なので歯応えは十分過ぎるほどあるが、時間に関係する能力に由来するのか、まるで長期間かけて丹念に丹念に旨味を凝縮させた熟成肉のような味がする。

舌に触れると少しピリリとスパイシーで、その直後に凝縮された旨味の爆発に晒され、それでいて後味は爽快とくるものだから、一度食べると手が止まらなくなってしまった。

熟成された芳醇な魔力の香りが鼻孔を擽《くすぐ》り、噛む毎に滲み出てくるような黄金の魔力の奥深い味は、ただ最高の一言に尽きる。

新しく手に入れた迷宮酒との組み合わせも良く、チビチビやりながら夜空を眺めるという、至福の時間が過ぎていった。

［能力名【歴史《れきし》の証人《しょうにん》】のラーニング完了］
［能力名【因果《いんが》を紡《つむ》ぐ針《はり》】のラーニング完了］

当然と言うべきか、新しいアビリティもラーニングできた。
これらは単独だと使い道がほとんどないが、新しく得たばかりの【神器】である【歴史神之黄金時計】と組み合わせれば、〝ヒストクロック〟がやっていたように過去の再現が可能となる。
やる事、やれる事、やってみたい事がどんどん増えていくが、今はとりあえず、夜空を見ながら最高の晩酌を楽しむ事にした。

《百六日目》／《二■六■目》
今日もまた、新しい能力を満足できるまで使いこなせるように、試したいだけ試す。
一日中汗を流し、素の肉体性能から、新しい種族になって覚えた能力の効率的な使い方。それから黒焔という強力な能力などなど、今後に繋がる多くに関してより理解を深める事ができた。

とても有意義な一日を過ごした後の夜、寝転びながら今後の方針を考える。

流石に時間がかかったが、〝ビストクロック〟の討伐という目標は無事に達成できた。

すると次の【エリアレイドボス】を喰らうという新たな目標がまた出来た訳だが、その前に一旦《自由商都セクトリアード》に帰還する事にしよう。

保護した責任もあるので小まめに連絡は取っていたとはいえ、蟻人《ありひと》少年達の事が気になっていた。

彼・彼女らだけでもやっていけるようにサポートも色々としているが、まだ完全に手を離すのは難しい。

それに不在の間に多少ゴタゴタもあったらしいので、その対処なども必要だ。状況確認はさっさと済ませておくべきだろう。

幸い、お土産は大量にある。

《時刻歴在都市ヒストリノア》で得たマジックアイテムの数々、ここでしか得られない貴重な素材の山。道中の記録だって立派な商品になるし、深部で出現するモンスターの素材だけでも一財産だ。

帰ったら、まだ残してある〝偽青道十二星獣〟の小型種の食材を使って、パーティもいいだろう。

そうすれば、忘れていた仲間達の事を少し思い出した影響でどこか感じる寂しさも、少しは解消されるだろうか。

記憶を取り戻す度に色々思うが、回数を重ねる毎に特にある一つの思いがより強くなる。

今の状況の原因となった道化師喰うべし。

慈悲はない。

《百七日目》／《二■七■日目》

昨日アレコレ調べた結論として、今まで足となってくれていた灰銀狼はもういなくなった事が明確になった。

新しい生体防具の腰布に名残《なごり》があるだけで、その姿はもはや存在しない。

しかし消滅したかというと、そうではない。

灰銀狼の頭部に似た装飾が施された黒いベルトを撫《な》でると、ピクピクと反応がある。

まるで飼い主に撫でられて喜ぶ犬のようだ。

尻尾があればパタパタと振っているだろう。

どうやら灰銀狼は生体防具の一種に成ったらしく、黒いベルトの頭部の装飾を核に、灰銀狼の意識が宿った〝黒焔鬼獣〟を一体限定で生み出せる事が分かった。

黒く燃え上がる体毛と、額から伸びる巨大で長い一角という大きな変化はあるものの、その他は間違いなく灰銀狼だ。

灰銀狼改め、黒焔狼《こくえんろう》と呼ぶ事にして、今後も騎獣として活躍してもらうとしよう。

生体防具となった今では文字通り一心同体だ、死ぬまで長い付き合いになりそうである。

そんな黒焔狼の燃える全身を撫でてコミュニケーションをとりつつ、機嫌が良くなったところで跨った。

すると体毛が足に自然と巻き付き、高速で動いても振り落とされる心配が無くなった。

灰銀狼の時でも似たような事ができたが、接触面から伝わる熱による暖房性能の向上や、体毛の柔らかさから座り心地の向上など、細かい点がより良くなっているのは面白い。

そんな小さくても大きな差異を感じつつ、助走し、焔翼を広げた黒焔狼はそのまま《時刻歴在都市ヒストリノア》最上部に存在する【時帝の天領】から飛び出した。

ちなみに【時帝の天領】には外部からの侵入者を阻む結界が存在するようだが、内部から出ていく分には阻害しないらしい。

外に出た瞬間、古代爆雷制調大帝〝アストラキウム〟がいた銀の巨塔――《天秤の調和塔《アドラム・ベルフーカ》》最上階から飛び出した時のように強烈な冷風に襲われた。

あの時は、裸体ながら寒さはあまり感じなかったにしても一応の対策として、【防寒《ぼうかん》】や【防《ぼう》風《ふう》】などのアビリティを重複発動して寒さを抑えた。

だが肉体面でより強くなった現状では、何もしなくても寒さをあまり感じないらしい。冷たい暴風に晒されても、体温を奪われるような感覚がない。

寒さに対する耐性があるのか、強靭な生命力で環境の変化に即座に適応できるのか。きっとそのどちらでもあり、それ以外の要素もあるのだろう。

そういった以前との変化も確認しつつ、ただの滑空ではなく明確な飛行能力を得た黒焔狼の上で、優雅な遊覧飛行を楽しみながら地上を見下ろした。

まず見えるのは、朝日に照らされた赤錆に包まれた十八の山々からなる《赤蝕山脈》だ。

ここは【赤錆の呪詛】が蔓延《まんえん》し、それによって生まれる【赤蝕の落胤《クリフィスタ》】という赤い錆《さび》に侵されたモンスターの巣窟で、ただいるだけで赤錆に侵食されてしまう危険地帯だ。

ただ同時に豊富な鉱石の眠る優秀な鉱山でもあるので、その赤錆さえどうにかできるなら、帰り道では地下探索がしたいと思っていた事を思い出す。

それに【堕神】の欠片が埋まっている可能性のある曰《いわ》く付きの土地であり、地下へ続く赤錆洞窟なんて探索欲をくすぐる場所もある。

【堕神】本体と遭遇するのは勘弁してほしいが、【堕神】の欠片か、あるいはそれに由来するモノが出土する可能性を考えれば、ぜひ寄り道したいところだ。

それに空から見下ろしたら一際目立つ、とある山頂に存在する黒錆《くろさび》のエリア。あそこは色々と教えてくれた老狩人が住んでいる場所で間違いない。

老狩人が淹《い》れてくれた黒錆茶の味や、再会したら酒を飲もうという別れの約束が脳裏を過《よぎ》る。

別れてからそんなに時間は経っていない。老狩人もこんなに早く再会するとは思っていないかもしれない。

しかしせっかく思い出したのだから、という事で黒錆エリアに降り立った。

特に気配は隠していなかったので、俺達が降り立つよりも先に、気配に驚いた老狩人が黒い弓矢を携えて山小屋から飛び出してきた。

まだ朝日も昇りかけの早朝だ。

老人だから早起きなのか、ハッキリと目覚めていたらしい老狩人は、俺と黒焔狼の姿を見て目を見開いて驚き、突然の来訪者が敵かそうでないのか少し迷うような素振りを見せた。

ただし黒い弓矢だけはしっかりと構えている。敵であれば即座に射るつもりなのだろう、狙いは俺の心臓を捉えていた。

しばらく対峙し、俺達に敵対する意思は欠片もない事を察したようだが、それでも見た事も無い姿の俺達に対する警戒心を解けないらしい。

それも仕方ない事だろう。

俺が【黒焔領中鬼大王】として自然と発する存在感は、何をしていなくても老狩人に強い重圧感を与えているに違いないからだ。

体内魔力量は桁違いに増大したし、生物としての格が以前よりも上がっている。しかも今は黒焔光背を出している状態なので、周囲には物理的な熱が発散されている。

自分では敵わない猛虎が目の前にいれば、たとえそれが座ってくつろいでいても怖がってしまうようなものだろうか。

それに苦笑いしつつ、とりあえず酒瓶を取り出して声をかける。

約束していた再会の酒を飲もう、と。

それでやっと察したのか、老狩人は驚いて表情を大きく変えて、それから苦笑を浮かべた。

《百八日目》／《二■八■目》

老狩人との再会の酒は、短く済ませるつもりだった。

しかし《時刻歴在都市ヒストリノア》を攻略した事を話すと、老狩人の質問が止まらなくなった。

老狩人も若い頃には仲間と共に挑み、良いところまで行きながらも引き返した経緯を持つ。

今更挑戦する元気も、勢いのまま立ち向かう若さも、試練を乗り越える強さも衰《おとろ》え、何より頼れる仲間を失った老狩人は、だからこそかつて自分が行けなかった先を知りたいらしい。

美味い酒と美味いつまみ。

それに何より、年の功ゆえか老狩人の聞き上手に話し上手。

話し合いはついつい盛り上がり、昨日一日が何だかんだで潰れてしまった。思わぬ道草《みちくさ》だ。

悪い事ではないが、予定がズレていく。

まあ、これくらいは大丈夫だろう。

生体武具の一種と成った黒焔狼は、滑空しかできなかった以前と違い、現在では飛行能力を得た。

それも本気を出せば、戦闘機のような速度で飛べるようだ。俺が魔力を追加し、黒焔光背を使った黒焔加速まで使えば更に速く飛べる。

ただ単純に帰ろうと思えば短時間で帰れるだろうから、これくらいは最初の計画で予定していた期間を思えば大した事はないロスだ。

それに、ただ何もせずに老狩人との会話を楽しんだ訳ではない。

元々《赤蝕山脈》の採掘もしたいと思っていたので、昨日はそれも並行して行った。

老狩人と酒を飲み、黒錆茶を飲み、美味い飯を食いながら語らう傍ら、【黒錆コーティング】を施した採掘ゴーレム達を稼働させたのだ。

採掘は順調そのものだった。

【黒焔領中鬼大王】となって最初に作成したゴーレムは、以前よりも遥かに強力になっていた。

金属などを触媒にしてゴーレムの核を造り出せるアビリティ【ゴーレムコア】に使用する魔力の量も質も向上した事と、これまでに採取した上質な魔法金属の貯蔵が大きく関係しているのだろう。

そんな採掘ゴーレム達は、【黒錆コーティング】の力で山脈の表層にある赤錆を有益な黒錆に代えつつ、その下にある硬い岩盤をゴリゴリと掘削。次から次へと採掘されていく金属資源を使って更に採掘ゴーレムを増やし、掘り進んでいった。

ゴーレムで掘り、掘った素材を使ってゴーレムを増やす。そうして効率よく深く深く掘り下げて膨大な資源を得た訳だが、最終的に採掘ゴーレム達はとある地下空洞にまで達した。

そこには高温のマグマが流れ、致死性の火山ガスが溜まっている。

普通の生物なら生きていられない過酷な場所だが、赤錆洞窟が近くに存在するからか、そんな場所でも【赤蝕の落胤《クリフィスタ》】は生息しているらしい。

地中を掘削するワーム型の【赤蝕の落胤】が採掘ゴーレムに襲い掛かってきて、採掘ゴーレムが何体か破壊されてしまった。

赤錆ワームはすぐに退治できたし、問題なく補填できるくらいの被害だったのでどうでもいいと言えばいいのだが、その戦闘の余波でマグマが弾け、地下空洞の一部が崩れたようだ。

崩落に近い変動が起こった後、流石にこれ以上は危険だと判断して、採掘は一旦停止する事に決めた。

採掘は止めたが、崩落の影響で資源がそれなりに転がっていた。勿体ないので拾えるだけ拾って撤収させた。

そしてその際、採掘ゴーレムの一体がとある物を発見した。

見つけた当初、それの表面は赤錆に覆われていた。

採掘ゴーレムが触れると、【黒錆コーティング】の効果で黒錆が赤錆を駆逐。錆の中から出てきたのは、五十センチほどの大きさの、黒瑪瑙《ブラックオニキス》やラピスラズリなど数種類の宝石が混ざったような色合いの巨大宝石だった。

持ち帰らせて老狩人と一緒に調べたところ、どうやら〝宝石鳥《ジェムトリス》〟の卵だという事が分かった。

赤錆のせいで孵化《ふか》できずに卵のまま長い年月を地中で過ごしたが、外側を覆う宝石殻によって【天星術師の星読み眼鏡】で鑑定しても間違いないようだ。

【赤錆の呪詛】が浸透していないらしく、内部からは生命の鼓動が感じられる。

赤錆を取り除かれて剥き出しになった宝石卵は、魔力を与えて温めれば、孵化できるようになったらしい。

ただ、孵化するにはかなりの高熱で温める必要がある。それに与える魔力も高密度で上質なモノであればあるほど良いようだ。

本来であれば地中で賄《まかな》うそれらを、発掘した今は俺達がどうにかしなければならない。

個人的には地中に戻すのも何だし、喰ってみてもいいとは思ったが、老狩人が俺の黒焔光背を指さし、それで温めたら良いと言う。

老狩人は狩人だ。獲物を狩る事も得意だが、猟犬などを育てるのも得意だという。

その経験から、宝石卵を孵化させるのに黒焔光背が丁度いいと思ったらしい。

これも何かの縁だろうし、成長した後は何かしらの素材が継続的に確保できるかもしれないという打算もある。

という事で、言われるがままに宝石卵を黒焔光背に放り込む。

宝石卵は、黒焔の中心にある歯車のような部分に入ると、そのままグルグルと回りながら宙に浮いている。

これまで足りていなかった栄養を補給するように黒焔から魔力を吸収している感覚もあるので、順調にいけば確かに孵化できそうではある。

さて、どうなる事やら。

《百九日目》／《二■九■目》

宝石卵を温めている間は、黒焔光背を消す事ができない。

魔力などを調整して、表面は何も燃やさず、内部は数千度ほどの高温にした状態で維持しているが、この状態ではうつ伏せでしか寝られないのが難点だ。

宝石卵は浮いているので重量を感じないが、寝ている時に黒焔光背が消えれば俺の胴体が圧《お》し潰されてしまうかもしれない。

そんなちょっとした不安はありつつも　今日で老狩人の小屋を出る事にした。

話と採掘、それから宝石卵についてアレコレ情報交換しているうちに数日も滞在してしまったが、それに見合うだけの有益な情報を得られたのは間違いない。

採掘はまだしたいので、また近くに来れば寄ると約束を交わしてから、黒焔狼の背中に跨って空を飛ぶ。

あっという間に小屋は小さくなり、眼下に様々な風景が広がった。

赤錆に覆われた《赤蝕山脈》を飛び越えると、今日も噴火している《燈蟲火葬山《シネンシスト・カーロ》》を見つけた。

上空にも火山灰が舞っているらしく、目が少し痛いし、喉《のど》も何だかイガイガする。

ただそれも短時間の事で、すぐに不調は治まった。多少の不具合が起きても、肉体がそれに適応してしまうらしい。

細かい部分で身体能力の変化を把握しつつ、《燈蟲火葬山》の上空を通過する。

その際、下から俺達を見る存在の気配を感じとった。

次の瞬間、火山が噴火した。

いや、正確には噴火したかのように噴煙が発生し、その中から無数の火山弾が上空にいる俺達をまるで狙ったかのように飛んできた、という表現が正しいだろう。

小さいモノは小石程度だが、大きいモノだと数メートルになる火山弾の嵐。

直撃すれば大怪我を免れないだろうそれを、黒焔狼は機敏に旋回して回避していく。

回避した後、改めて火口を見ると、マグマの中で蠢《うごめ》く何かが見えた。

かなり大きいらしく、燃えるマグマの赤い光に照らされる長大な体躯の全ては視認できない。

ともあれ、先程の火山弾は自然発生したモノではなく、コイツが起こしたものだと確信する。

上空から鑑定してみると、蠢く何かの正体は〝溶鉱百足大帝《マグランド・センチピード・ラージャ》〟という事が分かった。

以前この付近を通った時の噴火で飛来した溶岩は、こいつの一部だったらしく、それを喰ってアビリティ【溶鉱百足大帝《マグランド・センチピード・ラージャ》の帝王蓋殻《カエルサ・ユリフィス》】を得たのを思い出す。

前回は脱皮か何かした際の一部だったのだろうが、今回は本体と出会った事になる。

どうやら縄張り意識が強いようなので、領空侵犯してきた敵――俺達だ――を排除すべく攻撃してきたようだった。

そんな事を考えていると、再度火山弾が飛んできた。

今回はシッカリと見ていたので、火山弾の発生源は〝溶鉱百足大帝〟で間違いない。

マグマの中に棲《す》んでいる〝溶鉱百足大帝〟の体長は、数百メートルもあるだろう。長大な体躯を包む分厚い外殻の上面には無数の突起が形成されていて、それはまるで大砲のようだった。

外殻側面にある吸収穴から、周囲のマグマを吸って火山弾に変えて、大砲突起から発射する仕組みになっているらしい。

周囲のマグマから無尽蔵の供給を受け、延々と火山弾を吐き出す動く城壁。

地形の利点を最大限まで生かし、外敵を無限の火山弾で一方的に排除する。

観察すればするほど〝溶鉱百足大帝〟の厄介さが理解できていくが、売られた喧嘩《けんか》は買うしかない。

それに〝溶鉱百足大帝〟を喰ってみたいと思った事もあり、俺は朱槍を片手に、一気に急降下した。

《百十日目》／《二[redacted]十日目》

火口のマグマの中に棲むのは〝溶鉱百足大帝〟だけではなかった。

〝溶鉱百足大帝〟を筆頭に、その子供らしき体長数十メートルから数メートル程度の〝溶鉱百足《マグランド・センチピード》〟が無数に生息している。

〝溶鉱百足〟は〝溶鉱百足大帝〟と比べれば数段弱いが、それでも大きさと重量、それから威力を数で補う劣火山弾の弾幕は、火口という四方を溶岩で覆われた閉所では凶悪のひと言に尽きる。

その弾幕を避けながら接近すると、〝溶鉱百足大帝〟の金属を擦り合わせたような不快極まる咆哮に合わせて、奴らが一斉に襲い掛かってきた。

以前の俺なら間違いなく難所だっただろう。戦闘が激しさを増せばマグマを刺激してしまい、天然の噴火に巻き込まれる危険性も考えれば、普通は戦いたくない状況だ。

しかし【黒焔領中鬼大王】となり黒焔光背などを使えるようになった現在、俺は炎熱系攻撃に対して高い耐性を獲得しているらしい。これほど過酷な環境でも生存に問題はなく、むしろ過酷な環境であればあるほど力が漲るような感覚さえあった。

〝黒焔鬼獣〟の軍団で〝溶鉱百足〟を爆殺し、朱槍と生体武器の黒螺旋剣で〝溶鉱百足大帝〟をバラバラに解体していく。

戦況は概ね計算通りに進んだものの、〝溶鉱百足大帝〟の生存能力の高さだけは想定を超えていたので、思ったよりも長引いてしまった。

小さな損傷ならマグマを吸収すれば即座に修復し、欠損など大きな損傷を受ければ〝溶鉱百足〟達を捕食して回復していた。

更に追い詰めると、マグマに潜って火山自体を刺激し、噴火まで引き起こすのだから始末が悪い。

まあ、【黒焔王領】を実戦で使用するまたとない機会だったので文句はないし、強いのに生き残る為には何でもする方針なのは素直に共感できる。

ともあれ、そんな〝溶鉱百足大帝〟も最後は頭部を砕いて仕留める事ができた。

〔神境詩篇〔天寿なる燈蟲大帝《ルクス・シネンラージャ》〕のクリア条件【軍団撃破《ぐんだんげきは》】【火伏蹂躙《かふくじゅうりん》】【上格捕食《じょうかくほしょく》】が達成され

ました」

［達成者である■■■■には特殊能力【蝕毒ニ至ル火葬山《コドクニイタルカソウザン》】が付与されました」

［達成者である■■■■には特殊能力【火山の盟主《エルド・ボルド》】が付与されました」

［達成者である■■■■には【幻想《ファンタズム》】級マジックアイテム【炎葬百足大帝剣《クレマビード・ラージャ》】が贈られました」

［達成者である■■■■には【火葬蝕宝箱《ヒソクバコ》】が贈られました」

そして〝溶鉱百足大帝〟の巨躯がマグマの上に倒れる最中、そんな声が聞こえた。

［神境詩編］なるものが何なのか。特殊能力【蟲毒ニ至ル火葬山】や【火山の盟主】とは何か。

【神器】に近い【幻想】級マジックアイテム【炎葬百足大帝剣】とはどんなものなのか。

マグマのような表面装飾が施された【火葬蟲宝箱】には何が入っているのか。

色々と気になる事が出来てしまったが、それはさて置き、戦闘後は平和になった火口に出来たマグマ温泉に浸かって、疲れを癒やしたくなった。

ドロドロのマグマですら丁度いい湯加減に感じるのは、生物としてどういう仕組みになっているのか自分でも疑問ではあるが、気持ちいいのだから仕方ない。

戦闘中も黒焔光背の中でずっと回っていた宝石卵も、マグマに浸かって嬉しそうな波動を出している。

蟻人少年達のところに帰るのも、とりあえず一休みしてからでいいだろう。

今の戦闘でドロップしたばかりの百足酒《むかでざけ》をマグマ温泉で飲むのは、なんだかとても心地よかった。

《百十一日目》／《二■十一■目》

現在地は、秘湯マグマ温泉が湧く《燈蟲火葬山》の火口の一角。

ここは王者として君臨した〝溶鉱百足大帝〟の巣だった為、それを排除した後は外敵が近寄ってこない安全地帯になっていた。

高熱のマグマが流れ、危険な火山ガスが時折噴出する事を問題としないのであれば、一時的に休むのに最適な場所だろう。他の場所だと《燈蟲火葬山》に数多《あまた》存在する魔蟲が際限なく群がってくるので、煩《わずら》わしさを感じずに休めるのはかなりの利点である。

だが、一夜が過ぎれば、生存競争の激しいここでは安全地帯などなくなるらしい。

いや、〝溶鉱百足大帝〟を俺が殺した事で、次の王者を目指す大物達が活性化し、より下位の存在もその影響を受けた、というのが正確だろうか。

原因はさて置き、今朝は激しい戦闘音によって目が覚めた。

早朝から《燈蟲火葬山》全域に轟く、まるでジェットエンジンのような甲高い爆音と、吹き荒れる暴風の共演。熟睡していても叩き起こされるだろう大騒音の元凶は、火山上空で激しい空中戦を繰り広げる二匹の巨蟲だった。

一匹は、極彩色に輝く五十メートルを超える巨蝶〝ミラフラス・リブラン・モルフォネウス〟。巨躯からは想像できない優れた飛行能力と旋回能力があり、周囲の大気を操作して起こす暴風による堅牢な守りに包まれた空の支配者だ。

敵の攻撃が届かない遥か上空を高速で飛行し、暴風に様々な【状態異常《バッドステータス》】を引き起こさせる極彩色の鱗粉を混ぜて撒き散らす無差別鱗粉爆撃を基本的な攻撃方法として駆使する。

堅牢な空中要塞に引きこもり、延々と爆弾を投下するようなものだと考えれば、その悪辣さが分かりやすいだろうか。

巨蝶ミラフラスが戦闘を開始すると、広範囲に降り注ぐ鱗粉爆撃は周辺環境を大きく破壊し、多くの生物がその余波だけで何もできないままただ屠られる。

そんな災害のような巨蝶ミラフラスに相対するもう一匹は、背面から青白い雷炎を噴出させて超高速で飛ぶ、三十メートル級の黄金に輝く兜虫《かぶとむし》〝ヘクトール・テスラカブト〟。

巨兜《きょかぶと》ヘクトールは多対一を得意とする巨蝶ミラフラスと違い、とにかく一対一に強い魔蟲だ。全身を覆う黄金剛殻《おうごんごうかく》は、強力無比な【竜の息吹】ですら傷つけるのが難しいほどの硬度があり、比較的柔らかい関節部ですら竜種の爪牙を弾き返す。

そして黄金剛殻の一部が変化して鋭く伸びた一本角は、全身の中で最も硬いだけでなく、青白い雷炎を凝縮させて纏う事で強化され、同胞の黄金剛殻すら貫通するほどの破壊力を有している。

そんな強力な盾と矛を持っているだけでも脅威的だが、巨躯に見合うだけの重量と、その重量を戦闘機のように飛ばす噴出飛行能力、雷炎能力まで併せ持つ。

どちらも〝溶鉱百足大帝〟に匹敵する猛者であり、今の《燈蟲火葬山》で最も王者に近い存在だろう。

そんな二匹の戦闘は激しさを増していくが、どちらも決定打が足りていない。

巨蝶ミラフラスの鱗粉は、巨兜ヘクトールの黄金剛殻と速度によって内部にまで届かず。巨兜ヘクトールの高速突進は、巨蝶ミラフラスの機動力と暴風の守りによって軌道を逸らされる。

柔よく剛を制すのか、剛よく柔を断つのか。

そんな一進一退を繰り返す怪獣大決戦のような戦闘を見上げていると、上空からゆっくりと円盤状の何かが無数に降ってくるのが見えた。その何かはマグマに照らされて極彩色に輝き、それが巨蝶ミラフラスの鱗粉である事を主張していた。

見た目は綺麗でも、触れれば恐ろしい【状態異常】が発生する、極彩色の災害だ。興味本位で機械腕を使って鱗粉の一つを摘んでみるが、しかし【状態異常】は起こらない。

いや、正確に言えば何かは起こっているのだろう。鱗粉からドロリとした液体が滲み出て、摘んだ指先がやや紫色に濡れてしまった。

この鱗粉が引き起こす異常はきっと【猛毒《もうどく》】や【溶解《ようかい》】の類だろう。機械腕にはそれが通じていないだけで、生身だったら何かしら問題が出ていたかもしれない。触れた瞬間に物理的な【爆発】でも発生すれば結果はまた少し違うのだろうが、とりあえず鱗粉をそのままパクリと喰ってみる。

味は少し苦みがあり、ツンという臭いがする。舌触りはネチョリと粘り気が強く、少しザラザラとした粒感がある。得た情報とこれまでの経験から、普通なら致死量の猛毒だったのだろう、と理解する。一つだけでも対応が面倒なのに、こんなものを広範囲に無数に散布するなど、巨蝶ミラフラスはなんて迷惑な奴だと苦笑する。

ただ、鱗粉が内包している魔力量は多い。今回の味はイマイチだが、数が多いので味もきっと千差万別に違いない。朝食代わりに丁度いいと思い、機械腕の指を細く長く伸ばして落ちてくる鱗粉を次々と貫き、掻き集めていった。

そうしてバーベキューの串焼きのようになった鱗粉を豪快に頬張り、舌の上で複雑に変化する味を楽しんだ。脂ののった肉のような鱗粉や、シャキシャキとした野菜のような鱗粉。それから調味料のような味の鱗粉があって面白い。中には苦味や辛味が強い鱗粉もあるが、それはそれで変化が付いて飽きがこない。

近場に舞い降りる鱗粉を無差別に喰った後は、巨蝶ミラフラス本体はどんな味なのかが気になり始めた。鱗粉という付属物ですらこの美味さだ。本体ならば更に濃厚な、あるいは芳醇な、もしくは爽快な、絶え間なく変化する美味にありつける可能性は高い。更にそれと同格の巨兜ヘクトールはどんな味がするのかと、考えるほどに強く気になり始めた。

それに、騒音で目を覚めさせられた慰謝料代わりに美味いものを喰いたい、と思うのは当然ではないだろうか。

そんな訳で、早速怪獣大決戦に乱入する事にした。王者を決める戦いに介入する権利は、〝溶鉱百足大帝〟を倒した俺にもあるはずだ。

指に残った最後の鱗粉を頬張ると、俺は手に入れたばかりの【幻想】級のマジックアイテム【炎葬百足大帝剣】を、背後で燃える黒焔光背から引き抜いた。

どうやら黒焔光背には収納系マジックアイテムのような収納能力があるらしい。収納限界は確認できていないが、少なくとも巨大な〝溶鉱百足大帝〟を全て収納してもまだ空きがある程度には大きい。いつか測定しなければならないな。

ともあれ、背中に手を伸ばせばすぐに欲しい物が取り出せるので、予備の武器など使用頻度の高い道具類や失いたくない貴重品はコチラに入れている。

他にも活用方法は色々あるが、それはさて置き。

【炎葬百足大帝剣】は、赤黒い百足がそのまま長剣になったような奇妙な造形をしている。百足の頭のような形状の先端に触角と顎肢《がくし》に似た毒牙が生え、剣身には刃ではなく鋭利な歩脚《ほきゃく》を思わせる突起が生えている。これらの突起の影響で、斬るよりは刺す、あるいは削るような攻撃方法になるだろう。

そんな特異な形状の【炎葬百足大帝剣】は、武器の分類としては蛇腹剣《じゃばらけん》になる。軽く素振りをすると、蛇腹剣らしく幾つもある節と節が離れ、頑丈極まりない生体ワイヤーで接続されたそれらが鞭のようにしなり、攻撃範囲が劇的に伸びる。一振りで数十メートルは離れた溶岩を容易く砕けたが、このままでは上空を飛行する巨蝶ミラフラスまでは届きもしない。

しかしマジックアイテムである【炎葬百足大帝剣】は、俺から大量の魔力を吸収し、新しい節を次々と柄から生成し続ける事でその問題を解消した。

タイミングを図り、全力で振り上げると、天に向かってグングン伸び続け、赤黒い閃光のように突き進む。そして数秒後には、遥か上空で巨兜ヘクトールの攻撃を回避した直後の巨蝶ミラフラスの太い胴体を貫いた。

ここまで大半の攻撃を受け止め、あるいは逸らした暴風の守りを突破してきた思わぬ痛撃に、ガラスを擦り合わせたような巨蝶ミラフラスの悲痛な叫びが周囲に響く。遠く離れていても頭が壊れそうなほどの音量で、思わず顔をしかめてしまう。

だがその間も、胴体を貫いても勢いが衰えなかった【炎葬百足大帝剣】の節が次々と貫通し、内臓を抉りながら傷口を広げていった。そしてある程度の節が通ると、胴体から飛び出していった先端が弧を描きながら戻ってきて、巨蝶ミラフラスの首元に噛みつく事で固定。全体を収縮させて、巨体を絡めとるように拘束していく。収縮を強める毎に節の突起が深く食い込み、生体ワイヤーは身を切り裂きながら縮んだ。

翅《はね》を抑えられた事で巨蝶ミラフラスは飛行能力を失い、地上に向けて落下し始めるが、その時には全身に絡む無数の節や生体ワイヤーから超高熱の獄炎が噴出した。

まさに【炎葬百足大帝剣】の名を表すように、巨蝶ミラフラスの巨躯を赤黒い獄炎が包み込む。捕獲した対象が弱ければ即死するだろう圧倒的な火力だが、強者ほど耐えてしまうだけに地獄の苦しみを味わう事になる。

突如として落下する小さな太陽が発生したような光景の中、焼かれていく巨蝶ミラフラスの断末魔の叫びは中々に壮絶だった。

そして、敵対していた巨蝶ミラフラスに突如として起こった災難に、巨兜ヘクトールは驚きつつも、その鋭敏な感覚器が俺を捉えたらしい。その矛先《ほこさき》は即座に地上にいる俺に向き、まるで隕石のように天井から突っ込んでくる。

俺が回避すれば地面に深く突貫してしまう勢いだが、そうなろうと巨兜ヘクトールはお構いなしなのだろう。とにかく目の前の敵を屠る事を第一目標にしているらしい。後先考えない全身全霊の最大加速した攻撃だ。

とんでもない闘争本能ではあるが、その軌道は直線ゆえに読みやすい。一旦【炎葬百足大帝剣】から手を離し、代わりに朱槍を黒焔光背から取り出して、全身を連動させた全力で【投擲】する。

手を放す間際、朱槍に黒焔が絡みつき、地から天に昇る黒い光の柱のような軌跡を残して飛んでいく。【投擲】した次の瞬間には空中で朱槍と巨兜ヘクトールの尖角が衝突し、アッサリと朱槍が貫通した。

身体の中心に致命的な損傷を受けて巨兜ヘクトールは即死したらしく、勢いこそ衰えつつも重力に引かれて自由落下を開始。ついさっきまで争っていた二匹は、轟音と共に同時に地に落ちた。

朱槍は火山の噴煙を貫いて風穴を空け、見えないほど上空に飛んでいってしまう。黒焔を纏っているので場所についてては何となく感覚で分かるが、どうやら成層圏すらも超えてしまったようだ。正直、想像以上に飛んでいる。普通ならそこまで届く訳もないので、黒焔の効果だろうか。

暫くすれば勝手に戻ってくるので、その前に倒した二匹に近づいて検分する事にした。

仕留めた二匹はどちらも新鮮な食材で、巨蝶ミラフラスは既に全身がこんがりと焼け、巨兜ヘクトールは芯にだけ火が通っているがその他はまだまだ生だ。

とりあえず焼けて美味しそうな匂いを放つ巨蝶ミラフラスを喰ってみるが、絶品だった。

翅はパリパリに焼けていた。サクッと歯が入り、口の中でシャリシャリと音を出す。新鮮だからか、魔力は全く損なわれていないどころか、むしろ獄炎に焼かれた事でコクのようなものが出ている。

味は変化しているが、【状態異常】が起こっている感覚はない。恐らくはそういった負の部分は焼けてしまったのだろう。特性を損なう事なく、害になる部分だけを無効化できたという訳か。思わぬ結果ではあるが、極上の食材が極上の料理になったので、それで良しとしておこう。

次に巨兜ヘクトールの方に手を出してみる。外殻はかなり歯応えがあるものの、中身はエビのようにプリプリだった。味も濃く、大量の魔力が満ちている。外殻は少しピリリと辛いが、中身と一緒に喰う事でむしろ食欲をそそる。

どちらも美味しく、最高の朝食だと思いながら楽しんでいると、俺の横で巨蝶ミラフラスの体液を啜る【炎葬百足大帝剣】と眼が合った。百足のように凶悪だった形状は、今は凶悪さは残しつつも少し愛嬌《あいきょう》のあるものにデフォルメされている。最初は驚いたが、すぐに慣れた。

というのも、【幻想】級のマジックアイテムである【炎葬百足大帝剣】は、魔力を吸って延々と伸びる、超高火力で燃やす、だけが能力ではない。この程度なら似た事ができるマジックアイテムは多いが、他と隔絶した部分がまさにこれだった。

【炎葬百足大帝剣】は成長する、生きたマジックアイテムなのだ。使い手の魔力を吸収し、敵を喰らい、【経験】を積む事で強度も能力も向上する。

実際、俺の影響からか表面の黒はより黒く艶《つや》やかになり、妖しく輝く朱色が混ざった。たった一戦でも確実に成長し、その結果としてある程度自律して動けるようになったようである。

色々思う事はあるが、何だか新しいペットが増えた気分だ。

［能力名【変幻災禍の鱗粉《カラミティ・パウダー》】のラーニング完了］
［能力名【暴風要塞《トロンベロン》】のラーニング完了］
［能力名【黄金雷鎧殻生成《ゴルドメルト・プラント》】のラーニング完了］
［能力名【雷螺尖角《ヘクトール》】のラーニング完了］

二匹を全部食い尽くすのは少し勿体ないので、半分以上は残したが、それでも強力なアビリティを獲得する事ができた。

皮膚の一部を変化させた極彩色の鱗粉を撒き散らす【変幻災禍の鱗粉】。

周囲に魔力を帯びた暴風を纏い、強固な守りを得る【暴風要塞】。

敵の攻撃に反応して雷撃で反撃する黄金の外殻を、皮膚や防具の上に生成する【黄金雷鎧殻生成】。

角に螺旋を描く雷刃を構築し、貫通力を飛躍的に高める【雷螺尖角】。

どれも有用で使い勝手もいい。

満足していると、ようやく空から朱槍が降ってきた。

すぐ近くに来たので空中で掴むと、空を向いた穂先《ほさき》には獲物が刺さっていた。

ただ、それは普通のモンスターではない。夜空に輝く無数の星々を連想させる色合いの軟体に、鰭《ひれ》が無数の触手で構成された、体長十メートルほどのヒラメのように薄平べったい怪魚。

大きさだけであれば別に珍しくもないが、それを見て俺は少し困惑した。

朱槍が貫いている怪魚の名称は〝ラプレア・ハビタ・アゴレイア〟。広大な宇宙を数十億単位の群れで回遊する、攻撃しなければ無害な群体系【宇宙怪獣《スペース・ビースト》】の一種だ。

数が多いのでその中の一匹を偶々仕留めたにしても、なぜコイツが存在するのかが問題だった。

それについて考えながら、とりあえず、黒焔に焼かれて美味しそうな匂いを発する怪魚を喰った。

美味いんだよなぁ、コイツ。回遊ルート上に存在する惑星や宇宙ステーションなどでは、美食として重宝されていたくらいである。

［能力名【怪獣因子《ビースト・ファクター》】のラーニング完了］

久しぶりに魔力を含まない食事をして、何だか不思議な感覚がした。

《百十二日目》／《二■十二■目》

昨日で《燈蟲火葬山》を出発するはずだったのに、怪魚を仕留めた事で予定変更してしまった。
あれから幾度も幾度も朱槍を打ち上げ、何か仕留めないか調査したのだ。

結果は大小様々な隕石数個と、空を飛んでいた大型の魔蟲数十体程度で、【宇宙怪獣】の類は何もない。

まあ、期待通りにはならないが、隕石は隕鉄などを多く含む物を得る事ができたし、魔蟲も質も量も申し分ない。朱槍が戻ってくるまでの待ち時間も、周囲の地下資源を採掘するなどして有意義に活用できたので、色々活動した結果としては悪くないだろう。

とはいえ、流石にこれ以上粘っても【宇宙怪獣】関係の成果は得られないと判断した。最初のはイレギュラーだったのだろう。怪魚の生息域は広いが、流石に適当に手を出して仕留められるタイプでもない。

気持ちを切り替える為に、朝からマグマ温泉に浸かってリフレッシュした。黒焔光背の中で浮かぶ宝石卵も心地いいらしく、穏やかな魔力振動が伝わってくる。

それを感じながら、俺は朝食として、昨日から仕込んでいた、金属塊のようにゴツゴツと太く大きく、それでいて敵を貫く鋭さを持つ〝溶鉱百足大帝〟の歩肢をマグマ温泉の底から取り出した。
ジックリとマグマ温泉で熱せられて少しほぐれたこれは、まるで蟹《かに》の足のようだ。美味そうな匂いに誘導されるように喰っていく。

硬い外殻は歯応えがあるし、中身はギュッと引き締まった肉がある。味はエビに近いだろうか。毒も含まれているからか少しピリ辛で、それがいいアクセントになっている。

それにマグマ温泉に浸けた事でどうしても付着するマグマも、調味料の役割を果たしているのだろう。大地の魔力を大量に保有するそれは、味のランクを一つ引き上げていた。

とても美味しいので一つ喰い切るのはあっという間だったが、まだあと九本ある。朝食としては十分な量ではないだろうか。

温泉に浸かったまま、美味い飯を喰う。中々贅沢な事だ。

そうして豪華で有意義な朝を過ごした後、俺と黒焔狼は《燈蟲火葬山》から出発する。

さて、今日は何かあるだろうか。

《百十三日目》／《二[redacted]十三[redacted]目》

昨日は遭遇した未討伐のモンスターを狩猟したくらいで、特に目立つ出来事もなく過ぎていき、《不徳の罪都《エディン・キャピタル》》の近くにある開拓村に夕方には到着できた。

開拓村は、木壁と土壁と水堀という三種の守りによって外敵に備えている。《不徳の罪都》や《燈蟲火葬山》の攻略の為に集まる旅の冒険者も多く、簡素ながら宿泊施設も用意されている。

少し高い金を払い、開拓村の中では上質な宿に泊まって一夜を過ごした今日。

宿泊料に含まれていた朝食をとった後、少し散歩も兼ねて、黒焔狼を連れてとある一画に向かった。

冒険者向けに、それなり以上の質を持った武具や道具類が売られている市場だ。冷やかしながら品定めしていくと、何点か気になる商品があった。場合によっては物々交換でも入手可能なので、直近で得たばかりの《燈蟲火葬山》のドロップアイテムをメインに交渉してみた。

すると、深部で採れる物はかなり価値が高く、狙った物の他にも大量に得る事ができ、思いもよらぬお土産が出来た。

だが、まだまだ欲しいのか、周囲から交渉を持ち掛けられて少し困った。

背後に控える黒焔狼の威圧感のおかげで無理やり迫られる事はなかったが、周囲に人垣ができる程度には密度が高い。商人達は商談したそうに眼を輝かせ、冒険者達は武具系のドロップアイテムを欲しそうにこちらを観察している。

商人の中には目玉商品として隠していた逸品を提示してくる者もいたし、冒険者の中には《不徳の罪都》や《燈蟲火葬山》で培《つちか》った知恵という無形の財産を提示してくる者もいた。そういった俺にも意義がある商談には乗り、どちらも利益のある交渉ができた。

そういう理由で思った以上に時間が過ぎ、市場を出たのは昼頃だった。昼食として巨兜ヘクトールの外殻を齧りつつ、今日はこのまま出立しようかと門まで歩いていると、少し離れた場所で覚えのある気配を捉えた。目をやれば、そこにはコチラを不安そうに見ている少年がいた。

以前《不徳の罪都》で助けた、《叡智の法典《ヴァイス・エックル》》という調査団に所属している戦闘料理人見習いの少年だ。別れてから大体一か月は経過しているが、調査を続ける為に残っているのか、あるいはまだ怪我をしたメンバーの治療が済んでいないのか。

ともあれ、せっかく顔見知りに出会ったのだ。会話くらいはしておこうと近づいていくと、見習い少年は警戒したのか少し身構える。

それを見て、あの時とは自分の姿形が大きく変わっている事を自覚した。

前の面影《おもかげ》は残っているが、身体の大きさ自体変わっているし、何より黒焔光背を背負っている。【存在進化《ランクアップ》】すれば短期間で種族も外見も大きく変わる事もある世界とはいえ、そんなケースはそう多くはない。灰銀狼も黒焔狼となって見た目が変化しているし、似ているけれど違う今、見習い少年が警戒心を抱くのも当然だろう。

それを理解して話しかければ、あちらも俺が誰なのか理解できたらしい。嬉しそうに笑みを浮かべ、《叡智の法典》代表のタヌキ教授が話をしたがっていたと言う。

別れた後はどうなったのか気になるので大人しくついていくと、とある宿に到着した。俺が泊まったのとは別の宿だが、コチラも高級宿に分類できるだろう。

そこには別れた時よりも幾分か元気を取り戻したタヌキ教授や黒魔女などがおり、その他にも見知らぬメンバーらしき者達が十数人いた。どうやらこの宿は《叡智の法典》が貸し切りにしているらしく、見知らぬ者達は欠けたメンバーの補充要員であるらしい。

大切なメンバーを失いはしても、そこで総崩れにならずに立て直せる組織力の高さが窺える。

ともあれ、酒を飲みながら互いに情報交換を行った。

ここで体制を整えていたタヌキ教授達から得られる情報は多くはなく、俺から話す事の方が多かった。とはいえ別れてから語り切れないほど濃密な経験をしてきたので、話題には事欠かない。

話し上手のタヌキ教授によって情報を引き出された感はあるものの、コチラの舌の動きをよくする為に、タヌキ教授が各地の調査の中で得た迷宮酒を提供してくれる。

重要な情報は全て伏せてあるが、それでも向こうにとっては貴重な情報が山積みである。互いに有意義な談笑だっただろう。

気がつけば日も暮れ、移動するには時間が遅くなったので、ご厚意に甘えてタヌキ教授達の宿に泊めてもらう事にした。

それに、話の流れで明日は《不徳の罪都》の中央にある聖塔《ジグラッド》へ行く事になったので丁度いい。機会があれば行こうと思っていたし、何より以前《不徳の罪都》を通り過ぎた時に得た【飢餓の秘鍵】というアイテムは、この機会に使わないと存在自体忘れてしまいそうだからな。

《百十四日目》／《二[redacted]十四[redacted]目》

早朝、見習い少年や宿の従業員達が丹精《たんせい》込めて作ってくれた朝食を喰い。俺と黒焔狼、それからタヌキ教授率いる《叡智の法典》メンバー全員は、準備万端な状態で出立した。

《不徳の罪都》までは少し距離があるので、移動には俺が用意した【ゴーレムトラック】を使った。

少数なら黒焔狼が乗せて走った方が早いが、十数名になるなら【ゴーレムトラック】を使った方が手間がない。その分目立ちはするものの、【ゴーレムトラック】の性能は以前より遥かに向上しているし、周囲を〝黒焔鬼獣〟で護衛させた事で、たとえ襲われても問題なく進んでいける。

タヌキ教授達は、揺れも少なく、速く、一度に大人数を運べる【ゴーレムトラック】に強い関心を抱いていたので、買う気があるか営業はしておこう。お得意様になってくれたらありがたいものである。

そんなこんながありつつ、俺達は無事《不徳の罪都》に到着した。相変わらずゴーレムが街中を巡回する危険地帯であるが、《時刻歴在都市ヒストリノア》を経験してきた今となっては、むしろその質の低さが気になってしまう。構造に粗《あら》があるし、動きももっと最適化できる。使われている素材には改善すべき点が多く、搭載された機構だってもっと適している物が幾つもあった。

それはさて置き。

ここからは【ゴーレムトラック】だと目立ち過ぎるので降り、全員に新型の『騎士虎型《きしとら》タウルゴーレム』を支給した。

騎士虎型タウルゴーレムとは、大雑把に表現するなら上半身は重装甲の騎士甲冑で、下半身は体長三メートルほどの虎を模したゴーレムである。半人半馬のケンタウロスの虎バージョンと言えば分かりやすいか。魔法金属の合金によって造られた体躯は、黒銀色に輝いている。

俺はともかく、タヌキ教授達に足りないのは逃げ足の速さだ。前回ここで出会った時はそれで苦境に陥っていたので、今回俺が同行するに当たってはその辺りの対策を万全にしないと気が済まなかった。

独特の威圧感がある騎士虎型タウルゴーレムに圧倒されていたタヌキ教授達だったが、俺は扱い方を説明をすべく、まず見習い少年を正面から抱き上げた。

脇に手を入れるところそばゆかったのか少し暴れるが、それを無視して香箱座りする騎士虎型タウルゴーレムの上半身に持っていく。すると騎士甲冑のような上半身と虎型の下半身の一部が展開し、そこに人ひとりが余裕で収まる空間が出来た。操縦席であるそこに見習い少年を入れると、自動的に閉じていく。完全にその姿が見えなくなると、中の緩衝材が膨らんで身体を固定し、これで前準備は終わった。

『接続《せつぞく》』というキーワードを見習い少年に言わせると、内部で魔力線が接続したのだろう、少年の驚いたような声が漏れた。危険は無いと伝えつつ、歩いてみるよう指示すると、騎士虎型タウルゴーレムがゆっくりと歩いた。

その動作は非常にスムーズで、それに満足しつつ、見習い少年に次々と指示を出して動作確認をさせていく。

騎士虎型タウルゴーレムは、操縦者と魔力線によって物理的にも魔力的にも繋がる事により、ある程度魔力操作ができれば誰でも簡単に動けるように設計してある。

よほど不器用な者でも、魔力さえ供給していれば歩く、走る、止まる、ジャンプする、といった基本的な動作は自動的にできる。手足のように動かすにはそれなり以上の魔力操作が必要だが、ここにいるのはその基準をクリアしている者ばかりだ。実際、数分の試運転で慣れ、問題なく動かせるようになった。

これにより、魔法の使用が役どころで体力的に劣る後衛役も速めの移動についていけるようになり、近接戦闘を得意とする前衛役も一瞬の速度や重量が増やせた事で戦闘力が向上している。戦闘において足さばきを重要視する者には少し枷《かせ》になるかもしれないが、今は利点の方が大きかった。

そんな騎士虎型タウルゴーレムの活躍もあり、今回の攻略は順調に進んでいく。運悪く巡回中のゴーレムに遭遇しても、前衛がいち早く駆け付け、ひと振りで破砕した。時には増援を呼ばれる事もあったが、全体の機動力が上がっているので問題なく逃走できる。

そうして俺達は、目的地である聖塔《ジグラッド》まで無事に到着できた。

土台の大きさからして、きっと本来の聖塔は見上げるほど大きかったのだろう。だが上の方は崩壊し、下の方も所々破損が目立つ。周囲にも廃墟が多く、不穏なほど静謐《せいひつ》で満ちていた。

そんな気配の不穏さとは異なり、近づくにつれていい匂いが強まっていく。ただしこれは俺だけらしく、タヌキ教授達は嫌な異臭を感じているらしい。

原因は恐らく、聖塔内部にある【神聖《しんせい》】な泥なのだろうが、この差は何なのか。以前ラーニングした【飢餓罪《プレータ・シン》：神罰《スペルバン》】や【飢餓耐性《トレランス・ハンガー》】、あるいは【罪業《シン》・飢餓《ハンガー》】や【飢餓の番人《ハングード》】が影響しているのだろうか。気になる事が増えつつも、俺達は崩れた門をくぐって内部に入った。

聖塔の中は、廃墟である事には変わりないが、思ったよりも荒れてはいなかった。装飾品の類は僅かに残るだけでかつての繁栄は窺えないものの、瓦礫《がれき》が転がっている訳でも、埃《ほこり》が積み重なっている訳でもなかった。

無数にある部屋と、長い廊下。所々に見られる匠《たくみ》の造形は歴史を感じさせる。

ただ、匂いは外よりもより濃くなった。それも天高く続く吹き抜けになっている中央に近づけば近づくほどだ。

タヌキ教授達は以前ここを探索した時、そこで【神聖】な泥を見つけた。すぐに離れたが、恐らくはそこから発生したと思われる〝飢餓罪人《マルサート・ペクート》〟に襲われ、全滅しかけたという過去がある。

今回は泥には近づかず、聖塔の比較的外縁の調査を行う予定である。

タヌキ教授達は慎重に、しかし迅速かつ興奮気味に記録を取っていく。解析は後になるので詳細は不明だが、どうやら貴重な情報が壁画として描かれていたらしい。

俺も見てみたが、天を覆う恐ろしい何かを崇《あが》め、鎮《しず》まるように祈っている姿を思わせる内容だった。近くには何やら文も彫られているので、その辺りにも何か情報があるのだろう。

テンションが上がって小躍りしているタヌキ教授達を尻目に、俺も周囲を探索する。

前回手に入れた【飢餓の秘鍵】は鍵なのだから、対応した扉があるはずだ。何か起きてくれないものかと思い、【飢餓の秘鍵】の先をアチコチに向けていると、特定の方向にプルプルと小さな反応があった。これまでは何もなかったのだが、近づいた事で反応したようだ。

そしてどうやら、鍵が示す先はあの【神聖】な泥がある聖塔の中心らしい。仕方ないので、タヌキ教授達の調査に目処がついてここから帰る前に、【神聖】な泥を見てみる事にした。

これは俺の都合ではあったが、タヌキ教授達も調査したいと思っていたそうで、丁度いいという事で即決した。今回の合同調査は一日だけという約束なので、タヌキ教授達にとっても安全に調査できる時に調査しておきたかったらしい。

揃って聖塔の中心に向かうと、吹き抜けの下には確かに泥があった。光すら呑み込む、深い深い闇が揺蕩《たゆた》う泥。かつての【神罰】の名残であるそれは、池かと思うほどに広がり、濃い匂いを放ちながらそこに存在していた。

良い匂いに少し食欲をそそられるが、何が起こるか分からないのでタヌキ教授達は背後に控えさせ、俺は朱槍を右手に、【飢餓の秘鍵】を左手に持ったまま、黒焔狼を伴って近づいていく。

ある程度近づくと、ブクブクと泥が泡立った。明らかに何かが登場する前兆で、思った通り無数の何かが泥から這い上がってくる。

それは一見するとただの一般人に思える飢《う》えた怪物――〝飢餓罪人《マルサート・ペクート》〟だった。彼・彼女達は【神罰】を受けた過去の住人であり、終わりのない飢餓に苦しむ様は哀れではある。しかし飢餓を満たす為に目の前の獲物――つまり俺だ――を喰おうと口を開け、肉を求めて両手を突き出しながら迫る姿は、見ていて決して気持ちがいいものではない。それがざっと見て数百数千もいるとなれば猶《なお》更《さら》だ。

ただ、泥から這い出すのに少し時間が必要らしく、出てくるまでゆっくりとしたものだったので、遠慮なく黒焔で【神聖】な泥諸共に焼き払う。次から次へと泥の中から湧いてくるが、出た端から焼却していけば問題ない。

黒焔によって燃やされた事が攻撃判定となったのだろう、ボコボコと泥が激しく動き、大型の〝飢餓罪人〟まで出現させようとする。それならばとこちらも更に火力を上げる事で対応し、大きいだけに燃やし尽くすには若干の時間を要したが、泥から出る前に灰も残さず焼却した。

黒焔だけを使っていて耐性をつけられても困るので、【獅子なる太陽】によって上空に煌々《こうこう》と輝く獅子型の太陽を浮かべて全体的な熱量を上げ、【炎禍の巫女】と【獣災の鎮魂火】の合わせ技で敵を殴り燃やし尽くす〝黒焔鬼獣〟を強化生成し、【滞空放火】で何かあった時に対処する用の黒焔弾を無数に浮かべておく。

その他にも【浮岩天動】で周囲の適当な瓦礫を無数に浮かべ、【重圧宝玉】で凝縮させて宝玉を精製。ヒトよりも大きな瓦礫をビー玉ほどにしたそれに【黒錆コーティング】を施して更に硬くし、進行方向に落下するよう重力操作して敵をすり潰す。あるいは宝玉の表面に【老いた暴れ口】を展開して、そこから【三重咆哮《トリプルロア》】による重低崩壊音を発生させてみる。

その他にも新しく手に入れたアビリティを色々使って、使い勝手のいい組み合わせがないか試していったが、特に問題はないらしい。現状、俺が圧倒的に優勢だ。

そんな訳で大きな危険がない事も分かり、この間にタヌキ教授達はまだまだ調査したりない深部の開拓に乗り出した。ただし今現在燃えている中央は熱すぎて近づけないので、少し離れた場所に行くらしい。

それを見送った後、俺は黒焔狼をソファ代わりにし、椅子に腰かけて焚き火を眺めるソロキャンパーのように、どこかゆったりとした精神状態で時間を潰していく。

目の前で地獄の業火が渦巻く様を見ながら酒を飲む。これはこれで、ゆったりとした時間ではないだろうか。

《百十五日目》／《二■十五■目》

対象を燃やし尽くすまで滅多な事では消えない黒焔が消えたのは、冷え込む夜を跨《また》ぎ、朝焼けに照らされる頃だった。帰る前の簡単な調査だったはずの予定が予想外に延びてしまった訳だが、その分大きな成果はあった。

黒焔で燃やし続けた結果、池のように広がっていた【神聖】な泥はほとんど無くなった。〝飢餓罪人〟を生成するのに泥が材料となっていたのか、あるいは黒焔に燃やされた事で蒸発したのかは分からない。ただ言えるのは、【神罰】の名残だった泥は無くなって、後に残るのは黒く変色した乾いた土と石。それから泥の中心に沈んでいた一つの石棺《せきかん》だという事だ。

【飢餓の秘鍵】の反応は石棺を示しており、石棺には鍵穴があった。あれを開ける為の鍵なのは間違いないが、しかし明らかに石棺の中には何かが封印されている。前哨戦が終わり、ここからが本番だとでも言うのだろうか。

少し遠目から観察していると、石棺の蓋の隙間からゆっくりと新しい泥が出てくるのが見えた。元通りになるまではそれなりの時間が必要そうな程度の排出量ではあるが、これはつまり泥の源泉は石棺それ自体か、その中身のどちらかだろう。

観察を終えて用心しながら近づき、鍵を差し込む。

すると石棺の隙間から光が漏れ、ゆっくりと蓋が下にスライドしていく。

途端、溢れる膨大な魔力。噴火したのかと思うほどの圧力と共に放たれたそれは、幾万の怨念が強制的に集められたような汚臭を発し、俺は思わず顔をしかめた。

中身は一体のミイラだった。骨と皮だけの細いそれは豪奢な服を纏い、綺羅《きら》びやかな装飾を付けているので、生前は非常に高い地位にいた事が窺える。

そのミイラがカッと目を見開き、ゆっくりと上半身を起こしながら口を開いて何かを言おうとしていたので、石棺から出てくる前に朱槍をその頭部に向けて振り下ろす。

ミイラの口から泥が溢れ出てきそうになったが、朱槍は泥の抵抗をモノともせずに口から入る。穂先はミイラで止まらず、石棺の底までアッサリと貫通したようだ。

アンデッド系らしいミイラはそれでも死んでいないが、モズの早贄《はやにえ》のように突き刺して固定してしまえば、どうする事もできないらしい。口から泥が出てくる事はなく、ガジガジと必死に朱槍を齧っても傷一つつかない。朱槍を抜こうとミイラは手を動かすが、隙だらけなので機械腕で簡単に払いのけられた。

その際、手を叩き潰すくらいのつもりで力を込めていたものの、ミイラは細い見た目に反してかなり頑丈らしい。発する魔力に見合うだけの強さを持つ存在なのは間違いない。

真正面から当たるなら油断はしない方がいいと思うのだが、残念ながら下半身はまだ蓋が邪魔で外に出せないし、上半身は斜め四十五度に傾いて固定されているので力が入りにくい体勢だ。
万全とは程遠い現状では抵抗も弱く、その後の対処は簡単な作業だった。ミイラの手足を千切って解体しながら、濃密な魔力の籠《こも》る干し肉やスルメイカ的な感覚で残さず喰った。噛めば噛むほど味が染み出てくるようで、泥が喰えなかった代わりとしてはいいのではないだろうか。

〔能力名【飢餓の源泉《ハング・レスレル》】のラーニング完了〕
〔能力名【飢餓の泥《ハングラビ》】のラーニング完了〕
〔能力名【万変泥水《アグトロード》】のラーニング完了〕

結局戦う前に終わったので、ミイラの情報はあまりにも少ない。ただ、最後に恨めしそうにコチラを睨む頭部を喰った後、声が脳内で響いた。

〔神罰詩篇〔富める者の尽きぬ飢餓〕の贖罪条件が達成されました。【神罰の泥】に囚われた【富める飢えた愚民】は解放され、[redacted]に還元されます。【神罰核者《スペルバンデル》：アドミトラル・ルベバ・ニュートポジー】の魂魄《こんぱく》は【神罰】から解放され、浄化されます。【神罰】の残滓は結晶化し、

【贖罪具《エクストム》：富める貧者の黄金髑髏《ロートケプエル》】へと変化しました」

声が終わった後、石棺が独りでに砕け、その残骸の中から一つの黄金に輝く髑髏《どくろ》が出現した。

大型の亜人種のものと同じくらいの大きさの、この【贖罪具：富める貧者の黄金髑髏】とは何なのか。当然調べてみるが、【天星術師の星読み眼鏡】であっても全ての情報を正確には読み取れなかった。恐らく【贖罪具：富める貧者の黄金髑髏】の方がより上位のアイテムだからだろう。

しかし基本的な使い方は分かったし、何より、かつてここで起こった【神罰】について少し詳しく知る事ができた。

――聖塔の建造を受け継ぎ、その果てに増長して最後の【帝王】となったアドミトラル・ルベバ・ニュートポジー。彼は他国を攻め落として大地に点在する富をかき集めただけでは飽き足らず、【神々】の領域にある財宝すら求めた。

その為にありとあらゆる手段を試し、その結果、富める故に止まらない欲望を抱いたアドミトラルには、満たされない【飢餓】という【神罰】が下された。

この【神罰】はアドミトラルだけに止《とど》まらず、その領土や国民をも巻き込み、その結果、俺達が対峙した大量の〝飢餓罪人〟達が生まれる事になった。

ただし〝飢餓罪人〟になったのは、アドミトラルと同じく豊かであるが故に驕《おご》り高《たか》ぶっていた者達だけだ。戦争に負けて支配され、他国から奴隷として連れてこられた者達や、過剰な欲に支配されなかった善良な一般人などは余波で大勢死んだだけらしい。

巻き込まれて死んだのは不運ではあるだろう。しかし〝飢餓罪人〟となって苦しみ続けるよりかはまだ救いがあったとも言える。

ともあれ、そうして起こった【神罰】は、俺がアドミトラルのミイラを討伐した事で終わりを迎えた。そして手に入れた【贖罪具：富める貧者の黄金髑髏】には、基本的に二つの使い方がある。

一つは、頭頂骨の蓋を開けて、金属片や石材などの非食品を入れる。すると口からパンや牛肉などの食品となって出てくる。つまり普通なら喰えないものを喰える何かに変換するという能力だ。これがあればどこに行っても〝飢える〟事は無いだろう。

そしてもう一つは、食品を口から入れて顎を閉じると、頭蓋骨内部に収まるサイズで食品以外の高価な何かに変換する能力だ。

これは入れる食品の品質などによって出てくる何かが大きく変化するらしく、試しに巨蝶ミラフラスの羽の一部を入れてみると、極彩色に輝く短剣となった。この短剣はマジックアイテムらしく、切った者に様々な【状態異常】を引き起こす毒剣だった。他にも色々試したが、これがあれば莫大な富を得る事も容易いだろう。

この二つの能力だから【贖罪具：富める貧者の黄金髑髏】という名称なのか、と納得した。喰ってみてアビリティを確保してもいいのだが、これはこのままの方が使い勝手が良さそうだ。

想像以上の成果に満足しつつ、タヌキ教授達と合流して腹ごしらえした後、俺達は《不徳の罪都》から出る事にした。

ここが《不徳の罪都》と呼ばれた根源である泥の元凶は、既に存在しなくなった。ゴーレムの危険性は変わらないが、聖塔の調査もこれまでと比べれば難度は下がるだろう。その調査を今後も引き続き行う為にタヌキ教授達は開拓村に戻り、一方で俺は《自由商都セクトリアード》に帰還するので、ここでお別れとなった。

別れ際、タヌキ教授が秘蔵の迷宮酒を多数くれたので、俺もお返しに今回使用した騎士虎型タウルゴーレムとその予備パーツ、それからメンテナンス用の多腕整備ゴーレムを贈った。

聖塔の調査結果なども知りたいし、互いの連絡先も交換したので、今後とも何かと付き合いはあるだろう。

一先ずの別れを背に、俺と黒焔狼は帰路についた。

《百十六日目》／《二[redacted]十六[redacted]日目》

四方を険しい山々で囲まれた盆地に広がる《麗しき花樹海《プリム・ビィスタ》》。多種多様な魔花達の楽園であるここは、油断していると魔花や共生関係にあるモンスター達に四方八方から攻撃される危険地帯であるが、この帰り道では安全なものだった。

それは単純に俺が【存在進化】して強くなった事も理由に挙げられるが、背後の黒焔光背が魔花にとって致命的すぎるからだろう。危険を察知した小動物が物陰に身を潜めるように、周囲の魔花達は普通の植物に擬態している。

普通の火程度ならむしろ養分とする魔花も数多いが、単純に火力が強く、燃えれば焼却するまでほぼ消える事のない黒焔に耐えられる魔花はいない。

俺に目を付けられないようにと静まり返った花樹海の中を、俺は簡単な採取を行いながら駆け抜ける。

時には赤の魔花〝赤怒《せきど》ルベンラ〟に寄生され、狂戦士のように暴走して襲い掛かって来るモンスターもいないではない。だが、【魔花の剪定者《ガーデン・プルガージュ》】という魔花に対する特攻がつくアビリティもあるので問題はなかった。【炎葬百足大帝剣】の養分としてサッと討伐し、次に進む。

花樹海の主《あるじ》とされる魔大花伯《フランデル・コンデグラ》〝シルバニス・インクゥドラ〟とはまたも遭遇しなかったが、たまにはこんな時もあるさ。来ようと思えば簡単にやってこれるようになったので、いつでもいいだろう。

とりあえず晩飯として魔花のサラダを大量に喰いつつ、明日に備えて寝た。

《百十七日目》／《二■十七■日目》

早朝、四つの難所を再び越えてきた俺は、《自由商都セクトリアード》に無事帰還した。特に問題もなく中に入り、黒焔狼に跨って周囲の様子を窺うと、肉袋青年達に任せていた《朱酒槍商会《ドランクランス》》製ゴーレムをチラホラ見つけられた。同型の【ゴーレムトラック】が列を作って行動する光景は、どこか懐かしさすら感じられる。

サソリ型通信機【アンタレス】経由で定期的に通信を行い、大雑把な方針は決めていたし、業績が右肩上がりでゴーレム工場が日夜フル稼働していた事は知っている。売上台数からして見かける可能性が高い事は予想できていたが、実際に目にすると色々思う事はある。

その他にも様々な変化を観察しつつ、少し寄り道しながら《朱酒槍商会》の店舗に帰還した。

今のところ《朱酒槍商会》は、俺のアビリティを利用した【ゴーレムトラック】などの生産と、優れた身体能力を持つ従業員の効率的な積み下ろしがウリな運送業を、主な業務内容としている。

事務仕事をしていた従業員に迎えられ、昼から風呂に入ってひと休みする。ゆっくりと浸かった後は、忙しそうに働いていた肉袋青年達と打ち合わせし、夕食の前にゴーレム工場の点検を行った。

俺が以前よりも格段に優れたゴーレムを生成できるようになったので、工場内の製造ゴーレムをさっさと新型に置き換えていく。これで製造効率が上がるし、品質も良くなるだろう。

更に、いらなくなったゴーレムは黒焔光背に簡単に収納できるので、外に運び出すなどの手間がいらず、入れ替え作業はかなりスムーズに進んだ。

サクッと作業は終わり、その後の夕飯は大量にある獲物をふんだんに使用し、豪勢なものにした。

昨日摘んだばかりの魔花から始まり、様々な肉や調味料をふんだんに用いた料理はどれも美味しく、皆自然と笑顔になった。

それにしても、一か月以上も離れている間に色々とあったのだろう。談笑の中でも、以前より皆どこか力強さというか、活力に満ちている。話のネタは色々あって、美味い飯はより進んだ。

《百十八日目》／《二[redacted]十八[redacted]目》

今日はそれなりに忙しい一日になった。

まず早朝。肉袋青年や蟻人少年といった《朱酒槍商会》の幹部連中とミーティングを行った。

ミーティングといっても堅苦しいものではなく、朝食を喰いながらの簡単なモノである。

《朱酒槍商会》が営業を始めてまだ日も浅い。その分改善点は多く、細々とした不満や非効率な製造工程などについて話し、問題点を列挙していくだけでも大きな意味がある。

それに客との雑談や要望などの内容を共有する事で、新商品のアイデアがぽろぽろ出てきた。そこから開発計画も大雑把に構築し、とりあえず作ってみるか、というところまでサクサク決まった。

今は業績が日々右肩上がりと好調な事もあってか、皆積極的に話に参加していたのが印象的である。そこには辛い過去に対するある種の現実逃避も含まれてはいるものの、引きこもりがちだった以前と比べれば大きな進歩だ。

その後はまたゴーレム工場でアレコレと見つけた改善点を直していると、俺が帰ってきた事を伝え聞いたのだろう。荒事《あらごと》にも対応する派遣員達の親分である《マンパワー・カデロニアー》の虎系獣人商会長が挨拶にやってきた。

手土産に迷宮酒と大蛇の燻製肉《くんせいにく》を持ってきたので、昼食を一緒に喰う事にする。上下関係に敏感な虎系獣人商会長は、再会した俺の変化に一際敏感に反応し、その姿勢は以前よりも更に低い。ある種の尊敬すら籠った視線は何だかこそばゆいものの、純粋に慕《した》ってくるようになったのは今後の関係も考えれば良い事だ。

ともあれ、そんな虎系獣人商会長が持ってきた話は、暴力など日常茶飯事な裏社会の情報である。自分でも調べる事はできるが、やはり情報源は複数ある方が精度を高められるし、何より虎系獣人商会長のように日頃からそちらの世界で暮らしている者の声は欠かせない。

そして話を聞いていくと、裏社会もアレコレ変化があり、落ち着いたところもあれば活発化したところもある。そのうちの多くは俺達には関係ないものだったが、関係している、あるいは事情が変化すれば関係してくるようなアレコレがあった。

その一つが、虎系獣人商会長の縄張りにちょっかいをかけてきそうな新興集団の話である。

新しく出来たばかりの《朱酒槍商会》に手を出し、敗北してその傘下に下った《マンパワー・カデロニアー》は、以前より少し侮《あなど》られてしまった部分がある。実際は、そのおかげでゴーレム産業に参加できるようになったし、複数の商会との共同事業である街道整備計画の警備請負などから得られる利益によって以前よりも組織の力は上がっている。だが、それに気が付かない脳筋集団もそこそこある。

今回は裏事情を知る伝手《つて》も無い、外から入ってきたばかりの新興集団が、《マンパワー・カデロニアー》の躍進を面白く思わない他の裏組織に唆《そそのか》されているようだ。

新興集団の頭は荒くれ者の巨鬼《トロル》で、かつては傭兵として各地を転々としていたらしい。配下も巨鬼《トロル》や大鬼《オーガ》など鬼系が多いらしく、既に何件かの酒場で喧嘩を繰り返しているそうだ。

虎系獣人商会長が殴り合いするだけなら、それほどまでの実力差はないと思う。ただ相手が傭兵上がりとなると、何でもありの殺し合いになったらちょっと危ないだろう。何かあれば連絡をしてくるようにと言ってから帰した。

とりあえず情報収集は入念にしておこうと偵察ゴーレムを無数に放ち、アレコレ調べていると、今度は他の商会長達からサソリ型通信機【アンタレス】経由で連絡が来た。

帰ってきたなら明日の夜にでも集まらないか、という事だった。

以前俺がここを出立する前に、共同で企画した街道整備計画などは既に始まっている。俺はこの街を離れていたので直接は確認できていないが、肉袋青年が代理として各商会長達とやり取りをしていた。話を聞いた限り問題が起きても順次解決し、順調に進んでいるが、細かい調整や変更などは改めて確認しておくべきだ。だから会う事自体はすぐに決まった。

場所は以前行った高級店でという話も出たが、丁度明日は皆でバーベキューでもしようと話していたところだった。今後の付き合いを円滑にする為のお土産も沢山あるので、とりあえず俺達の拠点に誘ってみる。

すると話はとんとん拍子で進み、参加メンバーは俺達《朱酒槍商会》全員と、普段から一緒に働いている《マンパワー・カデロニアー》の虎系獣人商会長とその配下である派遣員達。それから関係する各商会長や秘書、幹部やその家族もと、規模がそれなりに大きくなった。

ともあれ、明日の予定が一つ決まり、早速準備に取り掛かった。どうせやるなら、美味い肉や野菜を腹いっぱい食べてもらうとしよう。

《百十九日目》／《二■十九■目》

朝と昼は普段通りの仕事の傍ら、手が空いている従業員達と共に会場の準備を進めた。

駐車場にある【ゴーレムトラック】を収納系マジックアイテムに収納して、空いたスペースに大机や椅子、焚き火台などを設置していく。

今日の会はキッチリした礼儀作法が必要な堅苦しいものではない。あくまでも協力関係にある商会同士の親睦《しんぼく》を深める意味合いが強い。雑にし過ぎると後々の何かしらに響くかもしれないのでそれなりにこだわったが、昨日から進めていた事もあって余裕を持って準備は完了した。

そして夕方になり、それぞれの商会が保有する【ゴーレムトラック】に乗って続々と参加者がやってきた。

俺達《朱酒槍商会》をはじめ、虎系獣人商会長が率いる《マンパワー・カデロニアー》。三代目女商会長が率いる《アドーラアドラ鉱物店》。七大商会長の一人であるドワーフ商会長が率いる《グレンバー・オブレイア》。魔法薬を扱う蜂系甲蟲人商会長が率いる《アリスフィール・フェルニーシャ》。

まだ開始時間前だったが、特に混乱もなく順次受け入れ、軽く挨拶してからそれぞれ野外会場に散らばっていく。

今回参加する人数は、ざっと見て三桁に達しているだろうか。仕事で仲良くなったのだろうウチの従業員や派遣員達は早速固まって、先に焼いておいた市販品の肉や野菜を皿に盛りつけ、酒を飲みながら色々と談笑している。数少ない子供は周囲の雰囲気に押され気味ではあるが、隅の方に設置してある【アスレチックゴーレム】に興味をひかれたのか自然とそちらに集まりつつある。

俺のところにはそれぞれの商会長や秘書などが残り、まだ顔合わせをしていなかった幹部なども挨拶に来る。それをテキパキと捌きつつ、参加者が全員揃ったのを確認したところで、完全に日が暮れて薄暗くなりライトアップされた会場の中で、一段高くなった壇上に登る。

手には黄金の酒杯を持ち、簡単な挨拶をしてから、乾杯の音頭《おんど》をとった。

既に飲んでいた者も多いが、乾杯の為に配られた酒は《時刻歴在都市ヒストリノア》で得た迷宮酒《時巡《ときめぐ》る朱《しゅ》の幸喜《こうき》》。ワインのように赤く、甘口で誰でも飲みやすいサラリとした舌触りと喉越し。ひと口飲めば体内魔力の循環を促進し、一時的に身体機能が向上する効果もあるが、単純に味だけで大半の酒を寄せ付けない逸品である。酒を飲むには早い子供には、それを《タムトラルピュアウォーター》で割ったモノを用意しているので、【アスレチックゴーレム】で遊んでいた子供達もゴクリゴクリと美味しそうに飲んでいた。

あまりの美味しさに驚愕し、余韻に浸っている皆の前で、本日の目玉を会場に運んでこさせる。

今回特別に用意したのは灼羊〝アリウエス・カリプレ〟、金牛〝ダウロラス・カリプレ〟、水蟹〝キャンサンド・カリプレ〟、毒蠍〝スコルティオス・カリプレ〟の小型種を使った料理の数々だ。

全部で二十体分を使用し、丸ごと一頭を使った豪快な丸焼き、中に色々詰めた香草焼き、ふっくらと熱が入った蒸し焼き、旨味が凝縮する濃厚な鍋やスープなどなど、とりあえず俺が食べたいと思ったモノを作っている。

加えて、調理器具には焼いた食材の旨味を引き出すマジックアイテム【リスベテオル・グリル】などを用い、旨味を引き出す特別な各種調味料も惜しげもなく使った為、その味は小型種を超えて普通種に迫るまで向上しているだろう。一般ではまず味わえない極上の逸品だ。

漂う匂いを嗅いだだけで自然と涎が溢れ、ゴクリと呑み込む音が静まり返った会場のアチラコチから聞こえてくる。

素材や調理法について何も知らなくても、料理そのものを目の前にしただけで美味いと分かる出来だ。知識があったらあったで、その希少性の高さから驚愕しつつ猶更強く食欲を刺激される事間違いなしであり、実際、ドワーフ商会長などはこれでもかと目を見開いていた。

彼は、大量の商品が集まる《自由商都セクトリアード》の頂点に君臨する七大商会長の一角なだけあって、その知識量は相当なものらしい。他の参加者とは違った意味を秘めた視線を向けてくるので、とりあえず意味深な笑みを浮かべておいた。

ともあれ、こんがりと焼かれた料理は幾つもの大皿に載せて運んで、後は各自でご自由に、という形式にした。

バーベキューなので、単純に大量に生肉を切り分けただけの皿もあり、それらが金網や鉄板で焼かれると、弾けた脂の匂いが周囲に広がった。その段階で我慢ができなくなった者達が次々と集まってきて、調理担当員やその補助の調理ゴーレム達がフル稼働し始める。

美味い飯に美味い酒が飲み放題食べ放題だ。大きく笑い声を響かせて盛り上がる会場に満足しつつ、俺は他の商会長達と共に用意しておいた専用のテーブルについた。

接待の意味合いも強いので、皆に用意したモノよりも更に上のレベルの料理と迷宮酒が用意されている。ドワーフ商会長以外は詳しく知らないほど希少なそれらを、どういったモノなのか興味津々な商会長達に簡単に説明しながら、ゆっくりと楽しんだ。

面倒な仕事の話も、楽しい場を用意すればすんなり進むというものだ。まだバーベキューは始まったばかりで、楽しい時間はゆっくり早く過ぎていく。

《百二十日目》／《二■二■日目》

ある段階から深く考える事を止めたらしいドワーフ商会長を筆頭に、ドワーフ軍団は普段飲めないような酒に酔い。肉体労働がメインなので鍛えられた体格の、虎系獣人商会長と派遣員達は飢えた肉食獣のようにガツガツと肉を喰らい。女商会長はお土産として渡した希少鉱石の数々を前に興奮したのか、濃厚なオタクトークが止まらず。甲蟲人商会長は会場を彩る《麗しき花樹海》産の魔花に熱中していた。

騒々しいが楽しいバーベキューは、思ったよりも遅くまで続き、お開きになったのは深夜を過ぎた頃。お開きの後は最低限の片付けだけして寝たので、今朝は昨晩の後始末から始まった。

面倒な洗い物は洗浄ゴーレムに突っ込んでおいたのでほぼ片付いているが、焚き火台やゴミの撤去などやる事は幾つかある。まあそれも人手が多いので手早く済み、その後は皆それぞれの仕事に取り掛かっていく。

幾つもの【ゴーレムトラック】が出発し、裏での事務作業やら店舗での接客やら、中々の活況だ。

俺が直接手伝う事はしないが、主に店舗での接客を観察した。やってくる客層や売れ筋の確認、新商品について話を振った時の関心度など、見るべき点は多い。今後の参考になる情報はアチコチに散らばっているので、それを掬《すく》い上げていけば今後の上昇に繋がるだろう。

観察を終えた後は、街道整備計画と同時に進めている、本命の裏事業で使う輸送用系のゴーレムを造ろうかとゴーレム工場に引っ込んだ。

既に構想は出来ている。構造も難しいものではないし、用意は万全だ。できるだけやれる事をやろうと熱中し、気が付けば数時間も経過していた。試作品は完成し、後は試運転が済めば運用できるだけの段階まで来ている。

少し休憩するかと思って椅子に座ると、そこに一報が届いた。何でも、ドワーフ商会長がやってきたらしい。

昨日の今日でどうしたんだろうかと思いつつ会ってみると、昨日の感想やら色々と雑談した後に『他の奴らが興味を持っているが、会ってみる気はあるか？』と本題を切り出された。

つまりドワーフ商会長と同格――【商会連合】を構成する【七大商会】の残り六商会と面会する機会を得たという事だ。

正直、ドワーフ商会長だけでも十分ではある。酒の趣味も合うし、話も分かる。財力も影響力も十分すぎるし、相性も上々だ。ただ、他の六名がどのような性格をしていて、どんな意図があるのか知る事は、自衛の為にも重要である。

という訳で会う事にしたが、流石に今すぐどうこうという話ではないので、今日は新しい商売をドワーフ商会長に持ち掛けてみた。鍛冶が好きなドワーフ商会長は俺が持つゴーレム関連の技術にも興味津々だったので、これにも興味を持ってくれるに違いない。

【ゴーレムバイク】によるレースとか、【カスタムミニゴーレム】によるバトルとか。物作りが好きなドワーフならその辺りにハマりそうじゃないかな。少なくとも、創作系に関してはドワーフらしく生きがいになっているのだから。

そんな感じで色々と思惑はありつつも、ドワーフ商会長との時間は過ぎていった。

《百二十一日目》／《二■二■一■目》

太陽が昇ったばかりの早朝、俺達は《自由商都セクトリアード》から少し離れた場所にある天然の荒れ地にやってきていた。同行するのは蟻人少年と肉袋青年、それから数名の事務系従業員と、ドワーフ商会長とその部下達だ。総勢十五名にて、快晴の下で今日の仕事に取り掛かる。

仕事といっても、別に難しい事ではない。

次なる目玉商品として新しく製造した、少人数の移動に特化した小型ゴーレムの試験運転である。その数、五十台。

今回用意した試作品には様々なタイプが存在し、代表的なのは多種多様な環境を踏破可能な二輪駆動のオフロードバイク型や四輪駆動のバギー型。マジックアイテムを転用した魔法砲台と魔法装甲を備えたバトルタンク型に、ある意味スタンダードな大型の狼や馬などを模したモンスター型。それから既に完成している騎士虎型タウルゴーレムの派生系として造ったタウル型に、都市生活にも馴染みそうなボード型やシューズ型などなど。戦闘から日常生活まで、幅広い使用を目的としたバリエーションが揃っている。

試作品なのでバリエーションはあればあるほど良いかと思い、各種の基礎型をもとに外装を少し変えたり性能を変えたりしたそれらを、同行してきた皆が試しに乗っていく。こういうのは一部の者だけが乗りこなせても売れないので、初心者の意見は大事だ。

そして皆の反応は実に様々だった。

乗馬などとは違う独特の感覚に戸惑う者も驚く者もいたし、独特な駆動音に心惹かれて虜《とりこ》になってしまった者、慣れない速度に驚いて怯えている者などもいる。

ただ、どれも自律行動も可能なゴーレムなので、障害物に衝突したり転倒したりなど危険な事故を未然に防ぐ機構も盛り込んでいる事もあって、試運転は問題なく進んでいく。

その結果、各ゴーレムの評価にはかなり個人差が出たのだった。


例えば蟻人少年の場合、意外にも優れたバランス感覚でシューズ型やボード型を乗りこなし、天然の起伏を使って高く飛んだりする事ができていた。空中での肉体操作や回転などのちょっとしたテクニックを伝えると、すぐに様になっていたので才能の片鱗が窺える。

もう少し地面が滑らかなら、補助機能を使わなくても転ばなくなるだろうし、練習次第で高度なトリックを決める事もできるようになるだろう。大きな体格に反してまだ幼い蟻人少年は、他のゴーレムを触った後も、面白い玩具《おもちゃ》を見つけたようにシューズ型とボード型に最後まで熱中して乗り続けていたくらいだ。宣伝役として有用そうなので、特に気に入っていた二体はプレゼントする事にした。とても喜んでくれたので、こちらも嬉しい限りだ。

ドワーフ商会長を筆頭としたドワーフの場合は、ドッシリとしたバギー型やバトルタンク型が気に入っていた。手足が短く寸胴体型のドワーフからすれば、自分達の重い身体を乗せても物ともせずに力強く動き、四輪駆動なので安定性に優れ、独特で重厚な駆動音を轟かすバギー型やバトルタンク型が趣味嗜好に直撃するらしい。

二輪駆動のオフロードバイク型が気になる者もいたが、手足の長さの関係で色々と届かないという難があった。体格差の大きい種族も多いので、この辺りは購入者に合わせて調節する機能を追加するべきだと分かっただけでも成果はあっただろう。

即席でその機能を追加していると、ドワーフ商会長から細かい注文が入り、一緒にアレコレ弄《いじ》っていく。それもあってか、ドワーフらしく自分達でバギー型やバトルタンク型、それからオフロードバイク型をカスタマイズしたいと言い出したので、今回の謝礼と宣伝を兼ねて幾つかのゴーレム達の売却が決まった。

中枢にして頭脳である【ゴーレムコア】自体はドワーフ達には弄れないが、それ以外の各種パーツやらは製造可能なので、その辺りをアレコレする事になるだろう。どんな風に改造されてしまうのか見せてもらう事になったので、暫く後の事になるが今から楽しみだったりする。

肉袋青年や事務系従業員達は、本物のような仕草をするモンスター型が気に入ったらしい。肉袋青年は大型の狼型が好きらしく、女性が多い事務系従業員達には大型の猫型が人気だった。

モンスター型はモデルとなった存在に似通わせる為に、仕草や体毛の再現など細部まで力を入れているので、その辺りが要因だろうか。

正直なところ、生物らしくする為に学習能力に比重を置いた結果、他のタイプよりも性能はやや低めではあるので、ペットとして売るのはありかもしれない。普段は癒やしを与えてくれる相手として働き、いざという時は護衛や逃走手段にもなる存在だ。その他にも色々と活用法は思いつくが、とりあえず今回の試運転でモンスター型の何体かがそれぞれ誰かに懐いてしまったので、これもプレゼントする事に。そうなるとここにいない従業員達に対して不公平になるので、帰ってからそれぞれ欲しいゴーレムがいればあげるとしよう。宣伝になるし、従業員のセキュリティ対策になるので何も問題はない。


ともあれ、試運転は幾つかの改善点を見つけつつ、無事に終わった。全てが終わったのは夕方近くの事となり、今も蟻人少年やドワーフ商会長など運転に熱中する者達を見ながら、折角なのでここで夕飯を食べる事にした。

まず、ダイニングテーブルのように大きな調理用鉄板ゴーレムを背後の黒焔光背から取り出す。

調理用鉄板ゴーレムは、起動すると右側になるほど高温に、左側になるほど温度低めになるように調節されている。その表面をサッと拭いてゴミが無い事を確認した後、食欲増進や美容効果、脂肪燃焼効果などがある【プラチナ・オリーブオイル】を塗り、その上に【シャクレ霜《しも》降《ふ》り首領牛】の巨大な生肉をドンと置いた。

どちらも大変な貴重品で、普通はほぼお目にかかれないモノである。仮に市場に出れば、美食を追求する金持ち達が血眼《ちまなこ》になって争奪戦を起こしてしまうほどの逸品だ。

単純に焼いているだけで周囲に広がる香ばしい匂いには、それだけの価値があるのだと納得させるだけの存在感があった。それに肉が焼ける音が加わる事で、誰もがゴクリと唾を呑む。

ただ焼くだけ。それなのに、ある種の芸術品と言えるだろう。

もちろん肉だけでは勿体ないので、その横で【無双タマネギ】や【翡翠玉カボチャ】、【紅王妃トマト】といった、勝るとも劣らない品質の野菜も焼いていく。

豪勢な食材を惜しげもなく使った夕飯は、誰もが極楽を幻視するほどの出来で、皆が自然とだらしない笑顔に染まっていった。ここにいない従業員達にはまた別の機会に食べさせてやろうと思いつつ、すっかり日も暮れた後に俺達は帰路についた。

《百二十二日目》／《二■二■二■目》

ゴーレムはとても使い勝手のいい存在だ。

壊れても【ゴーレムコア】という核さえ無事なら、誕生した状態と比べて大幅に性能は落ちるものの、その辺りの土や石を材料にして何度でも復活できる再構築力。

不定形型から獣型、人型から巨大建造物型まで幅広い造形が可能で、構築する素材や特殊な構造により千差万別な能力を発揮できる応用力。

そして指示された事を文句も言わずに実行する様は機械的でありながら、ある程度の学習能力もある為に使い込めば使い込むほど基礎能力が向上する生物的な側面も併せ持つ。

上手く使えれば巨万の富を得る事も可能なそんなゴーレムだが、世間に広く浸透はしていない。

理由は幾つかある。

まず、魔力の問題だ。ゴーレムは魔力を燃料に活動する魔法生物の一種である。秘境や霊地、それからダンジョンなど大量の自然魔力《マナ》で満ちている場所に自然発生する事もあるが、人口が多い所や開拓された場所では滅多に発生しない。恐らくは他の事に魔力が消費され、発生に必要な量に達しないのだろう。

そして人工的に生成、あるいは製造しようとすると、その辺の土や石で出来たただの木偶《でく》の坊《ぼう》のようなゴーレムでも、少なくない魔力を要する。俺のようにあれこれカスタムするなら、複雑な分だけ必要量が大幅に増えていく。なので生成者は一定以上の実力者か、元々多くの体内魔力《オド》を保有している種族などに限られる。

あるいは、俺がラーニングしたアビリティ【ヴァンレフール式中型魔力炉】の元となった、特殊な燃料を燃やして魔力を精製する魔力炉を使うという手段もある。

だがその場合も、高性能な魔力炉を製造するのに高い技術力が必要になる。また燃料にも大量の魔力を含有する希少な魔法金属を使う場合がほとんどなので、自前の体内魔力を使って生成するよりもむしろコストがかさむ。

そうした魔力の問題を解決したとしても、マイナーな分野なので製造方法を学べる場所はかなり限定的だ。鍛冶や錬金術といった分野にも言える事だが、使い方次第で幾らでも稼げる技術は、独占されたり秘匿されたりしている事が多い。

家業としてゴーレムを扱っている一族なら、一子相伝の技術などもあるだろう。代々蓄積された情報は宝の山なので、それを何の計算も無く外部に出すかと言えば、難しいのは当然の事である。

国家事業として発展させている場合もあるが、そういった所では学ぶ者を選別しているし、情報を抜かれないよう防諜にも配慮されているので、関係者でなければ学ぶハードルは高い。

情熱や執着、それから運や特殊な才能次第で、俺のように何も無い環境からでもゴーレムを扱えるようになるケースは無きにしも非《あら》ずだが、その可能性が高くないのは容易に想像できるだろう。

その他にも色んな要因が絡んだ結果、これまで使い勝手のいいゴーレムはあまり広まらなかった。その為、便利な道具というよりモンスターの一種であるという認識が一般的だろう。

しかし現在では、俺達の主力商品である【ゴーレムトラック】が生まれた。荒れ地でも部分的に変形して進む事ができる走破性の高さ。一度に大量の物資や人材を運搬できる効率性。普通なら逃げられない凶悪なモンスターに襲われても、部分的に切り離して操縦者、あるいは荷物だけでも逃がす事が可能。それに加えて誰でも簡単に操縦できるし、【ゴーレムコア】さえ壊されなければある程度まで自動修復できるタフな【ゴーレムトラック】の売れ行きは非常に良い。商人同士の横の繋がりや口コミもあって、現在は予約待ちが出来ている。

需要に応えてゴーレム工場の生産力を向上させたし、ある程度流通させた後は走行性能やら冷蔵機能の追加やら個別のカスタムにも対応予定なので、事業規模は今後も拡大していくだろう。

技術的困難性などの要因から、強力なライバルが出てくるのはまだ当分先になるはずなので、これからもどんどん新たな需要を開拓していけば、物流の一角を独占する事もありえるかもしれない。当然ながら次から次へと問題は出てくるだろうから、それらに素早く対応する為にも商会としての体力に余裕を作る事が大事だ。

つまり堅実に事業を進めつつ、しかしどんどん新しい事に挑戦していく必要がある。

そして昨日試運転した小型ゴーレムが次なる一手の第一弾だったのだが、それは成功しそうである。

さて、ここまで前置きが長くなったが、今後その第二弾を打ち出すべく、その為には俺以外にも色々と仕事ができる新しい技術者を育成しようと考えている。

とりあえず今日は、従業員の中から適性のありそうな者を四名選んだ。

元々ゴーレムに強い興味を抱いていて、昨日の一件ですっかりゴーレムの虜になってしまった蟻人少年を筆頭に、まだ幼い三名の女の子達である。

俺が裏組織《イア・デパルドス》から救助して今は従業員として働いている者達の中で、比較的数の少ない子供組は、これまで裏での雑用が主な仕事だった。しかし、かつて受けた人体実験などの苦しかった過去の記憶を乗り越える為にも、明るい未来を掴もうと自らこの件に志願してきた。

まだまだ遊びたい盛りだろうに、そう強く決断しなければならない境遇には色々と思うところはありつつも、しっかりと育て上げるのも俺の義務だ。それぞれの種族的に素質もあるので、今から仕込めば将来は良いゴーレムマスターになってくれるのではないかと期待している。どこまでいけるかは本人次第だ。

そんな四名には、まず最初のステップとして魔杖型マジックアイテムと防御力機動力を飛躍的に高めるゴーレムアーマーを支給し、俺が用意したゴーレム達との戦闘訓練をしてもらう事にした。

ゴーレムマスターの前提となる魔力を増やし、発想の原点にもなる経験を積むのに最も効率的な事は何か。そう、戦闘である。

経験を積み、【レベル】を上げれば基礎能力は高くなる。魔杖型マジックアイテムを使用する事で魔力を効率よく消費しつつ、魔力そのものの使い方を学んでいく。そうして基礎を鍛えていけば、目的に近づいていくだろう。

経験を積むなら実戦が一番ではあるが、やはり危険が伴う。そこで一先ずゴーレムを相手にする事で安全に配慮しつつ、今日からしばらく朝から夕方まで、ぶっ倒れるまで戦闘訓練に費してもらう。教官ゴーレムもついているし、ゴーレムアーマーによって強制的に動かす事もできるので、文字通り気絶するまで戦う事が可能だ。

タフな蟻人少年はともかく、女の子二人組は昼休憩の時に恨めしそうな眼を向けてきた気がするが、きっと気のせいだろう。苦しい代わりに、美味しいご飯を用意しておくので勘弁してもらいたいものである。

《百二十三日目》／《二■二■三■日》

未来のゴーレムマスターへの道を踏み出した蟻人少年と三人娘は、今日も仕事へ向かう大人組の従業員達から声援を受けながら、朝から広場で泥まみれになっている。

訓練相手として用意した頑丈なゴーレムを壊すには、魔杖型マジックアイテムに大量の魔力を装填し、魔術をコントロールして鳩尾《みぞおち》に設置された小さな急所に集中して当てるのが最も効率的だ。

それを行うには魔力の精密な操作が必要であり、高い集中力も求められる。止まっている標的でも結構難しいのだが、ゴーレムは当然動いて襲ってくる為、その難度は跳ね上がる。距離を詰められて転ばされ、集中し過ぎて不意打ちされ、太い腕で魔術を防がれてぶっ飛ばされた。

一対一の訓練なので助けはなく、自力を磨いていくしかない。

まだまだ未熟な四人には困難な訓練ではあるが、未来の為に、今はひたすらに魔力を限界まで使い、秘薬で魔力と体力を補充し、また限界まで使う事を繰り返していった。

そうしてやっとの事でゴーレムを壊せたら、他のメンバーが終わるまで休憩してよい事になっている。しかもその時には秘薬だけでなく、美味しい料理やお菓子で魔力を回復させるというご褒美《ほうび》もついてくる。終わるのが早ければ早いほど得をするし、逆に遅ければ遅いほど損をするので、皆が必死だ。

特に最後の者はほとんど休めず、他の三名が美味しい料理を食べる姿を見せつけられる事になる。一定時間以内に壊せなかったらペナルティもあるので、手を抜く隙など少しもない。

四人は仲間であると同時にライバルとして、互いに刺激し合って成長してほしいものだ。恨めしそうにコチラを見る視線が強まっているような気もするが、見て見ぬふりをしておいた。

《百二十四日目》／《二■二■四■目》

今日は朝から生憎《あいにく》の豪雨だった。バケツをひっくり返したような勢いで、それがずっと続いている。どうやら雨には大量の魔力が含まれているらしく、魔力を視認できる者ならまるでオーロラのような青い輝きが降り注ぐ光景を目撃できるだろう。

ずっと輝きを見続けるのは目が疲れるからほどほどで止めておくが、魔力をエネルギー源にする精霊などには恵みの雨らしい。窓から外を見れば、小さなカエルや小人のような水の精霊や、スライムやミミズのような泥の精霊などが狂喜乱舞しながら踊っていた。それに影響されてか、精霊だけでなくただの植物でさえもどこか元気そうである。

そんな恵みの雨は何かに使える可能性が高そうなので回収すべく、雨自体を素材とした【水瓶《みずがめ》キノコゴーレム】を製造して敷地全体に配置する。

降り注ぐ雨を吸収して巨大化・変形する【水瓶キノコゴーレム】の数は数百体に達するだろうか。広くカサを広げる大型種と、その隙間部分をカバーする小型種によって形成される光景は、まさにキノコの森だ。

青い輝きを放つ【水瓶キノコゴーレム】達の森は少し幻想的であるが、暫く放置していると思わぬ結果を招く事になった。

【水瓶キノコゴーレム】には、雨の魔力を内部で凝縮させる効果を持たせている。こうする事で稼働する為の魔力を確保できるし、回収した時に高濃度の魔力水を効率よく取り出したかったからだ。

しかしその結果、雨と一緒に周囲の精霊まで取り込んでしまったらしい。

内部で凝縮される魔力に精霊が混じり、狙っていたモノよりも遥かに早く高濃度の魔力塊水が形成されつつある。もっと精霊が集まれば結晶化し、精霊石《せいれいせき》のように特殊なアイテムが採取可能になるかもしれない。そうでなくても、高濃度の魔力を秘めた液体の使い道など、パッと思いつくだけでも数多い。

それはまるで宝の山が降り注ぐようなモノで、俺は嬉々として回収していった。

俺にとっては恵みの豪雨であるが、その勢いの強さは外に出るのを躊躇《ためら》うほどに強い。下手すれば家が浸水しかねない勢いなので、こうなると今日は仕事にならないところも多いだろう。

暫くすると、【ゴーレムトラック】で仕事に行っていた者達が、仕事先が臨時休業になったので戻ってきた。数メートル先も見えないほどの豪雨でも【ゴーレムトラック】の運行には支障がない事を証明できたので、ただの無駄足ではなかったが。

そんな訳で降って湧いた休みを満喫する従業員も多い中、蟻人少年達は今日も忙しくゴーレムについて学んでいく。

今日は座学だ。ゴーレムの構造や素材の特性など、大事な部分から学んでいく。

幸い、勉強材料は豊富だ。これまで俺が造ってきた多種多様なゴーレムだけでなく、《不徳の罪都》産のゴーレムから《時刻歴在都市ヒストリノア》産のゴーレムまで揃っている。これらは普通お目にかかれない上等なモノばかりで、ゴーレムマスターを目指す者には宝の山を目の前にしたように感じられるだろう。

一つひとつを鑑定用マジックアイテムも使って分かりやすく解説し、ゴーレムという存在に対する理解を深めていく。皆やる気はあるし、学習能力も悪くない。しかし座学だけでは飽きもするので、夕方まで基礎を学んだ後、最後は実践に移行した。

それぞれに、俺が製造した簡素な【ゴーレムコア】に触れさせる。

渡した【ゴーレムコア】は握り拳程度の大きさの丸い魔石製で、最低品質のモノだ。自然発生できるだけの魔力がある土地でなら、ごく単純な土や石の人型のゴーレムがギリギリ発生できたかもしれない程度の弱いモノに過ぎない。

使い道と言えば使い捨ての壁くらいだが、構造が非常に単純なので最初の一歩としては最適だろう。いきなり高度なモノに挑んでも、訳が分からなくてやる気も起きないものだから。

ともあれ、四名は【ゴーレムコア】を両手で包み、魔力を流す。するとそれぞれの魔力が内部に刻まれた刻印を走り、その構造を知る事ができる。

刻印を簡単に表現するなら、ただの棒人間だ。丸い頭部に、細い手足。ただそれだけでしかないが、頭の部分に魔力を介した基本情報の大半が刻み込まれている。

どんな風に刻まれているかを、言葉で正確に伝えるのは難しい。大雑把に『人型になって命令通りに動け』と刻んだだけでも最低限のゴーレムになるのが【ゴーレムコア】の強みであるし、弱さでもある。高度な動きや機能を再現できるかは、製造者の腕と直結している訳だ。

渡した【ゴーレムコア】には最低限の情報しか刻んでいないものの、それでも初心者が読み解くには難度が高い。

実際、四人は眉間に皺《しわ》を寄せ、汗を滲ませながら魔力を振り絞っていた。実物に触れてどうなっているのか何となく分かったとしても、どういう風に魔力を操作して魔力刻印を刻むのかは感覚と感性、それから才能や反復練習が重要だ。

夕飯までには全員が五十センチほどの土のゴーレムを製造したものの、立ち上がった瞬間に自壊したり、形状が保てずドロドロのスライムのようになったり、手足が無駄に増えて動かなかったり、その場でグルグルと回って暴走して爆散したりした。どれもこれも失敗である。

最低限のゴーレムを造れるまでにもまだまだ時間が必要そうだが、実践していけばやがて体得してくれるだろう。

《百二十五日目》／《二■二■五■目》

昨日と比べて勢いは衰えてきたが、それでもまだ雨が続いていた。今日も蟻人少年達の座学と実践を見ながら、俺は魔力を大量に含んでいる雨について色々と調べていた。

まずは試験管に入れてよく見てみる。パッと見では普通の透明な液体だが、魔力が視られる者からすれば、その濃い魔力によってまるで青い宝石のように輝いている。ただその輝きがより綺麗なのは昨日のモノだ。恐らく、昨日の方が内包する魔力量や質が良かったのだろう。

そんな液体の中に何か浮いていないかと注意してみるが、それらしき様子はない。微生物の類がいる可能性はあるが、少なくともミジンコ程度までの大きさのものは何もなかった。

次に試飲してみる。味は少し甘く、喉ごしはサラッとしていた。スライムやアメーバのような害になるモノは含まれていない。むしろ飲んだだけで体内に満ちる魔力で、骨折や切り傷程度なら治せる回復効果が望めるだろう。

この点からも恵みの雨である事は間違いないが、過剰な魔力は時として毒にもなるので、浴びすぎない方が無難だろうか。

ともあれ、こうした濃い魔力を内包する液体は使用用途が幅広い。何か特殊な気候が原因なのか、あるいは何らかの存在が降らせているのか分からないが、ボーナスタイムだと割り切って確保できるだけ確保しておこう。

なんて思いながら、満杯になった何体もの【水瓶キノコゴーレム】を玄関で交換していると、サソリ型通信機【アンタレス】経由で連絡があった。連絡してきたのは魔法薬を扱う《アリスフィール・フェルニーシャ》を率いる、蜂系甲蟲人商会長だった。

話の内容は間が良い事に、この雨についてである。やはり専門家だけあって、この雨の特異性にいち早く気が付き、昨日から色々と調べていたらしい。商会所属の専門家総出で徹夜の研究を続けた結果、ある程度の事が分かったそうだ。

ヒントは、《アリスフィール・フェルニーシャ》の中でも重鎮の、数百年を生きる樹人《フォートレン》の古老薬師が、とある理由から封印していた古文書の中にあった。そこに書かれている事が本当なら、この雨は一定の軌道を描きながらここ【神秘豊潤なる暗黒大陸《ミトロヒア・ダックルバス・フォーガン》】の空を漂う天空島に君臨する大樹型植物系モンスター【蒼穹陽樹アダミナス《アシエトル》】に起因する可能性が高いようだ。

【蒼穹陽樹アダミナス】は成長すれば星から直接栄養や魔力を吸い上げ、枝葉に国が出来るほど巨大になる【世界樹《ユグドラシル》】の近親種の一つらしい。天空島の中心に聳え立ち、地上よりも太陽に近い分だけ濃厚な天から降り注ぐ魔力を吸収しているそうだ。青い金属にも似た樹皮を持ち、緋色に染まる枝葉を広げ、時折実る【青陽宝林檎《エルサポム》】は不老長寿をもたらすとされている。

そんな【蒼穹陽樹アダミナス】は数百年に一度、あるいは危機的状況に陥った時、長い月日をかけて溜め込んだ【青宝樹液《エルサビア》】を放出するという。

今回がどのような理由で放出されたかは分からないが、放出された【青宝樹液】は一度天空島を通ってろ過され、隣接する雲海と混ざる。雲海で薄まった【青宝樹液】は【魔青水《エルーク》】の状態となり、結果として下界は凄まじい豪雨に見舞われる事になる。

一種の災害ではあると同時に、【魔青水】の影響により文字通りの恵みの雨を浴びた自然は活性化し、下界は大いなる豊穣《ほうじょう》を得るという。

ただモンスターとかも活性化しそうで、個人的にはメリットもデメリットも大きそうだなとは思うものの、とりあえずこれまで以上に回収に力を注ぐ。余ったら売ってもいいしな。

分厚い雲に覆われた空を見上げると、何だか遥か上空に不穏な気配があるような気がするのだが、さて何が起きているのだろうか。

《百二十六日目》／《二[redacted]二[redacted]六[redacted]目》

昨日までの大雨から一転し、今日は朝からしんしんと大雪が降る。しかもただの雪ではなく、まるで鮮血が凝縮されたような赤い雪だ。昨日までの【魔青水】とは魔力の質が大きく異なり、それを塗り潰すように異質な魔力が混ざっている。冷たくも温かく、鋭くも柔らかく、悍ましくも優しい、不可思議な魔力だ。

その異質な魔力が何なのか気になるので食べてみたいのだが、赤い雪は何かに触れた瞬間溶けるように消えていく。普通だったらかなりの積雪になっただろうに積もる事もなく、手で受け止めても残らず、口に入れても喰えず、収納系マジックアイテムに収納もできない。

まるで幻のようだ。しかし鮮烈なまでの赤い世界はそれが現実だと示している。

起きてから続く赤い世界に蟻人少年達は不安そうにしているが、不思議な事に俺は不安に思うどころか、どこか懐かしさすら抱いていた。その原因は分からない。ただ何処かで知っているような、そんな気がする。未だ欠けが目立ち、薄ぼんやりとして明瞭ではない記憶の中に、答えがあるのだろうか。

機械腕の掌で一際大きな赤い雪を受け止めて、思い出せない記憶を何とか思い出そうとした。

暫く赤い雪を眺め、しかし答えは得られず、気を取り直して今日の活動に移る。

赤い雪が降る以外は日常に戻る。昨日までの外に出るのも気が引けるような大雨は止み、触れれば消えていく積もる事のない赤い雪をかき分けながら【ゴーレムトラック】が次々と出て行った。今日から再開した仕事場に向かい、大量の食料品や商品を運ぶのだ。

それを脇目に、俺は蟻人少年らゴーレムマスター見習い達を連れて、今日は街の外へと訓練に向かった。それぞれ自分専用の小型ゴーレムに騎乗し、赤い世界を疾走する。

モンスター型なら普通の騎獣とパッと見で大差ないが、見るからに異質な蟻人少年のボード型はよく目立った。

車輪のついた板に乗り、それを体重移動などで見事に操って障害物を軽やかに回避する。独特な駆動音と共に街道を駆ける様には自然と注目が集まり、あれは何だろう、という囁きすら聞こえてくる。分かりやすい宣伝として旗でも持たせるかと思案しつつ、街の外でモンスターを狩っていく。

今回選んだのは少し離れた山の中だ。鬱蒼と生い茂る森は、どこか懐かしさすら感じられる濃い緑の匂いで充満し、薄暗い中に息を潜めたモンスター達が隠れている。

鋼鉄よりも硬い甲殻と毛皮で身を守り、突進して獲物を蹴り殺す毛玉大兎〝アーマービッグラビット〟。

樹上から垂れ下がるツタに擬態して獲物を待ち構えて釣り上げる大百足〝ハングド・センチピード〟。

超高速で突進し、硬く鋭いドリルのような一角で獲物を掘削しながら貫く飛蝗《ばった》〝ドリルホッパー〟。

数体から成る群れで行動し、筒状の生体武器を使って捩《ね》じった毛を弾丸のように吹き出す猿〝ブレスガントヒヒ〟。

麻痺《まひ》を引き起こす鱗粉を撒き散らし、動かなくなった獲物に卵を産み付けて繁殖する〝パラドラス・アゲハ〟。

その他にも多種多様なモンスターを相手に、蟻人少年達は奮闘する。

俺が作った戦闘用ゴーレムを操って壁役にし、その後方から魔杖型マジックアイテムを使って攻撃するというのが基本の戦法である。だが、壁役ゴーレムの対応力を超える攻撃をされたり、あるいは側面や後方から奇襲されたりもするので、注意が必要だ。

ゴーレムアーマーを装備しているので致命傷こそ負う事はなかったが、痛打を受ける事もしばしばあった。その度にある程度の回復はしてやるが、完治まではしてやらなかった。何故なら痛みがある事で学べる事もあるからで、実際、命の危機を感じる実戦を繰り返す毎に蟻人少年達の強さは増していく。【経験値】の蓄積でレベルが上がるだけでなく、実際の経験が確かに養われていく。

蟻人少年達の訓練は順調に続いていき、夕方になったので、日が暮れる前に戻る事にした。可能なら夜の山での狩りを経験させたいところだが、流石に限界らしい。

まだ体力に余裕のある蟻人少年はともかく、女の子三人組は声も出せないくらい疲弊しており、横になればすぐ寝てしまうだろう。フラフラと倒れそうになるのをゴーレムアーマーが無理やり動かしているくらいなので、今日はここまでだ。

帰り道では特に何事もなかったが、屋敷についた時、門前からでも分かるくらいに中が慌ただしかった。

日も暮れた中、近くの街灯や屋敷内の窓からこぼれた照明の光で、薄《うっす》らと照らされる広い庭。普段は綺麗に整備されているそこには真新しい戦闘痕が色濃く残り、めくれ上がった地面には滲んで黒ずんだ血が確認できる。

どうも襲撃があったのは間違いないが、既に戦闘の気配はしていない。今はどうやら事後処理の段階のようだ。

屋敷の窓から外に伸びる影は慌ただしく動き、従業員を指揮する肉袋青年の声が遠くから聞こえてくる。

一体何が起こったのかと思いながら屋敷の玄関に入ると、そこにいたのは忙しなく動く肉袋青年と従業員、それから虎系獣人商会長を筆頭とした《マンパワー・カデロニアー》のメンバーだった。

肉袋青年らウチの従業員は何ともないが、虎系獣人商会長とその配下である十数名の派遣員達は全員が怪我を負っていた。

軽い者は打撲程度だが、重傷の者は片腕が切り落とされていたり、胴体に深い斬撃を受けたりしたようだ。虎系獣人商会長は比較的軽傷の部類らしいが、それでも額と左前腕に包帯を巻いている。血が滲んでいるものの、出血自体は既に止まっているようだ。屋敷に備蓄していた市販の高級回復薬も飲んでいるそうで、数時間もせずに完治するだろう。

そんな虎系獣人商会長は今、胴体に斬撃を受けて床に寝かされている犬系獣人の青年の隣に腰かけている。心配そうに犬系獣人の青年の顔を覗き込んでいるが、パッと見た感じ意識こそ無いが顔色は良いし、死臭も漂ってはいない。ちゃんと治療も受けているので、とりあえずは大丈夫だろう。その他の派遣員も観察するが、死にそうな者は一人もいなかった。

ひと通り確認した後、何があったのかザックリ聞いてみると、どうやら先日から問題にしていた巨鬼《トロル》を頭とした新興集団の襲撃を、屋敷のすぐ傍で受けた事が始まりのようだ。

虎系獣人商会長は俺に用事があったらしく、薄暗くなり始めた頃だったので護衛も兼ねて部下の派遣員達を引き連れて向かってきていた。そこを不意打ちされたようだ。

商会の頭である虎系獣人商会長が最初に狙われたようだが、床に寝かされてる犬系獣人の青年が彼を狙った一撃から庇ったという。それが無ければ、反抗らしい反抗もできずに押し負けていた可能性が高いだろう。

突如の凶行に慌てたものの、虎系獣人商会長達だってそういう界隈で飯を喰っている。やられっぱなしではなく、激昂した虎系獣人商会長達は不意打ちしてきた敵を殴り返し、そのまま反撃して一時的には状況を互角にしたらしい。

だが、相手も本職だ。敵の大将である巨鬼《トロル》がいなかった事は幸いだったにせよ、その部下達も以前は傭兵稼業をしていただけあって、個々の質は向こうが上回っていた。

ズルズルと圧《お》され、最後にはウチの屋敷に逃げ込んだ。相手も追ってきたそうだが、まあ、防衛用のゴーレムをアレコレ仕込んだ屋敷だ。無用心にも勢い任せに追ってきた奴らは呆気なく撃退され、数名は討ち取り、残りには逃げられたようだ。数名分の死体は別の場所に確保されているらしいが、それの検分は後回しにするとして。

かなりギリギリだったが何とか生き残った虎系獣人商会長達を、ウチの従業員がこれまた用意していた治療用ゴーレムを使って介抱していたところに、俺達が帰ってきたという訳だ。

治療用ゴーレムにかかったのなら、怪我をした派遣員達も一晩寝れば完治して明日には元気に動けるだろうが、それはさて置き。

俺達《朱酒槍商会》の下部組織に該当する《マンパワー・カデロニアー》が襲撃を受け、更に屋敷まで襲撃されたとなれば、この後しなければならない事はただ一つ。

そう、お礼参りである。

《百二十七日目》／《二■二■七■日》

《自由商都セクトリアード》にはありとあらゆる商売が存在する。どこにでもある普通の商店や食堂などはもちろん、淫欲渦巻く歓楽街に血の気の多い者が集う格闘賭博場といった後ろ暗さのある商売。それよりも深く潜ると、封印指定商品の密売から非合法な奴隷売買、生死を賭けた地下闘技場といった闇の事業すら網羅されている。

闇の事業については、ドワーフ商会長と同格の【七大商会】が一角にして最大の暴力機関でもある《ディアボリカ》が管理しているので、意図して接触しない限り視界にも入らないらしいが、それはさて置き。

突如として起こった屋敷襲撃事件から僅か数時間後の現在。俺達は、夜空に輝く星も眩い照明で塗り潰されてしまう、《自由商都セクトリアード》のアチコチに点在する歓楽区画の一つにやってきていた。

場所の特徴もあって、幅の広い主要道路は深夜ながらまだまだ人通りは多く、道沿いの飲食店からは喧騒《けんそう》の音が漏れ聞こえる。街灯に照らされた道路で屯《たむろ》する者や、アチラコチラで客引きをする男女の姿も多い。人の気配は途切れる事なく、それぞれの思惑や欲望は今も静かに滾《たぎ》っているようだ。

そんな中を進むのは、今回の目的上、避けた方がいいだろう。ここは敵勢力の支配下なので、どこに監視の目があるか分かったものではない。せっかく仕掛けようとしている奇襲のアドバンテージを失うのは勿体なさ過ぎた。

という事で、俺に同行する虎系獣人商会長とその配下の二十名は、闇に紛れるよう黒いゴーレムアーマーを装備して、路地裏の陰から陰へと進んでいった。

音も無く地を駆け、時にはバックパックに増設された副腕を使って壁に張り付き、屋根や壁面を移動して進む。道中で遭遇した敵の部下や監視網に気づかれる事なく突破して、俺達は目的地であるとある豪邸へと、非常にスムーズに到着した。

四方を様々な建物に囲まれて複雑に入り組んだ路地裏を進んでいくとやっと見つかる、二本の通路だけが繋がった袋小路の奥の、明らかに場違いな豪邸。経路が限定される事で敵の侵入を防ぎ、かつ発見を容易にするように考えられた立地で、豪邸自体も高く分厚い壁に覆われた要塞のような構造をしている。

そんな豪邸は、この歓楽区画を支配していると言っても過言ではないファミリー《タルムザンド》の本拠地だった。

《タルムザンド》は、虎系獣人商会長と昔から因縁があり犬猿の仲でもあるカッコウ鳥系獣人商会長率いる人材派遣商会《クベスロート》の、上位組織である。その勢力は《自由商都セクトリアード》でも有数な部類という大組織だ。

規模が大きいだけに大勢抱えている構成員がこれ見よがしに歩哨《ほしょう》に立ち、見えない部分もマジックアイテムやそれ用に技術を修めたプロがカバーしていた。生半可な戦力なら跳ね返される、どころかそこらの軍隊ですら簡単に返り討ちにできそうなほどの戦力が集まっている。

とんでもない警戒具合だが、それも仕方ないだろう。

今現在、豪邸内では《タルムザンド》の頭領――とあるドラゴンの血を引くラーテル系獣人――をはじめ、《クベスロート》のカッコウ鳥系獣人商会長、俺達のゴーレム産業に危機感を覚えて排《はい》斥《せき》を訴えている運送商会や素材商会など《タルムザンド》配下の商会長達、それから今回の襲撃事件の主犯である荒くれ者の巨鬼《トロル》を長とした新興集団《トロル・スパイククラブ》が会合を行っているからだ。

会合の内容は当然、今回の襲撃失敗と、予想外の防衛戦力を有していたウチに関してだった。

それは概ね予想通りながら、一部予想外の事もあった。

全部が敵に回ってくれるなら一掃するだけなので楽なのだが、短慮を起こして行動した一部を切り捨てて和解に持ち込みたい者がいるのだ。そういった輩をどうするか、少し困る。

既に潜り込ませている小型ゴーレムによるリアルタイム中継で情報収集してどうするかを考えつつ、とりあえず豪邸の内部に侵入するべく俺達は行動を開始した。

小型ゴーレムを使った事前調査で、屋根からの侵入が比較的容易である事が分かっている。それは地上と比べて歩哨を配置し難いからだが、その分を補うようにマジックアイテムによる特殊な警戒網が引かれているので、本来ならそんなに簡単という訳でもない。

しかし俺達には、《時刻歴在都市ヒストリノア》などで入手した、装備者の存在を隠蔽したり、様々な索敵を回避したりするマジックアイテムがあった。マジックアイテムとしての質は当然こちら側が勝っており、ゴーレムアーマーの機動力補正もあって、問題なく内部へと侵入できた。

豪邸の構造的に回避不可能な場所にいる歩哨もいたが、そんな時は無音で飛行する小さな蚊型ゴーレムが活躍してくれた。首筋に魔法金属製の口吻《こうふん》を突き刺し、【昏倒《こんとう》】と【麻痺《まひ》】、【硬化《こうか》】の状態異常をもたらす魔法薬を注入して無力化していくのだ。犠牲者は傍目《はため》には立っているように見えるが、その意識は既に失われている。

内部に侵入してしまえば、外よりは警戒が薄れる為、簡単に深部まで進んでいった。

ここまでサクサク進んでいくと、流石に虎系獣人商会長達も興奮より恐怖が勝つらしい。本来なら到底勝てない格上である《タルムザンド》の豪邸を、無人の野を行くように進む俺に向けられる視線には、色んな感情が乗っていた。

ある意味心地よいそんな視線を受けながら進んでいくと、目的地の一歩手前で、どうしても避けられない戦闘が発生した。

幅広く、装飾品のない四十メートルほどの長い廊下。四方を分厚い壁に囲まれたそこには隠れる場所がなく、ここに繋がる扉を開けて入った時点で、最深部に繋がる反対側の大扉を守る者達に敵の存在が示される。シンプルだからこそ知られずに通り抜ける事が不可能なこの最終防衛ラインには、ここまでで最も腕が立つだろう二人の戦士がいた。

二人の戦士はカラス系の魔人らしい。シュッとしてスリムながら大きな嘴が特徴的なカラスに似た頭部。背中で折りたたまれた剛翼など剥き出しの体毛部分は艶《つや》のある濡羽《ぬれば》色。胴体や手足は細身の銀と赤の金属のような外殻で覆われ、腰には長剣型の得物《えもの》を佩いている。まるで鏡映しのように酷似した姿形をしている為、双子だという事は一目で察せられた。

ここまで特徴的だと、二人のカラス戦士が誰なのかすぐに分かった。《タルムザンド》に所属し、そのラーテル頭領に忠誠を誓う懐刀《ふところがたな》『ハシブト・ブラザーズ』である。

立ち姿からして高い実力者である事が伝わってくるハシブト・ブラザーズは、俺達の姿が見えた時点で既に臨戦態勢だった。

腰の得物に手を添え、即座に抜けるように構えている。姿勢には一部の隙も無く、重厚な魔力が込められた鋭い眼光でコチラを睨む。

その視線を受けて、虎系獣人商会長は何とか堪《こら》えたが、配下である派遣員達は動く事ができなくなった。気圧《けお》されたのだ。恐らく、どうしても勝てない天敵を目の当たりにしたような心境なのだろう。

普段の数倍にも戦闘能力を引き上げてくれるゴーレムアーマーに身を包んでいても、心で負ければ勝てるはずもない。まあゴーレムアーマー込みの戦闘力でも負けているが、それはさて置き。

そんな大勢を圧倒できる強者なハシブト・ブラザーズだが、その姿に余裕は無かった。他には目もくれず、俺だけに意識を集中させている。

派遣員達にとって絶望的な格差があるハシブト・ブラザーズではあるが。ハシブト・ブラザーズにとっては、俺こそが絶望的な格差がある存在だからだ。

質のいい戦士を前に、思わず食欲が疼《うず》いた。それも鍛え抜かれた双子など、滅多に出会えるモノではない。魔人という種についても、幾らか思い出せた記憶の中ではあまり喰った事がないのも、興味をそそる要因だろうか。

それぞれの思惑が入り交じり、息苦しさすら感じられる独特な場の雰囲気を楽しむように俺は一歩を踏み出して、それに反応したハシブト・ブラザーズが得物を抜いた。

名のある魔剣か聖剣の類なのだろう。それぞれが黒と銀に輝く長剣。ハシブト・ブラザーズが数多の敵を屠ってきた業物《わざもの》だ。

卓越した技術で振り抜かれた一閃は、長い通路を斜めに分断するように、Xの字に重なる黒と銀の斬撃となって飛翔する。

斬撃の破壊力はもちろん高いが、上下左右に空いているように見える隙間にさえ、敵を轢《ひ》き殺《ころ》す不可視の魔力の渦が発生している。つまり攻撃範囲は四十メートルの廊下全てであり、逃げ場などなく、虎系獣人商会長達だけであればそのまま全滅したであろう絶技。

一心不乱に逃げればまだ生き残る可能性があるだろうに、忠義を尽くす主《あるじ》が背後にいるからか、あるいはそれ以外の何かがあるのか。理由は分からないが、不退転の覚悟で動く二名の姿にはある種の尊敬すら芽生える。

それに対して、コチラも力を見せるのが礼儀だと感じた。

目立つので隠していた背後の黒焔光背から【炎葬百足大帝剣】を取り出し、そのままひと薙ぎ。手加減のない超高速で振り抜かれた一閃は蛇腹となって遥かに伸び、黒と銀の重なる斬撃を真正面から破壊して、獲物を求める毒刃がハシブト・ブラザーズへ迫った。

遥かに遠い間合いからの、常識を嘲笑《あざわら》う不意打ちのような攻撃ではあるが、ハシブト・ブラザーズはそれに反応した。

片方はまるで地を這うように低空で、片方は斬撃を飛び越え天井すれすれまで飛翔したのだ。そして剛翼から発生する烈風によって高速飛翔するハシブト・ブラザーズは、そのまま全力で俺に向かってくる。その表情には決死の覚悟が滲んでいた。俺を狙った後先考えない特攻なのだろう。

二人のうちのどちらかが死んでも、どちらかが届けばいいという思い切りの良さ。

その判断に間違いはない。受ければ防御ごと押し込み、臆《おく》せばそのまま潰すだけなのだから。命を賭けた短期決戦こそ、最も勝算が高い選択だった。

想定外の要因があったとすれば、それは【炎葬百足大帝剣】が生きて、成長するマジックアイテムだった事だろうか。

初撃が回避された次の瞬間、【炎葬百足大帝剣】が自動的に蠢き、生体ワイヤーで繋がる節を伸縮させた。そして複雑な軌跡を描き、まるで最初から意図していたかのように、天井すれすれを飛ぶ方の片割れに背後から突っ込んだ。

剣の先端に備わる百足の顎肢のような毒牙は、堅牢な外殻を容易く砕き、その下の肉体を容赦なく貫く。パッと血の雨が散った。それだけでも致命的だが、毒牙から注入された猛毒により声すら出せず一瞬で絶命する。

そんな片割れの死に対し、もう一方のハシブト・ブラザーズは一切振り向かずに加速した。

そしてあと僅かでその剣尖が俺に届く距離まで迫るが、それが届くよりも【炎葬百足大帝剣】の毒刃の方が速かった。背後という死角から襲い掛かった毒刃は、ギロチンのように胴体を切断。分断された肉体は直前の凄まじい勢いのまま、ドチャリ、と背後の壁に衝突した。

恐らく、両者ともに自身が死んだ事すら理解できなかっただろう。

一瞬のやり取りでしかないものの、ハシブト・ブラザーズは一度俺の攻撃を躱《かわ》したのは間違いない。それどころか、反撃にまで至っている。

鍛えられた戦士との戦いを胸に刻みつつ、俺はそれぞれの心臓核だけを喰い、残りは実際に討ち取った【炎葬百足大帝剣】がペロリと平らげる。

[能力名【剛翼天駆《ハシブテン》】のラーニング完了]

運が良い事に最後は一つのアビリティをラーニングした。

そこまでの全ての工程が僅か十数秒程度の間に行われた訳だが、大扉の中は俄《にわ》かに騒がしくなってきた。異変に気づいたのだろう。

ただ、誰も外にまで確認には来ていない。それだけハシブト・ブラザーズの実力に信頼が寄せられている事を、内部の小型ゴーレムが伝えてくる。

確かにハシブト・ブラザーズは信頼されるだけの実力があったのだが、その思考が致命的な間違いだ。中の者達が即座に逃げていればもう少し手間だっただろうに、と思いつつ。

豪邸の主《ぬし》である《タルムザンド》のラーテル頭領。その座席の後ろに設置されていた隠し通路の入り口を、小型ゴーレムを自爆させて即座に使えない程度に破壊してから、知らぬ間に袋のネズミとなって騒然とする集団に挨拶する事にしよう。

手を出すのなら、手を出される覚悟もしておくべきだったのである。まる。

《百二十八日目》／《二■二■八■目》

襲撃から既に一日が経過した。あれこれゴタゴタがあったものの、決論から言うと、屋敷での会合に出席していた主要な者の中で生き残ったのは《タルムザンド》のラーテル頭領だけだった。

何故彼が生き残ったのかというと、ラーテル頭領はそもそも最初から勝手に襲撃したカッコウ鳥系獣人達を叱咤罵倒《しったばとう》し、俺に対しては和解しようとしていたからだ。

何故そうしようとしていたかと言うと、《タルムザンド》はその規模の大きさと歴史から、裏社会の支配者といっても過言ではない【七大商会】《ディアボリカ》との繋がりがある。

【七大商会】内部ではドワーフ商会長経由で色々と俺達の情報が伝わっているので、《ディアボリカ》からの通達でラーテル頭領は俺達には下手に手を出すべきではないと思っていたらしいのだが。

虎系獣人商会長とカッコウ鳥系獣人商会長の長年の不仲と、《マンパワー・カデロニアー》の急激な成長による危機感。それらが暴走の切っ掛けとなり、自身の事業に影響のある他の商会長も乗っかって、今回の騒動となった訳だ。

ラーテル頭領はその流れに身を任せるのはあまりにも危険と判断、即座に行動したのだが、俺がそれよりも早く動いたので受け身になるしかなかったのである。

そんな事情もあってか、踏み込んで来た俺を確認した瞬間、ラーテル頭領は主犯であるカッコウ鳥系獣人商会長の首を自分の鉤爪《かぎづめ》で即座に斬り落とした。そしてそのまま堂々とした態度で、『今回の件に自身は関わっていなかったが、上役として責任もあるので交渉したい』と言ってきた。

その条件として、まずテーブルの上に転がるカッコウ鳥系商会長の首を差し出しつつ、高額の賠償金や慰謝料などを提示する行動の早さ。更に、俺と個人的に仲良くなりたいので後日友好の品を贈りたい、と言い出す度胸。極めつけは、その交渉のテーブルに着く為に、ドワーフ商会長がまた飲みたいと呟き、俺も気になっていた品——千年続くエルフの老舗《しにせ》酒造《黄金樹《おうごんじゅ》マンダラ》で作られた八百年物の当たり年の逸品【極奉天連華《きょくほうてんれんげ》】——をまず出すあたり、情報収集能力の高さも窺える。

そしてこの場に居合わせた者達は、ラーテル頭領の背後に潜む護衛以外は全員が今回の一件に深く関わっているので、生殺与奪はご随意にどうぞ、ときたのだから話が早い。

それには流石に他の商会長達も慌て、その護衛も前に出てこようとしたのだが、俺の意志に手に持ったままの【炎葬百足大帝剣】が反応し、即座に彼らを狩った。

パッと血が散り、節の毒刃に心臓を穿たれた死体が無数に転がる。再生能力に優れた巨鬼《トロル》だけは心臓を穿たれても動こうとしていたが、体内で広がる猛毒と炎熱には結局勝てなかった。濃厚な血の臭いと肉の焼ける臭いが部屋に広がる。

そんな凄惨《せいさん》な光景を動揺もせずに見届け、冷静に交渉を続けるラーテル頭領の胆力には感心したものだ。

ラーテル頭領との交渉だが、基本的にはコチラがあまりにも優位であった。特に何も言わなくても相手が出す条件を受け入れるだけで、今回の損害など全く問題にはならなくなるほどの金銭や物品が手に入った。

ただこれだけ出されると、コチラとしてもある程度は譲歩する必要がある。

敵対者を潰すだけならそんな風に頓着《とんちゃく》する必要はないのだが、ラーテル頭領はそういった対象には微妙に当たらない。その上、俺達は既に当初の目的だけでなく、今後邪魔してきそうだった敵対的な商会長達もついでに排除できている。それに仕方なかったとはいえ大事な懐刀のハシブト・ブラザーズは俺が喰ったし、《ディアボリカ》との関係もあってコチラとしてもやり過ぎは良くないと思っていた。

なので話し合いの末に幾つかの条件を呑んでやった。

その一つが、今回の襲撃自体が《タルムザンド》のメンツに関わる事なので、今日何があったのかは誰にも言わずに沈黙する事。コチフとしても、裏社会が現状から更に混乱して、また騒動に巻き込まれるのは面倒なので了承した。

複数の商会長が実際に死んだので、何もなかったという訳にはいかないが、暴走した一部の反乱をハシブト・ブラザーズが相打った、という筋書きでいくらしい。

無理がある部分も多いが、その辺りは上手くやるだろう。

その他アレコレと話し合いが終わった後も、新しい高級酒を取り出して俺と談笑するラーテル頭領には、相手にするのは面倒そうな奴だという印象を受けた。

内心は今回の損害に荒れているだろうに、それを全く表に出していない。比較的小柄で、頭部から尻尾まで背面は白銀色の体毛、他は艶《つや》のある黒い体毛で覆われたイタチ系の容姿はどこか愛らしさすら感じられるものの、その瞳には爛々《らんらん》とした強い意志が宿っている。

きっとどうしようもなくなって本格的に敵対した時は、絶対に負けると分かっていても命がけで噛みついてくるんだろうな、と評価しつつ、やる事をやった後はさっさと退散した。

その後はとりあえず虎系獣人商会長の拠点に向かい、疲れを癒やす為にひと眠りした。

昼頃に起きて、今回の戦利品のうち、多額の慰謝料は全て虎系獣人商会長と派遣員達に分配する。口止め料も兼ねているので、この件について絶対に外に漏らすな、漏らすと俺が手を出すぞ、ときつく言い含めつつ手渡す。

それから、少し遅い時間ながら美味い食材を使った昼食代わりの宴会を行い、解散したのが昨日の事。

今日は蟻人少年達の勉強を見て一日を過ごし、夜は昨日の交渉で得た希少食材を使ったパーティをするか……と思っていたところに、ドワーフ商会長から連絡がきた。

今回の一件が耳に入って、詳しい事情を聞きたいらしい。

後始末も必要になるので誘いを受け、俺は単鬼で黒焔狼に乗ってドワーフ商会長の屋敷に向かった。手に入れたばかりの【極奉天連華】も、手土産に丁度いい。

そうして気楽に向かったが、俺はそこであるモノを手にする事になる。

条件さえ揃えば望む万物に成り得てしまう、【幻想の神】の力の欠片――【幻想の落胤《ロス・ティアルマ》】という、幻想の泥人形を。

《百二十九日目》／《二■二■九■日》

昨夜手に入れた【幻想の落胤《ロス・ティアルマ》】という泥人形は、元々《タルムザンド》のラーテル頭領が保有していたモノである。

後日友好の品を贈ると言っていたが、それがコレだったのだ。

本来は直接持ってきたかったらしいが、現在ラーテル頭領は後始末に追われている。そんな中で俺の所に来れば、今回の騒動に何かしら関係があると見られるのは間違いない。かといって落ち着くまで待っていると日が空きすぎるので、今回はラーテル頭領よりも上の《ディアボリカ》を経由して、ドワーフ商会長の所に預けられたそうだ。

まあ、その辺りにはアレコレあるのだろう。とりあえず有言実行してきたので、確かに友好の品として泥人形を受け取る。

だが正直、添えられていたラーテル頭領の手紙と、ドワーフ商会長による実感のこもった説明が無ければ、パッと見ではただの泥人形にしか見えない。二十センチ程度の人型で、丸い瞳と口のような窪《くぼ》みがあるだけの、少し艶《つや》のある泥製だ。

まるで子供が適当に作ったようなモノにしか見えないのだが、ドワーフ商会長に勧められるままに手に取った。すると、魔力が恐ろしい勢いで吸い上げられていく。体内魔力《オド》の少ない者が手を出すと、下手すればそのまま死人になってしまいかねないほどの勢いである。取り扱いを間違えれば使用者を殺す呪物と思ってもいいかもしれない。

そんな泥人形は【幻想の神】の力の欠片だ。より詳細に言うなら、古代爆雷制調天帝〝アストラキウム〟や古代過去因果時帝〝ヒストリロック〟といった【神秘豊潤なる暗黒大陸《ミトロヒア・ダックルバス・フォーガン》】を統べる七体の【エリアレイドボス】のうちの一体であり、七体の中でも最も強い個体——古代極幻造泥命帝王〝ティアルマティアス〟の一部だそうだ。

〝ティアルマティアス〟は暗黒大陸中央に広がる《大泥濘幻想領域《だいでいねいげんそうりょういき》・クレイタリア》を縄張りとし、そこを徘徊している。

そこでアレコレ条件が重なると、極稀《ごくまれ》にその巨躯から一部が剥離《はくり》し、それが【幻想の落胤《ロス・ティアルマ》】という泥人形になる。放置すると周囲を取り込み、やがて小さな〝ティアルマティアス〟になるという超危険物なのだが、過去の偉人が好奇心と対策模索の為に剥離したばかりのモノを入手して、偶然にもその活用方法を発見したらしい。

泥人形は持ち主の意思や願望、魔力や生命力など様々なモノを吸い取って成長し、文字通り万物に変化するのだそうだ。過去に確認されている例を挙げれば――

誰もが振り向く絶世の美男美女。ひと振りで敵を屠る偽神剣《ぎしんけん》。天の海を往《い》く星の船。万象に対応し装着者を守る衣服。寿命を延ばす霊薬。死なずの身体。全てを見知る眼球――と、泥人形に関連する逸話は数多い。吸収した魔力などの総量で変化の限界に大きな差が出るらしいが、さて、俺は何にしようかと大いに悩む事になる。

あれでもない、これでもないと、とりあえず大量の魔力を吸収させながら考え込むこと丸一日。

まだ活用方法は決まらなかった。

《百三十日目》／《二■三■日目》

今朝から何か背後が騒がしい。騒がしさの中心は、黒焔光背の中で今もクルクル回りながら温められている宝石卵だ。

どうやら、孵化の時が来たようだ。

《赤蝕山脈》をゴーレムで採掘していた時に発見し、黒焔光背で俺の魔力を吸収させながら温め始めてから大体二十日程度しか経過していない。思ったよりも早いな、というのが素直な感想ではあるが、吸収させた魔力量などを考えると、自然に孵化する場合はとんでもない期間が必要になるのだろう。今回は人工的に早く孵化させたようなモノか。

ともあれ、美しく貴重だという宝石鳥が一体どのような姿なのか、ワクワク待ちながら一日を過ごした。

朝も昼も過ぎ、夜になってもカタカタ音がするだけで変化は乏しい。もしかしたら思わせぶりなだけなのだろうか。

そう思いながら夜食を済ませ、寝る前にこれまでよりも多くの魔力を注ぎ込み、更に黒焔光背の火力も上げてみる。より温められた事で宝石卵が喜んでいるのを何となく感じながら、昨日からずっと手で魔力を注いでいる泥人形と共に、回る宝石卵を眺めていた時の事だった。

ピキリ、と宝石卵の硬い殻にヒビが走った。

それが切っ掛けになったのか、ヒビはやがて亀裂に変わり、亀裂からは眩《まばゆ》いばかりに美しい魔力光が漏れている。魔力光はまるで太陽のように強く、しかし強いだけでなく包み込んでくれるような優しさもあった。

ポカポカと気持ち良さを感じる輝きは刻一刻と増し、それに伴い部屋全体が光で塗り潰されていった。薄目になりながらも中身が出てくるのをじっと見守っていると、バカン、という大きな音と共に殻を破って宝石鳥が顔を出す。

初めて見る宝石鳥は、まるで複数のファンシーカラーダイヤモンドで作られたような姿をしていた。

ヒヨコのように丸々と太った乳白色の身体はホワイトダイヤモンド、ニワトリのように赤いトサカは煌めくレッドダイヤモンド。青い瞳はキラキラと輝くブルーダイヤモンドのようで、嘴はメタリック感のあるブラックダイヤモンドを思わせる。羽先はグリーンやパープル、バイオレットやピンクと鮮やかに変色していく。

そんな宝石鳥は、親鳥を見た雛《ひな》のようにピヨピヨと俺に懐き始めた。刷り込みか、俺から漂う魔力に反応しているらしい。胡座《あぐら》をかく俺の周りをグルリと走り、時には体を擦《こす》り付《つ》け、最後には短い翼でパタパタと飛んで頭に乗った。俺の頭の王冠が丁度いい大きさなのだろう、まるでそこが最初から巣だったかのような安定感でスッポリと収まり、そのまま寝てしまった。

軽く頭を振っても落ちる気配はなく、スピスピと寝息すら聞こえてくる。

伝説では、まるで天を舞う天女のような美しさと讃《たた》えられる宝石鳥が、なぜこうなったのか。まだ雛だからこんなモノなのか、あるいは俺が原因でこうなってしまったのだろうか。

などといった悩みは絶えないが、ある程度考えてからそれ以上の思考は止めた。

宝石卵から産まれた宝石鳥の雛は、これから成長するにつれて色々な益《えき》をもたらしてくれる。

残った宝石卵の殻もそうだし、抜け落ちる羽毛はもちろん、糞《ふん》すら高値が付く希少素材だ。それを大切に育てるだけで死ぬまで採取できるのだ。思うところはあるが、どうとでもなる。

とりあえずもう夜も遅いので、色んな事はまた明日考えればいい。寝転んでも転げ落ちる事なく頭上で眠る宝石鳥と共に、俺はゆっくりと目を閉じた。

そういえば、割れた宝石卵の欠片は大体拾ったはずだが、少し足りないような気がする。残りは一体どこに行ったのだろうか？

《百三十一日目》／《二■三■一■目》
目が覚めると、ベッドに寝転ぶ俺の顔の横で宝石鳥が寝ていた。
それはいいのだが、何となく気配を感じて反対側を向いても、そこにも宝石鳥がいる。
宝石鳥は一体しか産まれていない。

しかしベッドで寝ている俺の頭は、左右から宝石鳥達によって挟まれた状態だった。

宝石鳥が、何故か二体に増えていた。

何が起こっているのか一瞬分からなかったが、よく見れば本物は一体だけだ。確認の為に触ると、宝石に似た綺麗な羽毛は硬質感のある見た目に反して、まるでモフモフの柔らかいクッションのように手が沈む。

優しく捏《こ》ねるだけでグニグニと滑らかに動き、その動きに合わせて開いた嘴からはピヨピヨと鳴き声が漏れる。

ずっと触りたくなる独特な感触に思わず浸っていると、流石に揉み過ぎたらしく、寝ていた宝石鳥もだんだんと目が覚めてきたらしい。

暫くの間、寝《ね》ぼけ眼《まなこ》のまま嬉しそうに撫でられていたが、次第に活発に動き始めた。

動きたそうに身体を揺すり始めたので手を離すと、まだ寝ぼけ眼でピヨピヨと鳴いて、暫くの間ボールのようにコロコロとベッドの上を転がった。

それから周囲を見回して自分がどこにいるのか気がついたのか、ハッとした表情を浮かべた後、小さな翼を懸命に動かして飛び上がった。

緩やかな跳躍とも言える飛翔は、ベッドの上で胡坐をかいた俺の頭を少し超える程度の高さまで到達。そして宝石鳥はそこが定位置であるかの如く、俺が被る王冠の中にすっぽりと納まった。

まるで専用に用意されていた巣のように、本当に吸い付いているのかと思うほどジャストフィットである。グルグルと頭を振っても落ちる気配はみじんもない。

今回は寝ぼけて王冠から転がり出たみたいだが、もしかしたら今後は寝ていても外に転がり出る事は無くなってくるかもしれない。そう思わせるくらい、本当に丁度いいサイズのようだ。

フィット感の確認の為に揺らされたのが心地よかったのか、また頭上の宝石鳥はスヤスヤと寝始めてしまったが、それはさて置き。

こっちの本物の宝石鳥について問題はない。ちゃんと寝て順調に成長してくれればいい。

だから今回の問題となる、増えたもう一体の方を、ジックリと観察する。

手で持ち上げ、グルグルと細部まで観察すれば、その正体はすぐに分かった。

俺は宝石鳥が生まれた時、もっと数が増えないかな、とは思っていた。そうすれば得られる素材が多くなるし、何より余剰があれば喰う事も選択肢に入る。

次が手に入る保証もないのだ。流石に一体しかいないなら、どれほど美味しそうでも喰うには勿体なさ過ぎる。

だからまだ手を出さないつもりだが、良いも悪いもさて置いて、目の前にするとどうしても色んな考えは過《よぎ》るモノ。

そんな心の片隅に確かにあった願いを魔力と一緒に吸い上げて、ついでに本物の宝石卵の欠片を吸収した結果、増えた二体目の方――泥人形は、宝石鳥に擬態する能力を得たらしい。

ただし完璧に再現するまでには、まだ魔力や願望などが足りないようだ。

パッと見ではほぼ見分けはつかないものの、一部がまだ完璧には模倣されていなかった。

それは子供がグルグルと落書きしたような、黒い丸のような双眸だ。本物の方はキラキラと輝くブルーダイヤモンドのような美しい青い瞳なだけあって、違いはよく分かる。

泥人形が変化した宝石鳥の顔は、泥人形の名残が残っていた。これはこれでパチモノ感を醸《かも》し出《だ》して愛嬌があるものの、このまま固定してしまったらあまりにも勿体ない。

思ったよりも変化能力が凄い事を確認できたのは儲けものだったが、コネコネと魔力を込めながら捏ねる事で擬態を崩し、元の状態に戻した。

その際に気がついたが、どうやら泥人形は前よりも体積が増加しているらしい。

前は二十センチ程の大きさだったのが、今は二十五センチ程度はあるだろうか。

まだ数日しか経過していないのに、ここまで大きくなるとは思っていなかった。それだけ大量に俺の魔力などを吸収しているのかもしれない。普通はどの程度の成長率なのか、ドワーフ商会長に一度確認しておこう。

やる事が増えはしたが、このまま順調に育てば大型の何かに変化する事もそう遠くはないのかもしれない。

何にでも成り得る可能性を秘めた泥人形を何にするか。

色々と想像が膨らむが、選択肢が多すぎて迷ってしまうのは嬉しい悲鳴というものだろう。ある意味では自由過ぎて逆に不自由かもしれないな。

とりあえず欲しいものを考えていく。

武器に関しては機械腕を筆頭に朱槍や百足剣など色々揃っているし、防具類もゴーレムなどで代用できるモノが多い。鉱物系も必要な分は採掘できているし、特殊な魔法薬の類も欲しい物は今のところない。

となると、今は【エリアレイドボス】に挑戦する為に各地を短期間で行き来したいので、欲しいのは何かしらの高速移動手段か。

地上での移動に関しては、既にゴーレム関連で候補が幾つかある。他の都市を繋ぐ街道整備計画の一環として作っている、特別な高速道路を使えばいい。

しかし道路を通した先以外の自由な場所に行きたい時もあるので、雄大な空を往ける飛行船なんてのが良さそうだ。

ただし、空には空の生態系がある為、自衛するのに各種武装が必要になる。

となれば、前世にあった星間船をモチーフにした未来的なモノが良さそうだ。

その後も色々と考えを巡らしながら色々弄っていると、泥人形が大きくなっていた事以外にも新しい発見があった。

泥人形は、取り込んだ宝石卵の殻を心臓の部分で凝縮し、米粒大の虹色に輝く宝石核を形成していた。

取り出して、【天星術師の星読み眼鏡】を使って詳しく鑑定してみると、【小さな宝石炉核《ジェムネスコア》】と表示された。

超高圧・超高温などの影響を受けた炭素がダイヤモンドに変わるように。【小さな宝石炉核】は、超魔力・超幻想力などのこの世界特有の何かによる影響を受けた宝石卵の殻が変化した、ある種のマジックアイテムだ。

幾つかの能力があるようだが、その一つが吸収する魔力量の増加だ。

これによって、泥人形が一度に取り込める魔力量は桁《けた》が一つ増えているようだ。

確認すべく意識して魔力を込めてみると、確かに昨日よりも吸収される勢いが凄い。

成長させる分には効率的なので問題はないのだが、下手な者が触ると一瞬で吸い尽くされてしまいかねないくらい強力になった。より一層の注意が必要そうだ。

起き抜けから色々考えなければならない事が増えたなと思いつつ、頭に宝石鳥を乗せた状態で朝食を喰いに食堂へ向かう。

そうなると従業員達に会う事になるのだが、自然と視線が集まった。

朝日に照らされてキラキラ輝く宝石鳥は美しく、周囲は虹色に照らされる。

それに黒焔光背の光も複雑に反射させるので、俺もまたかなり神々しく輝いているらしい。

従業員達は一体何事なのかと驚いていたが、まあ俺の事だから仕方ない、という結論に至ったみたいだ。何か変な状態になっていてもそうやって納得できるのは、ある種の信頼なのだろうか。

ともあれ、食堂で飯を喰っている間、宝石鳥――丸々としているし寝癖なのか尾羽が少し特徴的な形になっていたので、とりあえず〝チャボマル〟と名付けた――は王冠の巣で堂々と胸を張って周囲を見回し、満足そうにどや顔をしていた。生まれたてだが元々図太い性格をしているようだ。

鬼の威《い》を借る鳥となったチャボマルは、時折俺の頭髪を食《は》んでいる。といっても実際に食べている訳ではなく、自然と漏れる魔力を喰っているらしい。

それでも頭皮を引っ張られるのはむず痒《がゆ》いので止めてほしいのだが、止めようとすると物悲しそうにピヨピヨ鳴くので諦めた。慣れるのには少し時間がかかるかもしれない。

飯を喰った後は気を取り直し、今日も蟻人少年達を引き連れて都市外に向かった。

訓練を通して討伐したモンスターの死体は食料となり、素材となり、商品となる。

頑張った分だけリターンがあるのだから、今日も気合いを入れて頑張っていこう。

《百三十二日目》／《二■三■二■目》

今日もチャボマルを頭に乗せて朝食を楽しみながら、最近購読するようになった情報誌【セクトリア】に目を通す。

情報を商品として扱う商会は、この都市には多い。

日々変動する情報は次の商売に繋がる重要な要素なだけに、情報誌などはありふれているが、その情報は正確な事もあれば、虚偽を堂々と織り交ぜている事もある。

だが俺が今回見ている情報誌【セクトリア】は、ドワーフ商会長と同格の【七大商会】の一角が発行しているだけあって、情報の精度が抜群だ。

最近の都市情勢や商品の市場価格の変動から、商会の合併や解散の情報、どこぞの商会で渦巻く愛憎劇など、幅広い内容が書かれているので結構面白い。普通に読んでも良い娯楽になるだろう。

それに、どうやら他では扱えないくらいヤバい情報も、ハッキリと明言はしないまでも、他の情報を組み合わせる事で推察できるくらいのギリギリのラインで掲載されている。

これを読んでいるだけで、《自由商都セクトリアード》で何が起こっているのか、ぼんやりとではあるが想像できてしまいそうだ。

そんな情報誌【セクトリア】だが、下手な情報屋よりも有益な情報が多く掲載されているだけあって、数多の商会が犇《ひし》めく《自由商都セクトリアード》でも購読できる者は限られる。

単純に他の情報誌と比べて桁が幾つか違うくらい高額であり、そもそもある程度以上の格を持った商会から紹介してもらわないと購読契約も結べないのだ。俺の場合はドワーフ商会長の力で契約できたが、普通に契約しようとするのは結構大変だ。

だから誰でも知っている割に入手は難しく、購読できる事はそれだけ力があるという一種のステータスになるらしい。

そして今読んでいる最新号には、泥人形をくれたラーテル頭領の現状も載っていた。

その内容としては、以前から燻《くすぶ》っていた火種によって内部闘争が起こり、僅かに犠牲を出しつつもラーテル頭領がそれを鎮圧。精鋭の一角が欠けた事で戦力は低下したが、今回の一件で内部粛清が進み、溜まった膿《うみ》が出たのでむしろ結束力が向上したなどなど。

統治力の不足から騒動を起こした件については上位組織に対して謝罪し、私財の幾らかを放出して許されたうんぬんかんぬん。

裏社会では暗闘などありふれた事ではあるものの、今回の騒動にはこれまでになかった何かの影が見え隠れしているのかもしれないとうとう。

そんな感じの事が書かれていて、どうやら俺達についても把握されているらしい。

まあ、ドワーフ商会長経由で最低限の情報は流れているのだから、存在自体は知っていて当然なのだが、そこから詳しく探るのはアチラの力だ。

経験的にも感覚的にも、今のところ致命的な部分は漏れていないはずだが、しかし思った以上に詳細な情報を持っているようだ。

情報源はナニだろうか。

俺のようにゴーレムの小型の偵察機のようなものを使っているのかもしれないし、もしかしたら■■■さんのように遠方の事を知る能力を持つ者が……と考えて、思考にノイズが走った。
■■■さんとは誰だろうか。
ハッキリとは思い出せないが、欠落した記憶の中にいる誰かなのは間違いない。何か着物っぽい生体防具を身に纏ったようなシルエットだった。

大分思い出してきたのだが、やはりまだまだ抜けが多いようだ。

気持ちが悪いので、さっさと全部思い出したいと思いつつ。

今日も今日とて都市の外にて蟻人少年達の修行である。さて、今日は何が狩れるだろうか。

《百三十三日目》／《二■三■三■目》

今日は、昨日の深夜に降り始めた雨が止む事なく続いている。

以前のように魔力を帯びた【魔青水】ではないし、不可思議な赤い雪でもない。ただの普通の雨だ。

魔力を帯びていればまた採取するつもりだったので、ちょっと残念に思う。

ジメジメとした空気が漂うが、このくらいの雨なら仕事への支障はあまりない。

外に仕事に向かう従業員は【ゴーレムトラック】のお陰で濡れる事を気にせず仕事ができるし、室内作業を行う従業員はそもそも天候には左右されず積み上がる仕事に邁進《まいしん》するだけだ。

そして俺はというと、蟻人少年と三人娘にゴーレム座学を開催しつつ、頭に乗せたチャボマルに髪を啄《ついば》まれながら、コネコネと泥人形を弄っていた。

泥人形はさっさと大きくなってほしいので、何をしたら効率がよいか色々試していく。

最初は、普通に魔力を充填する方法だ。

ストックしておいた獲物の肉をボリボリ齧って魔力を補充しつつ、体内で生成された大量の魔力を注ぎ込む。注いだ端《はし》から根こそぎ吸い取るような凄まじい勢いに比例して、泥人形の密度やら存在感やらが少しずつ増していく。これはとてもスタンダードな方法だが、吸わせる量と質が良いほどより良く成長していくのが見ているだけでも分かった。

次は、宝石卵の殻が【小さな宝石炉核】に変化した事を参考にした、色んな物質を押し込んでいく方法だ。

大量に在庫がある魔法金属を、種類ごとに同じ量だけ泥人形に詰め込んで変化を確認し。蟻人少年達が練習として製造したゴーレムや、余っている武具などを取り込ませてみて観察し。数多仕留めた色んなモンスターの甲殻や牙といった身体の一部が、体内でどう変化するのかを鑑定していく。

これによって分かった事は多い。

ある程度の魔力や能力を秘めた物質が取り込まれ、それ以上の一定の魔力が込められると混ざり合い、ある種のマジックアイテム化するようだ。組み合わせ方によっては全く新しい何かに変化するらしく、まさに天然のガチャと言えるだろう。

ただこの場合は、変化するのに泥人形の能力が使われるようだ。

だからなのか、泥人形を大きくする、という点では逆効果らしい。物質を取り込んだ時はその分だけ一時的に大きくなっても、内部で変化したマジックアイテムを取り出せば萎《しぼ》んでしまうのだ。

マジックアイテムを体内に残したままなら萎む事は無い。だが、また魔力を注ぎ込めば内部のマジックアイテム同士が混ざり合ったりして変化していくので、やはり成長という点では微妙だろう。

面白アイテム製造機として見るのならこの上ないほど上等なので、そういった使い方は今後もしていっていいだろう。

そして最後に試したのが、俺がアビリティ【万変泥水】を使い、ある意味泥人形と直接混ざり合う方法だ。

【万変泥水】は、魔力を消費して液体金属や毒液といった流体に変化する泥水を生み出すアビリティであり、それは泥人形ととてもよく似ていると言えるだろう。

ラーニングしたのも、《不徳の罪都》で【神聖】な泥に沈んでいた最後の【帝王】アドミトラル・ルベバ・ニュートポジーのミイラを喰ったからだ。

【万変泥水】と泥人形。共に【神】に由来する何かから生じたモノだからなのか、この方法は普通に魔力を込めるよりも明らかに効果的だった。

掌から溢れる【万変泥水】をグングン吸収し、目に見える速度で大きくなっていく泥人形。

ある程度大きくなったらコネコネと丸め、圧縮させてはまた【万変泥水】を注いで大きくして、以下繰り返し。

単純作業にはなるが、それを繰り返した結果、泥人形は昨日とは桁違いに成長した。存在感も増しているし、普通の魔力の吸収力なども向上している。

それに加えて、【小さな宝石炉核】を筆頭に泥人形内部で生成されたマジックアイテムが更に摩《ま》訶不思議《かふしぎ》な変化を見せ、これまでに無かったマジックアイテムを幾つも生み出す結果になったのだ。

何にでもなる泥人形産だけあって、生成されたマジックアイテムにはかなり俺の志向が反映されているらしい。

その一つとして、【ゴーレム技能拡張珠】という、あり得ないくらい都合がいいマジックアイテムが生まれた。

それも四つも。蟻人少年と三人娘と同じ数だ。捏ねている間も蟻人少年達の座学を見ていたので、そういった願望が混ざった結果生まれたマジックアイテムなのだろう。

鑑定したところによれば、【ゴーレム技能拡張珠】は呑み込むだけでゴーレム関連の能力が上がる。メリットはあまりにも大きく、デメリットと言えば丸呑みする必要がある事と、脳が一時的に酷使《こくし》されるので熱が出てしまう事くらいだろうか。

蟻人少年にとっては小さく、三人娘にとっては少し大きいそれを呑み込ませると、全員フラフラと体調が悪そうになった。

とりあえず夜だったので寝かせる事にして、効果のほどは明日確認する事になるだろう。

《百三十四日目》／《二■三■四■目》

早朝から、蟻人少年達がどうなったのか確認していく。

泥人形産の【ゴーレム技能拡張珠】の効果の高さは、【小さな宝石炉核】などの前例からある程度は予想できていた。

ただそんな想像を上回るレベルで、たった一夜で蟻人少年達は進化していた。

そう、それは進化といってもいいレベルでの成長だった。

まるでそれが自然であるように、蟻人少年は一体のゴーレムを組み上げていく。

掌に乗る程度の僅かな土を材料に【ゴーレムコア】を作成し、それを地面に落とす。

すると小さな【ゴーレムコア】は、瞬く間に地面の土や石を吸収して身体を形成した。

それは立派な土人形だ。

サイズは子供くらいながら、蟻人少年と似た姿形を成し、その動作は非常にスムーズである。

しっかりとした足腰は胴体を安定させ、二本の腕は機敏に動き、頭部は周囲を確かに認識している。

単純作業なら十分こなせる程度には動けるゴーレムが完成していた。

前の蟻人少年ならこうまで短時間で、これほどの完成度では造れなかっただろうに。訓練によるレベルアップもあるとはいえ、前よりもイメージ通りの製造ができるようになっていた。

もちろん、三人娘も同様だった。

蟻人少年に比べて製造量や製造速度など多少劣っている部分もあったりするが、代わりに細部の繊細さや動作のしなやかさなど優れた面もあり、個人差で片付けられる程度の差異である。

このまま訓練を続ければ、想定よりも早く一人前になってくれそうだ。

想定外の恩恵に嬉しくなりながら、モミモミと泥人形を捏ね上げる。

もっと成長してくれれば、更に良い事が増えるに違いない。

《百三十五日目》／《二■三■五■目》

今日は小型ゴーレムの発売日だ。

女商会長やドワーフ商会長をはじめとするお得意様には事前に告知していただけあって、早朝から多くのお客が店舗に集まってきた。

蟻人少年達の訓練で都市外に移動する時は、宣伝も兼ねて小型ゴーレムを使っていたので、それで興味を抱いた者も少なくないらしい。

小型ゴーレムの幾つかは実際に試乗できるように用意しておいたのも良かったのか、行列ができる程度には人気だった。

試乗には、店舗のすぐ近くにある俺の屋敷の駐車場を使う事にした。試乗希望者は店舗から【ゴーレムクラート】に乗って向かってもらう。

流石に道路でいきなり乗るのは周りに迷惑がかかるだろうと思っての事だが、それは間違っていなかったとすぐに分かった。

最初の切っ掛けは、やはりドワーフ商会長達だろうか。

新発売の小型ゴーレムは自分好みにできるようにカスタムパーツも同時発売し、すぐに弄れるように臨時で販売店とカスタム工房を駐車場に立ち上げていた。

カスタム工房には客の注文通りに弄ってくれる蟻人少年と三人娘、それからカスタム専用ゴーレムが作業員として待機している。それに自分でカスタムしたいヒト向けには、レンタル作業スペースと道具類も用意してある。

ドワーフ商会長と部下ドワーフ達はそのレンタル作業スペースで、新しい玩具を貰った子供のようにはしゃぎながら、購入したばかりの【ゴーレムバギー】や【ゴーレムタンク】を弄り始めたのだ。

それについてはある程度予想していたから色々用意していたのであり、問題はない。

ドワーフ商会長達は弄っては乗り回し、弄っては乗り回している。

駆動音を重低音にするマフラーを付けたり、幾つか種類を揃えている中から好きな形のハンドルにしたり。あるいはシートの乗り心地をよくしたり、二人乗りの為により大型化したり、タイヤ周りの装飾を加えたりなど、大きな部分から細かい部分まで拘《こだわ》っている。

それに触発されて、臨時店舗でゴーレムを購入した他の客もカスタム工房に押し寄せてきた。流石に自分で弄るのは難しいと思ったヒトが多く、蟻人少年と三人娘は忙しそうに動いていた。カスタム専用ゴーレムもフル稼働だ。

売れば売るほどカスタム工房は忙しくなっていく。店舗と屋敷の臨時店舗のいずれかで買った客が、そのままカスタム工房に回っているのだから。

俺は、最初はお得意先への挨拶回りと説明に従事する肉袋青年のフォローに回っていたが、蟻人少年達だけでは対応が厳しくなってきたので、途中からはそちらを手伝うようになった。

ゴーレム関連の作業効率の高さはまだまだ俺の方が圧倒的なので、蟻人少年と三人娘を纏めたよりも早く客の要望を捌いていく。

それでも客足は途絶えない。カスタム料金は初回という事で格安の上、一定期間は何回来ても追加の作業料金を取らないからだ。

これは普及目的の施策だったし、狙い通りではあるのだが、注文は夜になっても続いた。

カスタム専用ゴーレムの増産は急務だな。

そうして普段よりも遅くに店を閉めた後で、今日の販売台数を確認すると、一日だけで数百台が売れていた。そんなに安い代物でもないのだが、思っていた以上の売り上げだ。

これまでの実績からか、元々取引のあった商会による纏め買いが多かった事も主な要因だが、今回の結果はこれまでにはなかった新しい顧客層を開拓できたのが大きいだろう。

新しい顧客層で比較的多かったのは、個人運営のような小規模の運搬屋だった。

収納系マジックアイテムに物資を入れて都市から都市へと移動する運搬屋は、これまでだとテイムしたモンスターに乗ったり自身の足で踏破したりが基本である。

収納系マジックアイテムの性能によっては一度に大量の物資を速く運搬できるから、【ゴーレムトラック】を使うよりも効率よく稼げたりもするが、不意に襲われてしまう事も茶飯事らしい。強盗にとっては収納系マジックアイテムだけでも確実に金になるし、少数なのでモンスターとしても襲いやすいからだ。

そういった層に小型ゴーレムは、怪我をしても問題なく走る事ができる点に加え、収納系マジックアイテムに入れておける点も魅力的に映るらしい。速度の出るバイク型やバギー型、それから踏破力と戦闘能力を兼ね備えるタウル型が人気のようだ。

シューズ型やボード型に手を出す層もいるが、新し過ぎて売れ行きは悪い。ただ宣伝次第でもっと需要を見込めるはずである。

新しい需要をどう掘り起こすかは課題としつつ、一先ず今日の成果は今後の成功を確信するのに十分すぎるモノと言えるだろう。カスタムパーツも、種類を増やしていけば長く利益を出せそうだ。

《百三十六日目》／《二■三■六■目》

今日は都市のすぐ外で臨時店舗を展開した。

屋敷の店舗でも変わらず販売はしているが、昨日の試乗とカスタムでの盛り上がりを考慮して、広い外で自由に乗り回す方がトラブルも少ないだろうとの判断だ。

そしてそれは正解だったらしい。

今日もやってきたドワーフ商会長達を筆頭に、これまでになかったカスタムが楽しくなった一部の顧客がやってきた。

カスタムパーツの物色から始まり、カスタム専用ゴーレムの購入まで希望してくるくらいだ。

どっぷりとカスタム沼に沈めてしまうつもりなので、整備道具も売り、簡単な部分は自分でできるように指導していく。

基幹部分に関しては壊れるから自分で弄らないで、といった基礎知識もついでに広めておこう。

そしてカスタムした愛機を客が意気揚々《いきようよう》と乗り回すと、独特な駆動音が轟いて街道を行き来する人々の注目を引いた。

新しいモノは話のタネや商売のタネになる可能性がある。耳の早さはそれぞれ異なるが、知ればとりあえず興味を持つ者がこの都市には多い。

そうなるとどんどん新規客がやってきて、見るだけの者もいれば、買ってくれる者も増えていった。

その分多少のトラブルも起こったりしたが、その程度はこれまでにもあった事。

商人が多いここで日和《ひよ》ると面倒事にしかならないので、ここの流儀でアレコレと交渉していった。

暫くはこういった形式で販売するのもいいかもしれないな。

《百三十七日目》／《二[redacted]三[redacted]七[redacted]目》

目が覚めると、チャボマルと泥人形が躍っていた。

チャボマルが尻尾をフリフリとリズミカルに動かし、最近は捏ねた後の形に整えやすいのでハニワみたいにしている泥人形がクルクルと回っている。

流石に暫くの間は思考が停止した。寝起きに見て、すぐに理解できる光景ではない。

理解しようと頭を巡らせていると、チャボマルと泥人形は俺が起きた事に気がついたらしく近寄ってくる。

チャボマルはここ数日で慣れてきた飛行で王冠の巣に戻り、泥人形はまるで意思があるようにチョコチョコと小走りに寄ってきて、胡坐をかく俺の太ももの上にすっぽりと座り込む。

ここ最近【万変泥水】を注ぎ込む時はずっと胡坐をかいていたので、今回も魔力充填だと思ったのだろうか。

アレコレ考えていると、泥人形はまるで催促《さいそく》するように俺の膝をペチペチ叩く。

とりあえず普段通りに魔力充填していくが、明らかに思考し始めた泥人形の変化には驚かされた。

どこまで自律行動できるのか知りたくて声をかけてみるが、あまり反応はない。

声自体には反応している。何かを言っているのは分かっているようだが、内容までは理解していないらしい。

これも教えていけば理解するのだろうか、と疑問が出る。

すぐにどうこうできる事ではないが、泥人形の変化が今後一体どうなるのか、注視していかねばならないだろう。

朝から驚きがありつつも、今日も小型ゴーレムの販売に勤しんだ。

カスタムパーツや整備道具の類も売れるので昨夜の間に増産しているが、それでもまだまだ売れそうな気配がある。まだ材料にはかなりの余裕があるものの、先を考えて女商会長に発注しておこうかな。

複数の迷宮鉱山を運営する老舗《しにせ》《アドーラアドラ鉱物店》は、迷宮鉱物を大量に発注しても用意できるだけの力があるので重宝している。

商会としても、やはり持ちつ持たれつの関係の方が裏切られたりする心配が減るので、付き合いは大事にしたいものだ。

《百三十八日目》／《二■三■八■目》

今日も小型ゴーレムは売れている。

自分だけの愛機を作れるカスタムがぶっ刺さった層が、着実に形成されつつあるようだ。ドワーフ商会長も忙しいだろうに朝からやってきて、前日よりも手が加えられた愛機を自慢していた。

どうやら自慢の愛機を見せびらかすように街道を走る気持ちよさにも目覚めたらしく、現在は数台程度の小規模集団で走っているが、そのうちもっと増えていくに違いない。

暴走族化しないように、集まり過ぎて迷惑にならないように、といった注意もしておいた方がいいだろう。放置した結果、ゴーレムにマイナスイメージでもついてしまうのは避けたい。運搬系の商会の邪魔になって、目障《めざわ》りだからと排除に動かれたりでもすれば面倒でしかない。

やはり自由も大事だが、ある程度のルールは守っていかないと不自由になってしまう。

やっていけばアレコレ出てくる問題点を一つひとつ改善しようと頭を悩ませていると、よく知る二人――気の強そうな鋭い目つきの女商会長と、クマバチに似た蜂系甲蟲人商会長が共にやってきた。

女商会長は注文してあった迷宮鉱物の納品も兼ねた顔出しで、蜂系甲蟲人商会長は最近噂になっている小型ゴーレムを買いに来たそうだ。

何でも前から話のネタにしていたので興味を引かれていたのだが、本業の魔法薬製造に大規模注文が入り、それにかかりきりで中々タイミングが合わず、今日になってしまったとの事だった。

二人と話しているとドワーフ商会長がやってきたので、そこでまた話が続く。

ドワーフ商会長は愛機について自慢げに説明し、蜂系甲蟲人商会長はそれを興味深げに聞いていた。

付き合いもあるのだろうが、蜂系甲蟲人商会長の顔からは純粋な好奇心が窺えたので、趣味嗜好にも合っていたのかもしれない。

ジャンルは違うが同じ製造業だ。モノを作るのは二人とも好きなのだろう。

女商会長は二人のやり取りを横で聞きながら、自分の好みらしい虎型のモンスターゴーレムに抱き着いて毛並みを堪能《たんのう》していた。

女商会長はカスタムなどにはそこまで興味を持てないようだが、大きくても仕草にどことなく愛嬌のあるモンスター型は好みらしい。毛皮の手触りなどは特に力を入れている部分で、女商会長はずっと触っている。

ケモナーなのだろうか。

普段とはまた違う一面に驚きつつ、多分こっちも好きだろうと思い、需要があるだろうと思って作っていた普通サイズの猫型や犬型なども送り出す。

すると女商会長は歓喜に顔を歪め、両腕や身体全体を使ってモフモフ天国を堪能し始めた。

飲食を必要とするテイムモンスターと違い、モンスター型は魔力の補充こそ必要とするが、糞の始末などを気にしなくていい。

それに本能を刺激されて飼い主に牙を剥いたりする事がないから安全で、それでいて敵に対しては全力で攻撃するので護衛としても有能だ。

見た目から単純にペットとして飼うのもいいだろう。

女商会長経由で、商会の婦人ネットワークにでも広めてもらおうか。

そうすれば俺は販路が増えるし、女商会長も色々とコネが出来る。さっそく話してみると女商会長の反応も良かった。

　また新しい商機があるな、と確認して今日も一日が過ぎていく。

《百三十九日目》／《二■三■九■目》

　今日の朝は屋敷の【ゴーレムプラント】の生産力を上げていた。

　ゴーレム販売は連日盛況だ。ここ数日で確実に顧客層の変化が見られ、小型ゴーレムだけでなく、従来の【ゴーレムトラック】も売り上げが増えていた。

　小型ゴーレムを買って良さに気がついた客が、【ゴーレムトラック】にも良さを見出して買ってくれる事が増えているのが要因だろう。

　それを受けての【ゴーレムプラント】の改造だったが、性能を上げるだけではそろそろ厳しくなっていた。

　屋敷は従業員の住居としても活用している関係上、【ゴーレムプラント】だけで埋め尽くす訳にもいかない。もっと広い場所で新規に【ゴーレムプラント】を作った方が色々と楽に対応できる段階に来ていたのだ。

　ただ防諜などの関係上、本拠地となっている屋敷から離れ過ぎるのは面倒だ。できれば近場に新しい【ゴーレムプラント】を増築したい。

という事もあって、以前から近所の土地や屋敷の買収を進めるのと同時に、色々と広く情報を集めていた。

その甲斐《かい》あって、比較的近場で買い取れた土地がある。

朝は屋敷で仕事をした後、昼にはその土地に向かった。

そこにはつい先日までとある中小規模の運搬商会が保有していた、大きな空き倉庫があった。

その商会自体は現在も存続しているが、大規模投資の失敗や新社長の方針ミス、積み重なった借金などが原因で経営が傾き、不要な事業の縮小と共に纏まった金銭を必要としていた。

それを知った俺は、相場よりも少し高めの買取金額を提示して話を進め、無事合意に至った訳だ。

元々が運搬商会の倉庫だっただけに土地は広く、大量の荷物を保管可能な大空間がある。

現在は荷物も運び出されて空っぽの状態なので、そこに【ゴーレムプラント】を置くだけですぐに稼働できそうだった。

ただ、だからといってそのまま使う訳にもいかないだろう。今の状態だと流石に無防備すぎて、大事な【ゴーレムプラント】を奪おうとする者や、情報を抜き取ろうとする者達に対してあまりにも無力である。

そういった部分を改善するべく、早速大掛かりな工事を開始した。

倉庫自体が少し古くなっている事もあり、全体的に手を入れていく必要があるのは大変であるが、別に俺自身が何かする事はない。

作業用ゴーレムを多数展開するだけで、作業用ゴーレム達が勝手に改築・設置してくれる。

既に図面は設定しているので、後は時間が解決するはずだ。

作業が始まったのを横目に、ひと通り見回ってとりあえず大丈夫そうだと確認した俺は、今日も都市外で展開している臨時店舗に向かった。

そこには今日も大勢の客がやってきていた。

人伝《ひとづて》に噂が広がり、フットワークの軽い商人が多く集まっている。

それを捌いて金銭と商品のやり取りをする肉袋青年ら販売員はもちろん、蟻人少年と三人娘達もカスタム待ちの列を捌くのに忙しそうだった。

蟻人少年達は魔力が足りなくなった時には魔法薬で補充しているが、既に空《あ》き瓶《びん》が積み重なるくらいには大量に飲んでいる。

それだけ頑張っている事の証明だが、心なしか目が死んでいた。忙しさに追われ、無駄な思考をそぎ落としているように見える。

かなり大変そうとはいえ、蟻人少年達は頑張った分だけ目に見えて能力が上がっている。

当初こそ【ゴーレム技能拡張珠】で強化されたとはいえ、そこから積み重ねた努力は確実に血肉になっていた。

そんな彼らに、心の中でエールを送ろう。

蟻人少年達がゴーレム関係で問題なく仕事できないと、俺が自由に動けないからな。

俺は近々遠出して、次の獲物の所に向かう予定だ。

後顧《こうこ》の憂いを断って今後の飛躍に繋げる為にも、蟻人少年達には頑張ってもらいたいものである。

《百四十日目》／《二■四■日目》

工事の進捗を確認する為に、運営面も任せている肉袋青年と、ゴーレム担当の蟻人少年と三人娘を連れて、朝から第二の【ゴーレムプラント】に向かった。

すると、昨日から行われていた倉庫の改築・設置は無事に終わっていた。

外観は新しく塗装されて見栄《みば》えが良くなった程度にしか変わらないが、防諜、防衛の為に様々な機構が組み込まれている。

小型の蜂型ゴーレムによる警戒網から始まり、壁の一部に擬態した壁面ゴーレム、妨害音波を発生させる調度品ゴーレム、空調や魔力の流れなどを操作する空調ゴーレムなどなど。

悪意を持った招かれざる者が侵入したら、そのまま人知れず地下の処理場に消え、そこに設置されている【贖罪具：富める貧者の黄金髑髏】が新しいマジックアイテムを生成する素材として処理するくらいには凶悪だが、とりあえずその辺りの話はさて置き。

早速屋内に入ると、そこはまるで新築のように新しくなっていた。

独特な匂いを嗅ぎつつ照明のスイッチを入れると、照明に照らされた倉庫の中心に【第二ゴーレムプラント】は堂々と鎮座していた。倉庫の大半を占める大きさで、屋敷の【ゴーレムプラント】よりもずっと大型だ。

休憩室や簡易食堂など寝泊り用の部屋を増築してはいるものの、倉庫は屋敷よりも居住性を考慮しなくてもいいだけあって、より生産能力の向上に振れるからだ。

その大半はこれまで通りの基本的なゴーレムの製造レーンだが、特別仕様だったり試験的だったりのゴーレムを製造する為の特別区画などもある。

そんな【第二ゴーレムプラント】に早速魔力や素材などを充填して稼働させれば、設定通りに新しいゴーレムが次々と生産され始めた。

製造されたゴーレムを実際に稼働させて点検するが、動作に遅延はないし、何も不具合は見られなかった。

それを確認した後、【第二ゴーレムプラント】の動作にも問題がないか、細部まで一つひとつ確認していく。

その際、蟻人少年達には色々と説明しながら回っていった。既に整備ゴーレムは用意しているが、何かあった時の対応は蟻人少年達に任せるつもりだからだ。

今ある物を動かすだけなら既に【ゴーレムプラント】で働いている従業員達で十分可能だが、新規で何か作ったり、予期せぬ不具合などがあればその対応をしてもらったりする必要がある。

また、蟻人少年や三人娘が個人的に作ったゴーレムが売れたりした時、それを量産化するなら【第二ゴーレムプラント】を使った方が楽だ。それには自分達で完璧以上に使いこなしてくれないと困る、という理由もあった。

事前にそう説明していただけあって、蟻人少年と三人娘は真剣に聞いている。

肉袋青年も【第二ゴーレムプラント】に何ができるのか把握するのは重要なので真剣ではあるが、やはり本業の者よりは若干理解が劣るだろう。

ともあれ、重要事項の確認が済んだ後は実際に使わせてみて、その後はゴーレム販売に戻る。

今日も多くの客がやってきて、順調に売れていった。

このまま一日が終わるかとも思ったのだが、夕方、ドワーフ商会長から連絡があった。

明日の夜に時間があるなら、食事をしたいというものだ。

ただ今回は【七大商会】である《ディアボリカ》の商会長と一緒で、明日が無理なら都合がいい日を教えてくれとも言う。

少し迷ったが、明日で大丈夫だと返事しておく。

色々と事情を想像できるが、どれが正解なのだろうか。

さて、明日はどうなるのだろうかと思いつつ、美味い飯を喰って寝た。

《百四十一日目》／《二■四■一■目》

目が覚めると、またチャボマルと泥人形が踊っていた。

チャボマルは特徴的なお尻をフリフリ、ピヨピヨピーヨとリズミカルに鳴いている。

それだけなら可愛らしいで済む話なのだが、チャボマルがリズミカルに動く度に、その身に内包された魔力が滑らかに循環していく。

そしてその循環する魔力によって、宝石のような全身は内側から眩く輝いていた。

輝きは踊る動作によって美しく変色し、虹のように無数の色に光り輝く姿は、まるで荘厳《そうごん》な神殿に座す神聖な【神獣《しんじゅう》】のようだった。

動きだけなら可愛らしくも何処か間抜けなのに、一瞬を切り取ると神秘的な雰囲気になるのは、少々ギャップが激し過ぎる。

そんなチャボマルに合わせて踊る泥人形は、連日の【万変泥水】による魔力補充によって最小サイズでも六十センチ程度にまで大きくなっている。圧縮して一時的に握り拳程度の大きさにまで小さくする事もできるが、その後は時間経過でまた膨らんでしまうのだ。

そんな泥人形だが、今の外見は何故か黒い褌《ふんどし》を穿いた小鬼《ゴブリン》のようになっている。

まさかこれで固定化したのか、とも最初は思ったが、意図して何かの形にした時は小鬼《ゴブリン》状態に戻る事はなかった。ただ作業として適当に捏ねた場合は、時間が経つと自然とこの形に成る。

つまりかつては特徴のなかった基礎形態が今の小鬼《ゴブリン》状態になってしまった訳だが、まだそれで固定化まではしていない。成長途中、とでもいうのだろうか。

まだまだ分からない事が多い泥人形だが、チャボマルと踊る時は、恐らく自身の一部を棒状に変化させたのだろうバトンを持ち、そのバトンと自分を器用にクルクルと回している。

それだけでなく、時折鋭い突きや払いといった動作をするが、それはどうやら槍術の型らしい。それも、俺が良く使っている基礎的な型を模倣したようなモノである。

泥人形の前でそんな動作はした覚えはないのだが、魔力などを吸い取っている事から俺の影響が出たのだろう。

暫く観察し、何となく泥人形の前で手本のように演舞してみせると、泥人形はそれを完璧にトレースした。

しかも型の名前を学習させれば、俺が言うのに合わせて自在に型を繋げていく。

型と型の間に挟む動作は泥人形が勝手に入れるのだが、繋がりに違和感はない。単に型を学習するだけで終わらず、型の意味を理解し、泥人形自身がそれを使いこなせるように独自で発展させている事が窺える。

その学習能力の高さに驚きつつ、今日もゴーレムを大量生産して、次々と売っていく。

ゴーレムカスタム業も順調に繁盛しており、それに伴う作業量の多さに蟻人少年と三人娘はヒーヒー言いながら汗水を垂らし、魔力を振り絞って仕事に取り組んでいる。

蟻人少年と三人娘は必死なのであまり気がついていないかもしれないが、その技量は昨日よりも今日、今日よりも明日と間違いなく向上していた。

魔力を大量に消費し、その分だけ回復するという事を短期間に行っている為、蟻人少年と三人娘は体内魔力量など基礎的な部分が向上している。それを、合間合間に挟むモンスターとの戦闘で【経験値】を積み、レベルアップしている事が後押ししている。

そして数をこなした事でゴーレム関連の技量も向上しているので、この結果はある意味では当然だろう。

仕事は大変だとは思うが、いつかは自分達の成長を実感し、それがやる気に繋がってくれるといいのだが。

◆◆◆

――そうこうして過ぎたその日の夜。俺は頭に乗ったチャボマルと、副商会長の立場にある肉袋青年を伴って招待された食事会に参加すべく、何となくそんな気分だったので久しぶりに【ゴーレムクラート】を引っ張り出して、街灯に照らされる道路を走った。

今回の店は《自由商都セクトリアード》の中心エリアに存在する、かつて一時代を築いた天才巨人魔導建築家〝ジルグド・ナ〟が設計・建築した魔導式商業塔《ワルドトーレ》の中にある。

魔導式商業塔《ワルドトーレ》は、簡潔に表現するなら超巨大複合商業施設型マジックアイテムだろうか。

外見はまるで遺伝子のように二重螺旋を描く全三百階建ての超巨大建造物であり、その高さは雲にまで届くほど。

その高さだけでも、これまで見てきたこの世界のヒトが建てた建築物としては破格の規模であるが、巨人族など大型種族の居住地には似たような建築物があるらしい。この世界にはまだまだ知らない事が溢れている。

ただそういった建築物とは少し異なる点として、魔導式商業塔《ワルドトーレ》はマジックアイテムでもある事が挙げられるだろう。

炎を纏う剣や、身体能力を向上させる鎧など、マジックアイテムが様々な能力を持つように。

規模があまりにも大きく、理解し難《がた》いほどに精巧な、天才が生涯を費やして作り上げた至高の建築物型マジックアイテム――魔導式商業塔《ワルドトーレ》の能力は、『内部構造の変動』である。

二重螺旋を描くフレーム部分、一定間隔で存在する魔導エレベーターやカジノといった幾つもの基礎施設、無数に張り巡らされた通路などの構造上動かす事のできない部分以外は、自由に組み替えられるようになっている。

組み替えられる部分はテナントスペースブロックと呼ばれ、それは三種類あるそうだ。

数は一番少ないが最も大きい、数十メートル規模の大型巨人種の出入りまで想定された大型サイズ。

数も大きさも中間の、十数メートル程度までの種族の出入りを想定した中サイズ。

そして最も小さいが最も数が多い、一般的なヒトを想定した小サイズ。

そんな三種類からなる無数のテナントスペースブロックを自由に組み替える事ができる為、魔導式商業塔《ワルドトーレ》は時代によって細部の形状が変わるらしい。

どういう原理で動いているのだろうか？

初めて知った時は当然そんな疑問を持ったが、マジックアイテムなので魔力でアレコレ動いているのだろう。

ともあれ、そんな魔導式商業塔《ワルドトーレ》は商業塔だけあって、内部構造の大半を占めるテナントスペースブロックは貸出されており、そこには数多くの商会が入っている。

売上が多くなるほど上層に移動し、上層階ほど様々な特典を得られる事もあって、ここに店を構える事は《自由商都セクトリアード》に存在する商会にとって大きなステータスになるそうだ。

そういった事情から月々で商会の入れ替わりが起こりつつも発展し続け、ここに来れば欲しいモノの大半は手に入る、と言われるくらいに取り扱う商品の数は桁違いである。

そしてこういった場所だけに、一定以上の立場にないと立ち入れないエリアというものが存在する。

それこそが最上層に分類される二百八十階以上の部分であり、今回の訪問先はそのエリアに店を構えている。

創作鉄板料理店【グラントーレ・アターブル】。

【調理の神】の【加護】を持ち、長年の修行を経た天才料理人アターブルが最高の食材を最高の技術で調理し、最高の環境で提供する超高級店だ。

人生で一度は来たいと思っている者は数多くとも、少数の特別な者しか店の前にすら辿り着けないし、それでいて予約は数年先まで埋まっているという。

俺としても非常に興味はあっても本来なら縁が無かっただろう店だが、それが今回の食事会に用意された会場だった。

今夜の話が何なのか気になるが、ここで食事できるだけでも参加する価値は大いにあるだろう。

ともあれ、俺と肉袋青年は無事に魔導式商業塔《ワルドトーレ》に到着し、最上層直通の魔導エレベーターに乗る事しばし。

昇っていく独特な感覚を覚えた後、目的の階に到着した。

扉が開くとまず目に入ったのは、案内板だった。

案内板にはこの階にある店の位置が示されていて、その中の一つに、金色の文字で書かれた【グラントーレ・アタ－ブル】の名を見つけた。

その案内に従い、左右に伸びる高級感に溢れた通路を進むと、店はすぐに見つかった。

近づいたら黒と白を基調とした制服に身を包んだ従業員が出てきて、名前を聞かれる。

それに答えるとすぐに確認が取れたらしく、そのまま中に案内された。

部外者の侵入を拒む扉とちょっとした通路を進んだ先にあった【グラントーレ・アタ－ブル】の店内は、まるで夜に輝く月に照らされた水晶の森を思わせる内装だった。

メインの照明は、店の中心にある円形の厨房の上で満月のように輝くマジックアイテムで、その優しい光が部屋を彩る様々な色の水晶樹《すいしょうじゅ》や石材に反射している。

水晶樹は高価な素材の一つであり、石材もまた高価なモノなのだろう。それらが高度な技術によって加工され、それぞれの良さを高めつつ調和するように計算され尽くした店内は、思わず見惚れるほどに神秘的だった。

空気も何処か澄み、ほのかに香る水晶樹の香りにはリラックス効果もありそうだ。

目を瞑《つむ》れば、水晶樹の森にいるような錯覚すら覚えそうである。

表現するのが中々に難しいそんな店内で、中心にある円形厨房の前に用意された客席には、既にドワーフ商会長と秘書、それから黒と銀に彩られた絶世の美女と、その護衛らしき青獅子人《あおじしじん》がいた。

立派な鬣《たてがみ》が青く冷たく燃えている青獅子人の身の丈は、三メートルはあるだろうか。巨躯に備わる分厚い筋肉の鎧は上品なスーツに包まれていながらもハッキリと分かるほどだ。

彼の鋭い青い瞳は、店に入ってきた俺達を静かに観察している。

ただ立っているだけで凄まじい存在感を放っているが、そんな青獅子人よりも目を引く者がこの場にいた。

それが青獅子人に守られる、見知らぬ美女だ。

腰まで伸びる透き通るような銀の髪を黄金蛇の髪飾りで一つに括り、見る者を一度で魅了する類まれなる美貌と、見つめているとまるで吸い込まれるような銀の瞳が俺達に向いている。

白い処女雪の如き肌は触れる事を拒絶するような神秘性を帯び、それでいて血のように赤い口紅を塗ったぷっくりとした唇は思わず触れてしまいたくなる魔力を秘めていた。

そして圧倒されるほど大きく実ったバストにキュッと引き締まったウェスト、桃のように大きく柔らかそうなヒップ。

女性としての魅力をこれでもかと周囲に撒き散らす肢体を包むのは、背中や肩、それから深いスリットによって太ももまで見える露出度の高い黒ドレス。

細く長い美脚が履くのは赤いハイヒールで、大きな宝石の嵌め込まれた指輪やイヤリングやネックレスなどの装飾品をつけているが、本人の魅力が強すぎてただの添え物にしかなっていない。

一見するとどこぞの高位貴族の令嬢か一国の姫君かとも思うような外見ではあるが、この場でドワーフ商会長を軽く上回るほどの存在感を放っているのだ。

となると当然、ただ美しいだけの女性ではない。

少し集中して探れば、隠蔽されていて分かりにくいものの、その肉体にはまるで火山のような力強さを持つ魔力が秘められているのが感じられた。

そんな特異な雰囲気に加え、服も装飾品も、全て何かしらのマジックアイテムで固められている事から、彼女の正体は自然と推察できる。

黒と銀によって大半が構成されたようなこの美女こそ、今回俺を誘った【七大商会】《ディアボリカ》の商会長だ。

今日の件を企画した意図はまだ分からないが、とりあえず敵意などは一切感じられず、友好の意志が滲む笑みでこちらを見ている。

真意がどうであるにしろ、まずは礼儀を守って挨拶を交わし、俺と黒銀美女商会長のどちらとも交友関係にあるドワーフ商会長によって場が進行されつつ、食事会が始まった。

まずはゆっくりと食事を楽しもう、という事で軽く世間話を交わしていく間、目の前の円形厨房では料理が調理されていった。

客席の前には鉄板型マジックアイテムがあるので、そこで実際に調理されていく様子を見る事ができるのだが、その調理方法も中々に凄かった。

円形厨房に備え付けられた冷蔵庫型マジックアイテムから巨大な肉の塊が取り出され、それに天才料理人アタープルが包丁を一閃。

すると最初からそうであったかのように綺麗に切り分けられ、また切られた勢いによってそれぞれの客席の前に用意された鉄板まで飛んでいく。

その後に取り出された野菜なども同様で、まるで料理系漫画の誇張された調理場面を見ているようだ。

調理しているのは三十代くらいの成人男性であるアタープルただ一人だけなのに、まるで分身しているような速度と正確無比な動きで瞬く間に料理が完成していく。

調理は高速かつ繊細でありながらダイノミックに進み、ただ見ているだけでも楽しめるだろう。

それに加えて目の前の鉄板で焼かれる食材から暴力的なまでの美味しそうな匂いが広がるのだから、どんな料理が出てくるのか楽しみで仕方がなかった。

思わずごくりと唾を呑み込んだが、その時、ある事に気がついた。

最初はフルコースの料理になるのかと思っていたが、予想に反し、何故か俺の前の鉄板だけ料理の量がとにかく多いのだ。

まるで店のメニューを全て注文し、作られた順にすぐ出されていっているようである。

それに少し驚いていると、それぞれの前の鉄板で作られる料理が、量だけでなくメニュー自体も違っている事に気がついた。

気になったのでアターブルに聞いてみると……普段はアターブル自身が考え抜いたフルコース料理の注文が多いのだが、今回はドワーフ商会長から、アターブル本人が参加する者それぞれに適していると思う料理を出してほしい、と注文されたそうだ。

その為、アターブルは客それぞれの好き嫌いをはじめ、今の体調に適した料理を瞬時に見抜き、不足している栄養を補い、心から満足して帰ってもらう為の料理を作っていると言った。

ドワーフ商会長なら酒が美味しく食べられる料理だし、黒銀美女商会長ならピリ辛で魔力を豊富に含んだ料理だ。変わり種としては、チャボマル用に水晶樹に巣を作る水晶蟲《すいしょうちゅう》の丸焼きなんてのもある。

そして、俺に対しては美味しい事に加えて満足できるだけの量を、という事で他よりも量が多いらしい。

そういう訳なら、全力で楽しむべきだろう。

だから今日は大いに酒を飲み、筆舌に尽くしがたい至高の料理に酔いしれた。

そして当初あった不安は、美味い飯を喰って美味い酒を飲みつつ、今回の食事会の主催者である黒銀美女商会長と話し合うとすぐに解消された。

どうやら実際に俺の顔を見てみたかった、というのが第一の目的だったようだ。

品定め、と言えばいいだろうか。

アチラとしては最悪の場合衝突する可能性もあったので、今後どうなるかの見極めも兼ねているのだろう。

その他にも色々話したが、そんなに小難しい話もなく、終始和やかに進んでいった。

最後の方ではドワーフ商会長のゴーレムカスタム熱が伝播《でんぱ》して、幾つかのゴーレムとカスタムパーツを黒銀美女商会長に売る事になったりしたが。

うん、とりあえず美味い飯と酒は、面倒な話を省く最高の緩衝材ではないだろうか。

それに、別れ際に友好の品として貰ったとある迷宮酒はドワーフ商会長も羨む逸品らしいので、黒銀美女商会長とは今後とも仲良くしたいものである。

《百四十二日目》／《二■四■二■日》

昨日の食事会は何事もなく解散となった。

日が変わった今日、早朝から何やら《自由商都セクトリアード》が騒がしかった。

何事かと思っていると、どうやら筋肉行脚《あんぎゃ》の行列がやってきているらしい。

筋肉行脚とは何ぞや、という話であるが……【筋肉の神】を信奉する筋肉マッチョ達が、ピッチリとした黒や赤などの聖別された下着を穿き、日焼けして黒光りする鍛え抜かれた肉体を見せつけるようにポージングしつつ様々な土地を渡り歩く神事だ。

神々への信仰は様々な形があるが、神事とあって彼・彼女らの姿は異様でありつつも一定の尊敬を集めているらしい。


筋肉行脚は個人で行われる事も多いらしいが、今回はかなり大規模なモノらしく、数百人が二列になって行脚していた。

その先頭を歩くのは、【筋肉の神】から【加護】を受けた〝蛮族《バーバリアン》〟と〝女蛮族《アマゾネス》〟の双子の男女。

それぞれが二メートルを超える巨体を誇り、その巨体に備わった筋繊維の一本一本がハッキリと分かるまで鍛え抜かれた姿はまさに圧巻だ。

どこまでも筋肉に信仰を捧げる姿にはある種の美しさが宿るらしく、ポージングする度に変化する筋肉は見る者を圧倒し、普段はそんなに筋肉が好きではなさそうな者達まで魅了していた。

自然と筋肉行脚に暫く見入っていると、俄かに騒がしくなる。

何か新しく盛り上がる事があったのかと周囲の視線を追うと、筋肉行脚の行列の最後尾に、十名の屈強な筋肉信者達が荒縄《あらなわ》を身体に巻き付け、全力で巨大な筋肉荷車《にぐるま》を引っ張っているのが見えた。巨大な筋肉荷車には、その大きさに見合うだけの巨大なモンスターが堂々と乗っていて、皆がそれを嬉しそうに眺めていた。

色々聞いて回ったところによると、筋肉荷車に乗っているモンスターの名は〝アルカイオ・ベヒモスベビー〟。

象のように大きな耳と太く長い鼻を持ち、牛やサイを思わせる角が王冠のように大小合わせて数本生え、カバのような大きな顔。つまり、丸々とした象と牛とサイとカバを掛け合わせたような存在だが、何とその正体は【筋肉の神】が【加護】を与えた者に遣《つか》わす【神獣】の子供だという。

その役割は、筋肉信者達の筋肉を育てる貴重な栄養源となる事。

〝アルカイオ・ベヒモスベビー〟の身には上質なタンパク質だけでなく、その他の必須栄養素なども全て備わっている為、筋肉信者達は食事面で何も不自由が無くなり、ひたすらに筋肉に殉教できるのだとか。

筋肉信者は鍛錬で筋肉を鍛え抜き、その後に【神獣】の肉を喰う事で、より優れた筋肉を作り出していく。そうなると〝アルカイオ・ベヒモスベビー〟は一方的に搾取《さくしゅ》されるだけなのか、と思いきや、それも違うらしい。

〝アルカイオ・ベヒモスベビー〟は無限に等しい再生能力を持っていて、たとえ餓鬼《がき》の群れであってもその身を食い尽くす事はできないと言われている。

その身をより多くの者に与える事で【信仰】を獲得し、やがて【神獣】に至るよう、【筋肉の神】によって産み出されたのだとか。

要するに、筋肉信者は筋肉を鍛える為に大事な食材にもなってくれる〝アルカイオ・ベヒモスベビー〟を守り、敬《うやま》い。

〝アルカイオ・ベヒモスベビー〟はその身を削り、血肉を喰わせる事で【信仰】を得て、やがて【神獣】に成る。

それぞれに益の有る関係であり、他人が口を挟むべきモノではない。

そして、これはどうやら俺達にも恩恵があるらしい。〝アルカイオ・ベヒモスベビー〟がいる筋肉行脚の場合は、村や町、それから都市に到着すると【祝肉祭《マッスルフェスティバル》】と呼ばれる祭りを開き、その肉を調理して低価格で売り出すそうなのだ。

そうすると〝アルカイオ・ベヒモスベビー〟は【信仰】を得られるし、筋肉信者達は最低限必要な金銭を得られるし、人々は非常に美味な肉を安く食べられる。

そんな全方位に対して基本的には良い事しかないのが、今回の筋肉行脚なのだ。

周囲が騒がしいのも頷けるというものだ。

早速食べてみたいのだが、販売は明日になるらしい。

それは楽しみだと、ワクワクしながら一日が過ぎた。

《百四十三日目》／《二[redacted]四[redacted]三[redacted]目》

待ちわびた祝肉祭が今日の朝から開催された。

場所は石垣と樹木に囲まれた緑豊かな自然公園だった。

日常の喧騒を忘れて安全に自然を感じられるここは、普段なら子供達が遊び回っていたりするのだろう。しかし現在は四方にある全ての出入口に筋肉信者達が立ち、入場料代わりに木製の器とフォークなどの食器を売っている。手際の良さからして、事前に用意されていたのだろう。

単品で見れば少々高すぎる食器も、自然公園の外に出ない限りは今日一日これで食べ放題なら安いな、と思う金額設定である。

早朝だというのに既に結構な長さの列に並び、一緒に楽しむべく何とか時間を作った半数の従業員達の分の食器を纏めて買って、筋肉信者が大声で簡潔に話す今日のルールを聞きながら公園の中に入る。

石垣と樹木によって外からはかなり見えにくかったが、既に数多くのヒトで溢れ、無数の列を作っている。

朝飯も抜いて出てきたのだが、同行する人数が多かった事に加えて自然公園自体が屋敷から遠かった事もあって、少し出遅れてしまったらしい。

とりあえず筋肉信者の誘導に従い、俺達が入ってきた出入口から一番近い列に並ぶが、この列は他よりも圧倒的に動きが速い。

ワクワクしながら進んだ先にあったのは、体格相応に肩幅の広い筋肉信者が五人並んでも余裕があるほどの細長い串焼き機だった。稼働に魔力が使われているので、どうやらマジックアイテムらしい。

そこでは一度に数百本もの肉串が焼かれ、食欲スイッチをハンマーで叩き壊しそうな匂いを発している。

串に刺さって焼かれる肉は大雑把に四角く切られ、一つひとつの縦横厚みは各五センチ近くあるだろうか。そんな肉塊が串一本につき五個刺さり、パラパラと塩のような調味料だけでかなり豪快に調理されている。

受け取る際に肉は串から引き抜かれ、俺達が持つ器に盛られていく。これだけで、結構大きい器がいい感じに満たされた。

個人的には肉串として食べたかったが、金属製の串は再利用されるらしく、回収された後に洗浄されて新しい肉塊を貫いているようだ。

受け取ったら列を離れて立ち食いしたが、肉の厚みから想像していた硬さはなかった。まるで豆腐を喰うように歯が通り、ジュワリと肉汁が爆発した。

味は濃厚で、しかし脂は口の中で溶けてしまうほどアッサリしていてくどくない。

初めての〝アルカイオ・ベヒモスベビー〟の肉の美味さをジックリと味わいつつ、肉塊の一つを頭上のチャボマルに与えてみる。

するとチャボマルはすぐに啄み、美味しそうにピヨピヨと鳴いた。

肉塊は大きいが、一鬼と一羽で喰えはあっという間になくなってしまう。

また喰いたいものの、肉串の列はさっきよりも更に長くなっていたので、別の列を探して動く。

歩き回っていると、思ったよりも多くの料理が用意されているらしい事がよく分かる。

一番目立っているのは、自然公園の中央に設置された、ジュウジュウと高熱を発する大きな鉄板型マジックアイテムの上で焼かれる塊肉だろうか。

その大きさは軽く成人男性の背丈を超えるほどで、恐らくは〝アルカイオ・ベヒモスベビー〟の長く太い鼻を丸ごと使っているのだろう。鍛えられた赤身肉が目立ち、弾ける肉の脂が旨味の蒸気を放っていた。

それ以外にもカリカリに焼いたベーコンや、衣をつけて揚《あ》げたカツ。独特な風味が楽しめる濃厚なブラッドソーセージに香ばしく燻《いぶ》された燻製肉、分厚く豪快な骨付き肉。

日立つのはやはりそうした肉料理だが、野菜などが使われた料理もあった。

沢山の野菜を纏めて煮た鍋に、それだけで腹が膨れそうな量の野菜炒めや、適度に温められた温野菜。

どの肉料理も絶品とはいえ口直ししたくなった時に重宝できる品々で、その見た目や味、食感こそ野菜だが、実は野菜ではない。

というのも、この場で提供されている料理は全て〝アルカイオ・ベヒモスベビー〟が原材料であり、ブロッコリーや玉ねぎ、アボカドみたいな野菜はその内臓の一部なのだ。

全身全てがあらゆる食材になるのだから、〝アルカイオ・ベヒモスベビー〟はまさに【神獣】と言えるだろう。一体いるだけで、飢餓など無くなってしまうに違いない。

その恩恵に、俺も自然と【信仰】を捧げていた。

そして料理を喰うほどに、筋肉信者達の調理技術にも驚かされる。

脳みそまで筋肉で出来ていそうな肉体だったので、ただ豪快に焼く、大雑把に煮込む、といった誰でもできる簡単な調理をするものだと最初は思っていたのだが、その想像は見事に覆《くつがえ》された。

考えてみれば、食事とは肉体を作るのに最も重要な要素の一つである。

〝アルカイオ・ベヒモスベビー〟という極上の食材から溢れ出る旨味に頼り切るのではなく、自分達で更に美味く調理しようと努力してきたのだろう。その積み重ねは、手際よく筋肉信者達が調理している姿からも窺えた。

それに対して色々な事を思いつつ、どれもこれも絶品なので箸が止まる事なく食べていくが、熱い料理が多いので自然と喉が乾く。

飲み物がないかと探していくと、握り拳ほどのスライムのようにプヨプヨとした何かを配る筋肉信者がいた。

聞いてみると、どうやらスライムパウダーと〝アルカイオ・ベヒモスベビー〟から搾《しぼ》った乳を混ぜ合わせたモノらしい。

手に持てばヒンヤリプルプルした感触で、食べてみると優しい甘さがするだけでなく、口の中で溶けて丁度いい水分が溢れた。

持ち運びが便利で栄養満点かつ水分補給のできるお菓子みたいで、ある種のプロテインスイーツだろう。肉に飽きてきた時に食べると、また肉が欲しくなる料理である。

そうして会場の全部を回っていると気がつけば夕方で、満足した従業員達は途中で帰り、最後まで残ったのは俺だけである。

少し寂しいと思いつつ、昔は誰かが一緒だったのに、という思いをふと抱いた。

それが誰かは、朧《おぼろ》げにしか思い出せない。

早く昔の事を全部思い出したいものである。

幸い、祝肉祭は明日も行うらしいので、帰って寝る事にした。

《百四十四日目》／《二[redacted]四[redacted]四[redacted]目》

昨日来られなかった残り半分の従業員達を引き連れて、今日も祝肉祭にやってきた。昨日の反省を生かし、より早い時間から列に並んで入場している。

相変わらず美味い肉串を喰った後に会場を回っていくと、昨日とは少し違っている部分が幾つかあった。

一番違うのは、昨日は巨大な鉄板で鼻肉を焼いていた公園中央に、〝アルカイオ・ベヒモスベビー〟の鎮座する筋肉荷車がまるで祭壇のように設置され、その周囲を筋肉信者達が囲っている事だろうか。

そして筋肉荷車の前には、この筋肉行脚の代表でもある【加護】持ちの〝蛮族〟と〝女蛮族〟の双子の男女が立ち、次々とポージングしている。

上腕筋などを魅せるダブルバイセップス、身体の厚みなどを魅せるサイドチェスト、腹筋と脚を魅せるアブドミナルアンドサイ。

一つひとつが丁寧で、真剣そのものだ。

それらにはまさに【神】に【祈り】を捧げるような真摯さがあり、〝アルカイオ・ベヒモスベビー〟も楽しそうに太く長い鼻を動かしている。その瞳は優しげで、実に満足そうだ。

何が起こるのだろうか。

気になったので近くの店の料理を喰いつつ観察していると、朝から昼になるまでの時間が過ぎた後、筋肉信者達によって巨大な太鼓が二つ運ばれてきた。

そのサイズは双子の男女よりも更に大きく、太鼓自体だけで四メートルはあるだろう。

地面に置いても身の丈を超えるが、更に専用の台座によって縦向きに設置された事で、バチで打つには両腕を高く持ち上げる独特な姿勢になるしかない。

まるで壁を前にしているようなそれを前に立つ双子の男女は、しかし気にする様子もなく専用のバチを持ち、裂帛の声と共に力強く叩いていく。

まるで地響きのように肉体の奥底まで響く轟音。

空気を激しく振動させるが耳障りではないそれは、周囲から一時《いっとき》の自由を奪う。いい意味で意識を引き付ける独特な魅力がある音にけ、どこか懐かしさすら覚えた。

暫くは双子だけによる演奏だったが、そこに他の筋肉信者達が叩く太鼓の音も加わった。

響きは重なり、より迫力を増していく。

肉を喰いつつも、俺はその音に聞き入っていた。頭の上でチャボマルがタップダンスしていてもあまり気にならない。

それに、身体の奥底まで響くような音も良いのだが、双子の男女を筆頭とする筋肉信者達が太鼓を叩く度に力強く動く筋肉にも意識が向く。

大きく躍動する腕や背中だけでなく、引き締まった臀部《でんぶ》や踏ん張る脚など、鍛え上げられた各筋肉の動きを見るだけでも結構楽しめる。

そうして楽しい時間が過ぎ、やがて音楽も止まった。

すぐ傍でそれを見ていた〝アルカイオ・ベヒモスベビー〟はとても満足そうで、鼻だけでなく大きな耳までパタパタと動かしている。

そして自然と拍手が湧き起こった。

最初は小さかったそれも、やがて大きなうねりとなって自然公園全体にすら伝播したのではないだろうか。

先程までは声を潜めていた観衆が、口々に感想を言い合って一気に騒がしくなる。

そして演奏を終えた双子の男女や筋肉信者達の全身からは汗が流れて蒸気まで立ち上っているが、全員がとても満足そうで、軽く汗を拭《ぬぐ》った後に何かを食べていた。

あれだけ動けばその分だけエネルギーを消費するのだから、栄養補給は当然だ。

その後、筋肉信者達によって太鼓が手際よく撤去され、今度はダンベルやバーベル、ベンチやチンニングスタンドなどが運ばれてくる。

俺はブラッドソーセージを喰いながら今度は何をするのかと思っていたら、その道具を使って次々と筋トレが始まった。

ただ、筋トレをするのは筋肉信者だけではない。どうやら誰でも自由に使っていいらしく、筋肉信者に声をかけられ、先程の演奏でやる気を焚きつけられた一般人達も参加しているのである。

真っ先に筋トレに参加したのは、やはり元気が有り余る男性が多いが、戦闘を生業《なりわい》とする女性も見受けられる。

それに引っ張られるように、運動不足そうな父親や太り気味な母親、元気いっぱいな男の子や、スタイルが気になる思春期の女の子など、幅広い者達も参加していった。

筋肉信者達はそれを適切にサポートし、相談にも乗っているようだ。どうやら筋肉信者達は一時的にトレーナーになり、新しい筋肉信者獲得に乗り出しているらしい。新しい信者を増やすには、中々にいい手段だろう。

ここにいる者は皆、高タンパクな美味い飯を喰って、肉体には普段より遥かに元気が漲っている。

そこに筋肉の良さを音楽と共に届け、目の前に参加しやすい道具や雰囲気を用意する。

となると、普段だったら遠慮する者も、ある種のアトラクションのように気軽に参加するのだろう。

あの手際の良さからして、筋肉信者達はこれまでもこうやって布教してきたのだろう。

もしかしたら目の前にいる筋肉信者の中にも、そうやって参加した結果として現在に至る者もいるのかもしれない。

まあ、筋トレがキツくて明日以降はもうやらなくなるケースの方が多いとは思うが、とりあえずやってみないと何も始まらないしな。

色々考えはしたが、その雰囲気に俺達も乗り、蟻人少年などと一緒に筋トレをしてみる事にした。

久しぶりにベンチプレスやドラゴンフラッグをしていると、それが目についたのか、双子の男女がやってきた。

『ナイスバルク！　一緒に筋肉を愛そうぞ！』と重低音の美声で言われ、『ナイスバルク！　アナタの大胸筋や大腿四頭筋、とっても素敵ね！』と力強くも色気のある美声で言われた。

話してみると、双子の男女は筋骨隆々な厳《いか》つい見た目に反して結構気さくな性格をしている。

ただ筋肉に対してはとても真剣なので、俺が行っていたドラゴンフラッグなどにはとても興味をそそられたらしく、やり方などを何度も聞かれた。

そして実際に自分でも行い、これまでになかった負荷に大変喜んだ。

暫く筋肉談議で盛り上がっていると、気がつけば夜になっていた。

周囲に松明《たいまつ》の明かりが灯《とも》って暫くした頃、何処からか『おおおおぉぉぉぉ』とどよめきが聞こえてくる。

声がする方を見れば、筋肉荷車の上の〝アルカイオ・ベヒモスベビー〟の身体が神々しく黄金に輝き、近くの筋肉信者達は祈るようにポージングを行っている。

双子の男女はそれを見て少し驚いた後、嬉しそうな表情を浮かべて『【筋肉信仰《マッソー》】がパンプアップした！　これより祝肉祭の終肉《しゅうにく》の演舞を行う！』と声を張り上げる。

昨日筋肉信者に色々と質問したところ、祝肉祭はそもそも【信仰】を集める神事でもあるので、いつまでやるかはその時次第。【信仰】が一定以上溜まらないと終わらないらしく、最長で半月近くやった事もあるらしい。

今回のような規模の都市ならいつも大体五日間程度は行われているらしいので、今回のように二日というのはかなり早いと言えるだろう。

短いのは残念ではあるが、それも時の運だ。

なので最後まで料理を楽しもうと思ったが、双子の男女に呼び止められた。

どうやら俺の良い筋肉と新しいトレーニング法の伝授に敬意を表し、祝肉祭の最後に極僅《ごくわず》かだけ採取できる希少部位【シャトーブリリアン・ミート】を喰わせてくれるらしい。

ほいほいと上機嫌でついていくと〝アルカイオ・ベヒモスベビー〟の前にまでやってきた。

筋肉信者が周囲を囲い、松明を持っている。

先程までの和気あいあいとした雰囲気からは一変し、張り詰めた空気が自然公園に満ちていく。

祝肉祭を楽しんだ老若男女もその雰囲気に圧《お》されて鎮まり、静寂の中で双子の男女が流れるようにポージングしていく。

一つひとつの動きが丁寧で、筋肉は松明の光に照らされて輝いていく。

そして一連のポージングが終わると、その出来にとても上機嫌な〝アルカイオ・ベヒモスベビー〟が鼻を高く持ち上げ『プォオオオン！』と鳴いた。

全身に宿っていた黄金の輝きはそれに合わせて長い鼻に集約され、鼻の根本がボコリと膨らんだ。かと思えば、その膨らみは鼻を移動しつつ濃縮されたようにより黄金の輝きを増して、最後には鼻先に達してプクリと膨らんだ。

まるで小さな黄金の太陽のような輝きが夜の自然公園を照らし、膨らんだ鼻先がゆっくりと下ろされる。

双子の男女は恭《うやうや》しく頭を下げ、まるで天から零れる恵みを受け止めるように両手を合わせた。

そしてその手で作られた器に、〝アルカイオ・ベヒモスベビー〟の鼻先からポトリ、と二つの肉塊が落とされる。

黄金の輝きは、二つの肉塊から放たれていた。

その肉塊はキラキラとまるで宝石のように輝き、弾ける肉汁の飛沫《しぶき》で虹が生まれる。

近くにいた俺はその匂いを強く嗅ぐ事になったが、匂いだけで美味いと確信できる。思わず涎が溢れるほどで、ギラギラと見つめてしまった。

観衆も思わず引き寄せられていたが、肉塊は双子が取り出した金の布ですぐに隠されてしまう。

途端、周囲の光量が明確に下がった。

そしてそのまま双子の男女によって祝肉祭の終わりが宣言され、二人は〝アルカイオ・ベヒモスベビー〟の荷車と共に裏に引っ込む。それと入れ替わるように、残っていた大量の料理が筋肉信者達によって近くにいた者達から順に配られていった。

どうやらそれは、【シャトーブリリアン・ミート】に強く魅了されてしまう、近場にいた者達の意識をすぐに逸らす為の工夫らしい。

筋肉信者が何処か圧のある笑顔と共に料理を渡すと、強く食べたそうにしていた者も仕方ないと諦めてしまうのだから、悪い手ではないのだろう。

ともあれ、俺は案内されて裏までやってきた。

周囲の目を遮るように布の壁が設置されたそこでは、【シャトーブリリアン・ミート】が既に調理されているらしく、真剣な表情の双子の男女が鉄板で焼かれる二つの肉塊に集中していた。

〝アルカイオ・ベヒモスベビー〟の牙から調合した塩のような旨味調味料をパラパラと塗《まぶ》すだけで、見事なミディアムレアに仕上げられる。

そして双子の男女は慣れた手付きで肉を切り分け、俺の前にはひと切れの【シャトーブリリアン・ミート】が差し出された。

数百人もいる筋肉信者全員に配るとなると、一つの肉塊が両手ほどの大きさであっても、この程度になってしまうようだ。

量を喰えないのは残念だが、ありがたく頂こうとすると、頭上のチャボマルがプルプルと震え始める。

何かと思って見上げてみると、物凄く物欲しそうにして涎を垂らしていた。

俺が肉を口に近づけると震えが強くなり、口から離すと少し収まる。

可愛そうなので一割ほどを切り分け、それをチャボマルに喰わせてみると、啄んだ瞬間カッと全身を光らせて硬直してしまった。

美味しかった、というのだけは何となく分かったので、俺も残りを喰ってみる。

その瞬間、全身の感覚が味覚に集約される。

味が口の中で何度も変化する。

僅かな量だが、それでもしっとりとした食感と凝縮された霜降りの脂の甘みを感じられる。かと思えば赤身のようにしっかりとした歯ごたえもあったりするし、何より豊潤《ほうじゅん》な魔力がとても美味かった。

一秒が何倍にも引き延ばされるような感動の余韻から覚めていくと、全身の筋肉がパンプアップしている。筋肉を軽く動かすだけでこれまでとは桁違いに漲る力を実感し、実際にダンベルを持ってもまるで重さを感じない。

筋力が格段に上昇し、それでいて筋肉の質も良くなっているようだ。力を抜けば美女の柔肌《やわはだ》のように柔らかく、力を込めると岩盤のように硬くなる。

膨らんだ筋肉が動作を阻害する事はなく、ただただ力強くしなやかに動いてくれる。

ひと口喰っただけでこの変化だ。それは周囲の筋肉信者も同様で、ひと回りはデカくなっているのではないだろうか。

どうやら【シャトーブリリアン・ミート】は、筋肉の成長に関して尋常ではないくらいに効果的であるらしい。

ここまでのパンプアップは一時的なモノだそうだが、喰った者は最長で一週間、最短でも三日間は鍛えれば鍛えるほど肉体が飛躍的に成長するという話だ。

筋肉信者達が【シャトーブリリアン・ミート】を採れた時点で祝肉祭を終わらす最大の理由がこれであるらしい。片付けをした後、強化された成長効果が切れるまで、筋肉信者達はひたすらに肉体を酷使し続けるのだとか。

思わぬ肉体強化ができたので、双子の男女には感謝してもしたりない。

感謝を示した後、後片付けの邪魔にならないように退散したが、またどこかで出会ったら合同

トレーニングしようと約束を交わす。お土産として普通の〝アルカイオ・ベヒモスベビー〟の肉も貰った。

次に会う時は筋肉をもっと鍛えておこうと思う。

ナイスバルク！

《百四十五日目》／《二[redacted]四[redacted]五[redacted]目》

【シャトーブリリアン・ミート】の影響で、朝から筋肉の調子がいい。

数日間はこの恩恵がある為か、早朝のトレーニングにも自然と力が入った。

やればすぐに筋肉が成長しているような感覚を抱くが、多分実際に成長しているのだろう。

本来の予定から少し遅れる事になるが、【シャトーブリリアン・ミート】の効果が残っている間に、もう少し鍛えておこう。

という事でゴーレムカスタムは今日はお休みにして、蟻人少年達と三人娘を連れて外での戦闘訓練へ。

モンスターと出会う端から戦闘を繰り広げ、それを休む間もなく繰り返す。

ゴーレムの扱い方が以前よりも上手くなった四人の戦闘能力は目に見えて向上し、危ない場面も遥かに少ない。レベルアップの恩恵も大きいだろう。

格上相手でもゴーレムを使えば隙を作る事はできるので、何度もジャイアントキリングしていけば成長効率は同格以下を相手にするよりも遥かに良い。

鍛えれば鍛えるほど本業での活躍も見込めるので、どんどん実戦を繰り返してほしいものである。

そんな四人を見守りながら、俺も獲物を探して周囲を探索していった。

発見すると自分で走っていき、機械腕での殴打や蹴りで獲物を仕留めていく。朱槍などを使う方が手軽だが、今回は肉体を鍛える意味合いもあるので、こうする方がより筋肉を使えるからだ。

鋼鉄の如き皮膚と削岩機の如き角を持つサイのようなモンスター〝ディノ・ライノス〟の突進を真正面から腹筋で受け止めた後、頭を掴んで二回転させて頸椎を粉砕し――

『狂狼病《きょうろうびょう》』に侵されて理性を失い、モンスターになってしまったのだろう狼人男性の攻撃を全て胸筋で受けきった後、楽にさせてやるべく心臓を手刀で貫き――

鋭い鎌《かま》をハンマーのような形状に変化させて獲物を撲殺する二メートル級の〝ボクシンマンティス〟の連撃を、タイミングよくパンプアップする事で弾いた後、サブミッションで締め落とす。

普段ならしないような事もしているが、負荷を与えるほどに応えてくれる筋肉の存在がとても心地いい。

ナイスバルク！　ナイスバルク！　と思わず口ずさんでいると、蟻人少年達が引いてしまった。

なんで引くんだと訊くと、普段と違ってなんか変、と言われてしまった。

自分的にはそんなつもりは無いのだが、一体どこが変なのだろうかと小首を傾げる。

ともあれ、夕方まで一日ぶっ通しで戦い続け、その頃になると俺も落ち着いている。

【シャトーブリリアン・ミート】の効果で身体が普段以上に元気になっている分だけテンションが上がってしまい、頭が少し脳筋になっていたらしい。

少し暴走していた事を反省しつつ、たまにはこういうのもいいだろう、と開き直って寝た。

《百四十六日目》／《二[redacted]四[redacted]六[redacted]日》

今日も蟻人少年と三人娘を連れての実戦訓練を行うが、普段よりも早く出て、普段よりも遠くまでやってきた。

目的地は【呪詛竜骸《カースドラ》の黒森《スト》】と呼ばれる森である。

禍々しく曲がりくねった幹から葉に至るまで、全てが黒い樹木だけが鬱蒼と生い茂り、明らかに濃厚かつ種々様々な【呪詛《カース》】が発生している危険地帯だ。何も知らずともまず近づこうとは思わない嫌な雰囲気に満ちている。

しかし事前に集めた情報によれば、ここはかつて周囲の負のエネルギーを吸い取り、周囲に良い影響を及ぼす正のエネルギーを放出する、美しい白福樹《しろふくじゅ》の森だったらしい。

その特性から白福樹は益樹の一種として知られ、都市部など人口が多い場所では治安維持に貢献し、農場などでは害虫が減り食物の育ちが良くなるなど、様々な面でかなりの需要がある。

しかし貴重な樹木でもある為、大量に繁殖していたここは遥か昔からとある少数部族が聖地として崇めつつ住処を作り、白福樹の森を含めた周辺一帯を厳重に管理していたそうだ。

その少数部族は全員が優れた戦闘能力を持つ戦闘部族でもあったらしいが、白福樹を求める輩が際限なく襲い掛かってくれば、いつかは物量に負けてしまう。

だから少数部族はそれを回避する為に、昔から間引きされた白福樹を《自由商都セクトリアード》でそれなり以上の力を持つ材木商会――《白樹商会》に卸《おろ》していたそうだ。

少数部族が樹木の成長を促進させる能力を秘めていた事や、白福樹は成長が遅いので際限なく伐採してはすぐに無くなってしまうなどの理由も合わさり、両者の関係は長く続いていたという。

しかしある時、一匹の〝黒呪竜《ネグロクスドラゴン》カースドティアン〟がこの地に墜落してしまった。

どうやら天空での縄張り争いに負けたらしく、それ自体はどこにでも転がっているありふれた話である。

問題は、墜落当時、〝黒呪竜カースドティアン〟が致命傷を受けつつもまだ生きていた事だ。

死んでいたのならまだ良かった。広範囲に悪影響を及ぼす種族能力を持つ〝黒呪竜カースドティアン〟であろうと、その死骸から発生する悪影響は白福樹の森の膨大な正のエネルギーによって中和され、時と共に自然の循環に還っていたはずだった。

しかし墜落した〝黒呪竜カースドティアン〟は瀕死の状態ながら生きていた。凡百の生物でも生き残る為の必死の足掻きは決して侮れるモノではないのに、それが生きた災害である竜種となればどうなるか。

〝黒呪竜カースドティアン〟は種族能力の一つに、周囲に様々な種類の【呪詛】を撒き散らし、増幅した負のエネルギーを吸収して回復する、というものがある。

本来なら、瀕死に陥っても強靭な竜種が死ぬまでには猶予《ゆうよ》がある。森一つ分が滅びるくらいの負のエネルギーを吸収していたら〝黒呪竜カースドティアン〟が復活していた可能性は十分あっただろう。しかし――

〝黒呪竜カースドティアン〟は周囲の生物を効率的かつ短時間で壊死《えし》させる【壊死の呪詛《カース・ネクロフィス》】を撒き散らしたが、それは周囲の白福樹によって吸収されてしまった。

数本程度だったなら〝黒呪竜カースドティアン〟の方が勝っていたが、墜落地点はよりにもよって白福樹の森の中心部。

しかも、【呪詛】を阻まれただけに留まらない。【呪詛】を吸収した事で強く放出された正のエネルギーと、元々周囲に満ちていた豊富な正のエネルギーによって、〝黒呪竜カースドティアン〟の肉体は回復するどころか逆にダメージを受ける形になった。

それに加えて、回復のエネルギー源になってくれるはずだった白福樹の森に生息するモンスターが逃げ出す時間まで作ってしまったのだから、〝黒呪竜カースドティアン〟も酷く焦った事だろう。

高い知能と知性がある竜種だけに、きっと状況を正確に把握して、多くの感情が煮《に》え滾《たぎ》ったはずだ。

負けた怒り、肉体を苛《さいな》む激痛、近づく死の恐怖、どうしようもない絶望、湧き出す生存欲求、尽きぬ復讐心。

そういったドロドロと煮え滾る負の感情が生み出すエネルギーは、一般人であっても凄まじいのだ。

それを〝黒呪竜カースドティアン〟が発揮した結果、【壊死の呪詛】よりも強力な【死滅の呪詛《カース・マルディンギン》】が、まるで黒い波濤《はとう》のように周囲に広がった。

それは残り僅かな命を燃やし尽くすような勢いだったそうだ。

死に近づくほどに濃度と威力が増す【死滅の呪詛】によって白福樹は枯れ、満ちていた正のエネルギーは削られて、白福樹の森全体が目に見える速度で侵食されていった。

当初は白福樹に地の利があったが、意思を持って動く〝黒呪竜カースドティアン〟の方が次第に優勢となっていったそうだ。

もちろん、そんな状況を放置すればどうなるか分かったものではなかったので、管理していた少数部族をはじめ、その恩恵を受けていた《白樹商会》も、できる限り集めた武力で排除を試みた。

破格の契約料で多数の傭兵を雇い、【呪詛】に対抗する【破魔《はま》】などの効果を持つマジックアイテムを用意し、大抵の敵であれば十分に討伐できるだけの勢力であったらしい。

だがその半数は〝黒呪竜カースドティアン〟に貪《むさぼ》り食《く》われ、討伐するどころか逆に命の猶予を伸ばす餌になっただけだった。

それでも最後には、少数部族の長が〝黒呪竜カースドティアン〟の首を切り落として討伐する事はできたが、後に残ったのは凄惨な結末だった。

無数の武器によって貫かれて地に縫い付けられた〝黒呪竜カースドティアン〟の骸は、現在も続く土地を蝕む【呪詛】の発生源として残り。

かつては美しかった白福樹の森は濃厚な【死滅の呪詛】と竜骸《りゅうがい》から滲み出る【呪詛】によって土地ごと汚染され、周囲の【呪詛】を吸っては濃縮し新しい【呪詛】を生み出す黒呪樹《くろじゅじゅ》に【零落変質】してしまい。

少数部族はより数を減らして住処を失い、《白樹商会》は金銭や利権など様々なモノを失った。

事態を改善しようと動いたものの、関係者全員がほぼ不幸な結末になった訳だが、ともかくそうして出来上がったのが【呪詛竜骸の黒森】だった。

幸いな事に【呪詛】は森から漏れ出てはこないが、その内部は【呪詛】によって発生したモンスターや、適応したモンスターが暮らす魔境である。

実際、森に挑戦してすぐに襲い掛かってきたモンスターの質は、他よりも圧倒的に高かった。

小さな竜の頭部と鋭い鉤爪を持ち、鋭い牙で獲物を物理的に喰らうだけでなく負のエネルギーを注入して魂まで呪い殺す、半透明の浮遊する〝呪竜悪霊《カースレックス・ゴースト》〟。

黒呪樹の枝が三メートルほどのリザードマンの骨格を形成し、呪われた黒呪樹製武器を手に襲い掛かってくる〝呪竜樹兵《カースレックス・フォレストトゥース》〟。

【呪詛】を栄養にして成長し寄生主にエネルギーを還元する特殊キノコを、背中の甲羅に大量に生やして共生する肉食の陸亀〝マシュルトル・トータス〟。

黒呪樹の樹液を吸い取り、濃縮した【呪詛】を鱗粉に乗せて撒き散らす、暗い森に紛れるよう全体が黒く禍々しい巨大蝶〝カースティアン・クロアゲハ〟。

獲物を凝視する事で効率よく【呪詛】や【麻痺】などを発生させる【呪詛眼《カースアイ》】を使い、影から影へとうろちょろ飛行する羽付き目玉の大群〝カースアイ・レギオン〟。

この他にも様々なモンスターが多数生息している。

ここには物理的な面で厄介な能力を持つモンスターだけでなく、【呪詛】を筆頭に面倒な【状態異常】を引き起こさせるモンスターが多い。

そもそも黒呪樹の悪影響により環境そのものが外部の者には厳しく、腕利《うでき》きであっても対策を怠《おこた》れば一時間も活動できないだろう。

しかし逆に、対策さえ万全ならその難度は大きく下がるという事でもあった。

俺はそもそも【呪詛】などに対してかなり強い。

背中の黒焔光背が害になるモノを消し飛ばしている感覚があるし、これまでの実戦経験に加えてアレコレ自分で試した結果、深刻な【状態異常】になる事はなかった。

だから入念な対策が必要だったのは蟻人少年と三人娘達であり、ここ専用の対策を複数用意した。

その一つが、それぞれの全身を保護する甲冑型ゴーレムアーマーの改造だ。

それぞれの体形に合わせた甲冑型ゴーレムアーマーは、蟻人少年と三人娘が自作したもので、四人のデザインセンスが強く反映されている。

蟻人少年のモノは魔法金属製の装甲が分厚く、まさに勇ましく戦う質実剛健な騎士という感じのデザインだ。これは市販品の鎧としても普通にありそうである。

それに対して三人娘は、まるでドレスのように可愛らしかったり、身体のスタイルがよく分かる女性的なモノだったり、花飾りなど特殊なデコレーションがされていたりと幅広い。

他では滅多に見ない代物に仕上がっているが、これはこれで欲しいと思う者もいるかもしれない。

次の新商品として考えるのもいいが、それはさて置き。

そんなゴーレムアーマーには、共通して全身のアチコチに黒水晶のような宝石部品が組み込まれている。

黒水晶のような宝石部品は俺のアビリティ【宝王《ほうおう》の祭壇】によって製造した代物で、【呪詛】などを吸収して魔力に変換し、装着者に還元する能力を持っている。

この効果で、蟻人少年と三人娘は自身から二メートル程度の範囲に入ってくる【呪詛】を、自分達の外部魔力源にする事ができるようになった。

他では使い難いが、ここではこの方が有用だろう。

この黒水晶だけでも対策として十分ではあるが、保険として身に着ける系のマジックアイテムも当然着ている。ゴーレムアーマーの守りを抜けても、これなら一安心だ。少なくとも逃げる程度の時間は稼げるだろう。

それでも不慮の事故などで【呪詛】に蝕まれた場合も考えて、各自の判断で服用できる専用の魔法薬を配布した。背中に増設したバックパックにはサバイバルグッズなども搭載しているので、万が一逸《はぐ》れて単独行動する事になってしまっても暫くは生存できる。

まあ、魔法薬やサバイバルグッズについては使う事になった時点で死を覚悟した方がいいので、使わないようにするのが前提であるが。

そうしてできる限り対策した後は、普段通りに実戦を繰り返すだけだ。

最初は可視化されるほど濃い【呪詛】に戦々恐々だった蟻人少年と三人娘だが、黒水晶によって吸収されてどんどん供給される豊富な魔力には驚きつつも喜んだ。

そして、普段は考えて使う必要がある魔力量を気にしなくて良くなったからだろう。

豊富な魔力量の扱い方を戦いながら学習していった蟻人少年と三人娘は、魔力を派手に消費する戦闘方法に自然と切り替わっていった。

たとえば、周囲の土などを素材にしたインスタントゴーレムに魔力を過剰に供給し、モンスターに特攻させて【自爆《カミカゼ》】させる。爆発力自体はそこまで高くなく、モンスターを殺せるほどではないが、それを無数に繰り返せば弱体化させる事は容易だ。

他にも、無駄に頑丈にしたインスタントゴーレムを相手に纏わりつかせて枷《かせ》にしたり、関節を固めて動きを阻害したりなど、色々と工夫している。

試行錯誤を繰り返しつつ、柔軟な発想でどんどん新しいインスタントゴーレムを生み出していく四人の様子を少し離れた場所から見守りながら、俺自身も肉弾戦でモンスターを倒していった。

個人的には、武器を粉砕した〝呪竜樹兵〟は肉弾戦が楽しめたし、〝マシュルトル・トータス〟の硬い甲羅は殴り甲斐があって良かった。

そうして暫く探索を続けていると、どこからか戦闘音が聞こえてきた。

最初は小さかったそれは、どうやら音源自体が俺達の方にやってきているらしく、激しさを増しながら大きくなってくる。

また、頭上を覆う黒呪樹によって太陽光を遮られ、不気味な【呪詛】で満ちる【呪詛竜骸の黒森】は非常に薄暗い。

【呪詛】が濃いとまるで月の出ていない夜のような場所もあるのだが、そんな中に煌めく白い光があった。

その白い光が闇の中で儚《はかな》くも美しく輝き、縦横無尽に動く度に激しい戦闘音が響いた。

どうやら白い光は何かしらの攻撃のようだ。それが一体何なのか気になった俺は、蟻人少年と三人娘をその場に残して防御陣形を構築させつつ、単独で静かに向かってみる。

そして白い光が灯る場所では、一人の戦士が戦っていた。

身の丈は二メートルもあり、遠目でも分かるほど筋骨隆々で、白い鹿を連想させるデザインの全身鎧を装備した戦士。

得物の槍は驚く事に白い木製で金属製の刃などはついていないようだが、その刃先に宿る白い光が何かしらの攻撃力を持っているのだろう。巧みに操り、近づくモンスターをまるで獣のように荒々しく力強い動きでバッタバッタとなぎ倒している。

その姿は勇ましく、周囲を圧倒していたが、戦士はどこか焦っている様子だった。

暫く観察してみると、どうやら白い光が誘蛾灯《ゆうがとう》のようにモンスターを惹きつけてしまうらしく、戦闘に終わりが無い。

次から次へと現れて途切れないモンスターの大群に戦士は徐々に押され始めたが、同じ槍を得物にする者としてどことなく親近感を持った事もあって、ひと声かけてみた。

『助けは必要か』と。

声に驚いたのか僅かな沈黙の後に返ってきた答えは、『あるなら有難《ありがた》い』だった。

だから黒焔光背から〝黒焔鬼獣〟を無数に生み出し、周囲のモンスターを濃密な周囲の【呪詛】ごと火葬した。

ついでに、成長してほしいので【火葬百足大帝剣】に炭化した残骸を喰わせつつ、戦士と対面する。

戦士は俺の姿に驚いたような雰囲気を出した後、鹿の角のような立派な装飾の付いた頭部防具を脱ぎ、その顔を見せた。

戦士は精悍《せいかん》な顔つきをした、美しい女性だった。

《百四十七日目》／《二■四■七■目》

昨日の獣鎧女戦士との出会いの後も、俺達はモンスターとの実戦を繰り返したが、より危険度が増す夜になる前に【呪詛竜骸の黒森】を出た。

そして寡黙《かもく》な、というよりかは口下手な獣鎧女戦士が頑張って『礼がしたい』と絞り出したので、素直に家に招かれた。

そこは、遊牧民が持つ移動式住居のようなテントが十数個ほど設置された、小さな集落だった。

【呪詛竜骸の黒森】から少しだけ離れた場所を大雑把に切り開いたらしく、切株の表面はまだ新しく、下草がチラホラ残っている。この辺りの植物の成長は早いので詳しい事はハッキリとしないが、恐らくまだひと月も経っていないだろう。

実際、ここに獣鎧女戦士達が来てからまだ日は浅そうだ。

どんな事情があるのだろうかと思っていると、獣鎧女戦士はまず集落の指導者がいるというテントに案内してくれた。

獣鎧女戦士は口下手なので、詳しい説明は集落の指導者がしてくれるのだと思ってテントに入る。

何かのお香《こう》が焚かれているらしいそこには皺くちゃの小さな婆さんがいて、その姿はまるで呪術師のようだった。

何かしらの意味を持つのだろうアクセサリーを全身に纏い、白く濁《にご》った瞳はここではない何処かを見ているようだ。

そんな少し不気味な見た目に反して性格は優しいらしく、俺とまだ幼さの残る蟻人少年と三人娘を見ると、すぐに歓迎の宴を開いてくれた。

普段は飲まないという特殊な自家製酒を出してくれただけでも個人的な好感度は上がったのだが、それに加えて出された乾燥肉や豊富な森の素材を使った料理が想像以上に美味しかった。

思わぬ民族料理を楽しんでいると、世間話の一環で指導者の婆さんが獣鎧女戦士達の境遇を語ってくれる。

話によれば、獣鎧女戦士達はかつて白福樹の森を聖地として崇め、管理していた少数部族の末裔らしい。

〝黒呪竜カースドティアン〟を当時の長が殺したものの、森が【呪詛】で汚染された事に加え、数を大きく減らして戦力が低下した結果、一カ所に定住する事が困難になったらしい。

本来なら、そのまま何処かの都市にでも移住すれば良かったのだろう。散々な結末を迎えたとはいえ、当時繋がりのあった《白樹商会》も誘ってくれてはいたそうだ。

数は減っても個々の戦闘力の高さは変わりないし、植物に対する優れた能力を持っていたのだから、《白樹商会》としては身内にいてもらった方がいいと判断したのだろうか。

しかし美しかった白福樹の森を取り戻したかった少数部族は、それを感謝しつつも固辞し、独自の道を選んだ。

僅かに持ち出せた白福樹の苗を成長させ、数を増やして武具や道具を作り、いつか【呪詛竜骸の黒森】をかつての状態に戻す為の行動を始めたのだ。

それが現在にまで受け継がれているらしく、婆さん達は今も各地で白福樹を植えて数を増やしつつ、【呪詛竜骸の黒森】の探索を続けているという。

何も知らない者に伐採されてしまう事もあるようだが、当時と比べれば白福樹の数はやや回復しているのだとか。

なるほどなぁ、と話を聞いていると、同席していた獣鎧女戦士が『オババ、見つけたよ』と話に口を挟んだ。

それに婆さんが非常に驚いた後、まくし立てるようにして詳しい事情を問い詰め始めた。

漏れ聞こえる話を纏めると、どうやら少数部族が長年探していた竜骸を見つけたらしい。

元々〝黒呪竜カースドティアン〟の竜骸は、【呪詛】の発生源として知られていた。

高値で売れる資源でもある竜骸は、討伐時に回収したかった素材の一つであったが、竜骸から溢れる【呪詛】のせいで断念せざるを得ず放置された、という事情がある。

白福樹の森を取り戻す為には、土地からこの竜骸を排除した方が良いのは間違いないし、むしろ竜骸を使ってとある【祈祷呪術《きとうじゅじゅつ》】を完成させる事が最も近道になる、と婆さんが興奮気味に言っていた。

【祈祷呪術】の詳細までは分からなかったが、そういった理由で彼らは竜骸の探索を長年続けており、今回ついにその在処を獣鎧女戦士が発見した、という事らしい。

ただ大きな問題があり、竜骸の近くには他と比べものにならないほど強い【呪詛】が溜まっているそうだ。

選別された白福樹で造られた、【呪詛】を退《しりぞ》ける白樹槍に、とある【大神】の【神獣】を模して【加護】を宿した鹿獣鎧を身に着け。そして部族長の直系でありつつ歴代でも一、二を争う身体能力を持つ獣鎧女戦士を以てしても、それを突破する事は非常に困難らしい。

『だから手助けが欲しい』と、獣鎧女戦士は小さくも力強い意志を込めて言った後、ジッと俺を見つめてきた。

どうやら黒焔光背の能力で【呪詛】を焼き払った事、それから暫くモンスターとの戦闘を観察していた事から、俺が攻略の大きな手助けになるのを期待していたそうだ。

何とも出来すぎたタイミングではあるが、個人的にも竜骸には興味があった。

レア素材としても見過ごせないし、何より熟成された味がとても気になる。他では入手する手段も想像できない食材で、それを手にするチャンスが転がっているのなら、拾うのは当然の事ではないだろうか。

『力が必要なら手を貸す』と伝えると、婆さんは驚いた表情を浮かべつつニヤリと笑った。

そして、竜骸の頭部など少数部族の目的を達成する為に最低限必要な部分は譲れないが、選別した後に残る不要な部分は全て譲る、それでも報酬として足りないのならこれまで大切に保管されてきた部族の宝であるマジックアイテムの数々を報酬にする、とまで言ってくれた。

というわけで、俺達は今日も元気に【呪詛竜骸の黒森】の中を進んでいた。

俺と蟻人少年と三人娘に、完全武装の獣鎧女戦士、それに近い能力があるという二人の獣鎧男戦士から成る八名体制だ。

二人の獣鎧男戦士はそれぞれ熊と狼を模した獣鎧を装備し、斧と双剣という白福樹の武器を持っている。どちらも歴戦の猛者らしく、半端なモンスターなら群れでも軽く殲滅できる実力者だ。

獣鎧男戦士達は当初、俺達に対して強い不信感の籠る視線を向けていたものの、何度かモンスターとの戦闘を繰り返した後は態度がガラリと変わった。

少数部族において実力者は敬われる傾向が強い為、俺の事を上位者として認識したのだろう。

性格も率直かつ素朴《そぼく》らしく、一度打ち解ければかなり気さくに話しかけられ、頼りにされているのを感じる。それにどうやら家族持ちらしく、まだ幼さの残る三人娘の事は特に気にかけてくれる気のいい奴らだ。

パーティの雰囲気は悪くなく、会話を交わしながら順調に進んでいく。

避けられない戦いはあれど、獣鎧女戦士に案内されて進む事、はや数時間。

密度の高い黒呪樹のせいで太陽は完全に隠れ、用意した明かりが無ければ一寸先も見る事ができないような闇に包まれた場所にやってきた。

明らかに他とは格が違う密度の【呪詛】に、この森に慣れているはずの獣鎧男戦士達すら体調が優れないようだ。

とりあえず黒水晶の宝石部品を作り、簡易的なネックレスにして渡したが、それだけでも効果は覿面《てきめん》だった。獣鎧女戦士がとても素直に喜びながら欲しいと言ったので、そのまま返却不要のプレゼントにした。

尚も先に進むと、そこからは出現するモンスターの質が明らかに高くなった。それに数も多く、素早く終わらせないと後続が途絶えない密度は中々に厄介である。

それでも連携して戦いながら極力消耗を抑えて進んでいくが、流石に蟻人少年と三人娘には早すぎる場所だったらしい。

肉体面もそうだが、特に精神面での疲労が蓄積し、反応が遅れ出したのだ。

もう少し行けるかとも思ったが、どうやらここまでらしい。

仕方ないので、装甲多めで防御力の高い多脚戦車型ゴーレムを製造し、その上での固定砲台役に担当を変更する。これなら予想外の事故を防げるから、俺達大人組でカバーすれば十分だろう。

その後もアレコレとありつつも、俺達は無事に竜骸の所にまでやってきた。

かつて一匹の竜が落ちて出来た大きなクレーター。

そこは現在、地面そのものが腐ったような不気味な場所であり、土の色は黒紫色に変色し、グチャグチャと泥のようにぬかるんでいる。

そのクレーター内を満たすように高密度の【呪詛】が沈殿し、まるで黒い池のようにも見える。

そして中心には一本の大きな黒呪樹と絡まるような状態の黒骨の竜骸が鎮座し、その近くには切り落とされた竜頭骨が残っている。

俺達は竜骸を回収したいのだが、一見するだけでもそれが一筋縄ではいかない事が想像できた。

もし獣鎧女戦士達だけだったら、空間を満たす濃密な【呪詛】を掻き分けて近づき、大きな黒呪樹を伐採して竜骸を外し、収納系マジックアイテムに納めるしか方法はない。

しかし何が起こるか分からない【呪詛】の空間を進むだけでも命がけで、成功する可能性は低いだろう。

それに加えて地面自体が【呪詛】に侵されているし、明らかに異様な黒呪樹があるのだ。手を出せば絶対に何かがあると、見ただけでも分かるような状態だった。これなら確かに、獣鎧女戦士が場所を確認するだけで即座に撤退した理由がよく分かる。

そして、だからこそ何とかできそうな俺に助けを求めたのだろう。

背後に控える獣鎧女戦士が、期待に満ちた視線を向けてきているのを背中で感じた。

それに応えるべく、俺は最善だろう手段を選択した。

つまり、竜骸までの【呪詛】の空間を、黒焔光背の力で焼き払う事。力業《ちからわざ》のごり押しだ。

竜骸を焼いてはならないという制約はあるが、それくらいはどうにでもなる。

まるで火山の噴火のように、轟《ごう》、と空間を黒焔が薙ぎ払う。

竜骸から遠い場所は地面ごと焼き尽くすように大雑把に、竜骸に近い場所は黒焔を纏わせた【炎葬百足大帝剣】を使って焼き払う。

黒焔が【呪詛】ごと黒紫色の地面を焼くと、すぐに断末魔が響き、地面から黒骨で出来た手や頭部が這い出したが、這い出した順に灰になっていく。

実体のない悪霊なども多く湧き上がったが、それも結果は同じだ。痕跡すら残さず焼失していった。

もしクレーター内に足を踏み入れていたら、その瞬間に地面から湧き出す万を超えるモンスターの大群を相手にする必要があったらしい。

それを知って獣鎧女戦士の顔が青ざめているが、それはさて置き。

粗方《あらかた》浄化した後は、まだ熱の残るクレーターへ下り、中心でいい感じに焙《あぶ》られた竜骸まで迫る。

後は回収したら終わり、というところで、竜骸が動き始めた。

どうやら長年【呪詛】の源泉となり、土地の魔力を吸っていた黒呪樹と一体化した竜骸は、新しいモンスターとなっていたらしい。

鑑定によれば、〝カースフェレスティア・スカルデッドドラゴン〟。

肉を失って黒い骨となった竜骸と、土地に根を張る黒呪樹が樹肉して混ざり合った【死竜樹の呪詛《カース・フェレスティア》】とか何とからしいが、その対処は簡単だった。

既に黒焔で周囲を焼かれ、非常に弱体化していた樹竜骸に対し、黒焔を宿した機械腕の鉄槌を叩

き込む。それだけ。

今も【シャトーブリリアン・ミート】によって筋肉が成長中である俺の一撃を、カルシウムの不足したスカスカの黒骨と鍛錬不足な貧弱な樹肉に耐えられる道理はない。

　キレてるキレてる！　今の俺の筋肉には阿修羅《あしゅら》が宿ってる！

《百四十八日目》／《二■四■八■目》

【呪詛竜骸の黒森】の中心で長年眠り、黒呪樹と混ざる事で新しいモンスターと成っていた樹竜骸〝カースフェレスティア・スカルデッドドラゴン〟。

その頭部と脊髄などの竜骨の一部、それから脊髄に根付いていた黒呪樹核などが、少数部族の集落の中心に急遽用意された祭壇に祭られている。そして、着飾った族長の婆さんを筆頭とした呪術師めいた服装の老若男女達によって、盛大に【祈祷呪術】の儀式が行われている。

周囲では白福樹から作られた儀式香が惜しげもなく焚き上げられ、まるで竜頭骨達を燻製にするような勢いだ。

濛々《もうもう》と立ち上る白煙の中で、竜頭骨達に深く染み込んでいる【呪詛】が徐々に溶け、空へと昇っているのが何となく分かる。

今は竜頭骨達に残る【呪詛】を抜く段階で、【祈祷呪術】の儀式はこれから数日続くらしい。

色々と複雑な工程を経て、最終的には【呪詛】を生み出していた竜頭骨を【祝福《ギフト》】を与える竜頭骨に変化させ、土地を染めている【呪詛】を根本から変えるのだとか。

白福樹の森に還るまではまだまだ長い道のりが続くが、これまでの停滞していた状況と比べれば一変したのは間違いない。

どこか閉塞感や疲弊感があった少数部族の者達の顔には笑顔が溢れ、部族の悲願がもう少しで達成できそうだ、という希望から生まれる活気に満ちている。

俺達が最後まで見届ける事はできないが、儀式の開始前に、婆さんから約束の報酬である不要な部分の樹竜骸を貰っている。

秘蔵のマジックアイテムはこれから必要になりそうだったので遠慮し、その代わりに美味かった自家製酒を頂いた。

獣鎧女戦士らから厚く礼をされ、歓迎の宴ももう一度開いてもらった後は、名残惜しさがありながらも別れる事になった。

機会があればまた来て、その時【呪詛竜骸の黒森】がどうなっているのか見てみるのもいいだろう。

たとえ儀式が成功しても、即座に【呪詛竜骸の黒森】が無くなる訳ではないらしいので、環境が変化したら回収しにくくなりそうな素材を多めに回収しておく必要もありそうだし。それにそうなったら、逆に今は採取できない新素材なども手にしたいものである。

別れ際に獣鎧女戦士からハグされたが、俺達の体格差では豊満な胸筋に顔が埋もれた。

それにどこか後ろめたさを抱きつつ、笑顔で別れた。

《百四十九日目》／《二[redacted]四[redacted]九[redacted]目》

流石に寄り道が多すぎたので、戻ってきた《自由商都セクトリアード》の屋敷で色々と溜まっていた作業を急ピッチで進めていく。

肉袋青年には元々これからの予定を大雑把に伝えていたし、ゴーレム関連の事業に関しても、短期集中育成した事で能力が非常に向上した蟻人少年と三人娘達に任せられる段階にある。

俺がやるのは大きな事案の決定と、大雑把な方針の告知。それから俺にしかできないような事だけだ。

肉袋青年に丸投げしてもどうにかなるようになったので、こういう部分で色々と成長を感じられる。

もっと無茶振りしていくのがいいかなとも思う。

そんな感じでできる事はさっさと終わらせて、飯を喰って寝た。

《百五十日目》／《二■五■日目》

昨日の間にやるべき事は済ませたので、今日はさっさと出発するだけだ。

やり残した事が無いかを確認し、皆で集まって溜めていた食材の一部をふんだんに使った美味い朝食を喰った後、黒焔狼に乗って《自由商都セクトリアード》を発つ。

飛ぶように街道を疾走し、幾つもの隊商や集団を追い抜いた。

以前よりも更に走行速度が向上した黒焔狼の背中の上で、俺は今後の予定を確認していく。

今回の目的地は、七体存在する【エリアレイドボス】の一体であり、七体の中でも最も強い個体――古代極幻造泥命帝王〝ディアルマティアス〟。

その縄張りである、暗黒大陸中央に広がる《大泥濘幻想領域・クレイタリア》だ。

これまで以上に過酷な場所であるが、苦労した分だけ喰う飯は美味くなるものだ。想像するだけで涎が垂れそうになる。

アレコレ考えながら街道を進んでいくと、一つの大きな分かれ道に着いた。

左の道は街道そのものがよく整備されていて、ルート上に存在する危険地帯の危険度が低く、幾つもの村や都市を経由していける、交通量の多い主要な街道だ。

基本的には《自由商都セクトリアード》を出発した者や、逆に向かっていく隊商などが通る事になる。交通量が多いだけに見回りをする警備兵も多く、街道自体も何かしらの不具合があればすぐに補修されるようになっている。

それに対して右の街道は荒れていた。

整備されていないのか地面が大きく凸凹《でこぼこ》していて見るからに荷馬車などでは進みにくそうだし、街道が伸びる先には鬱蒼と森が生い茂り、高い山々が幾つも連なっている。

かつて右の街道は《自由商都セクトリアード》からとある大都市に最短で繋がる街道として使われていたが、道中にある危険地帯の主《ぬし》が変わってから危険度が大きく増加。その影響で交通量が激減し、廃《すた》れてしまっていた。

現在では遠回りでも快適な左の街道を進む者が大半であるが、そんな廃れた右の街道を、俺と黒焔狼は進んでいく。

それを物珍しげに見てくる隊商の視線を受けつつ進んでいくと、すぐに元の街道は見えなくなった。

更に進んでいくと、鬱蒼と生い茂る森の手前から、街道の状態が大きく変わっていった。

凸凹だらけだった荒れた街道から一変し、ツルリと整備された街道に変わる。俺が乗っているのは荒れ地でも問題なく走れる黒焔狼だが、整備された街道を進むのは心なしか快適そうだ。

そして街道は、徐々に地面から上に向かって伸び始めた。

イメージとしては、森の中を通る高速道路だろうか。

一定間隔で立つ太い柱の上に通った真新しい街道は、周囲の樹木の天辺と同じくらいの高さまで達している。

まるで樹海の上を通るようなこの道は、俺達が進めていた街道整備計画の一環で新しく造った街道だった。

便利だが何かしらの事情を持つ街道を、密かに整備して使用する。

それが街道整備計画の目的の一つであり、その成果の一つが、この快速で快適に危険地帯を進める新街道である。

元々の街道は新街道の下に伸びているが、もはやほぼ森に呑まれた獣道《けものみち》となっていた。

そこを新しく切り開いたら縄張りにしているモンスターを刺激する事になるし、四方八方から攻めてくるかもしれない多数のモンスターを相手にするのは手間だ。

それなら街道自体を底上げし、高速道路のように木々と同じくらいの高さを進めばいい。

そんな発想で実際に完成した新街道だが、その大半は新街道専用に製造したゴーレム達だ。

太い無数の柱ゴーレムをメインに、新街道まで登ってくるモンスターを排除する整備ゴーレムや、新街道が壊れたら貯蔵した素材でメンテナンスする補修ゴーレムなどが組み合わさったモノで、非常に大規模な事になっている。

大型モンスターに壊される可能性も高いので、簡単に修復できるようにアレコレ仕組んだ自信作であるが、こうして自分で通ってみると新街道の完成度には満足できるものがあった。

関係者以外には秘匿されたこの街道は、暫くは俺達が独占して使う事になる。

その点検も兼ねている道中は順調で、目的地には短時間でグッと近づけた。

まさか一日で難所の大半を踏破できるとは、これまで進めてきた街道整備計画が順調に成功しそうで満足である。

ともあれ、もう少しで出会えるだろう〝ディアルマティアス〟に対して、俺の胸はドキドキと高鳴っている。

野営中、朱槍の手入れをしつつ、昨日手に入れた樹竜骨《じゅりゅうこつ》をポリポリと噛んで食欲を紛らわす。

ジックリと熟成された樹竜骨は噛めば噛むほど旨味が溢れ、一本噛み始めたら中々止まれなかった。

うーん、〝カースフェレスティア・スカルデッドドラゴン〟は狩っておいて正解だったな。貰った自家製酒との相性もいいので、今日の晩餐《ばんさん》はこれで決まりだ。

主な登場人物 Main Characters

チャボマル
《赤蝕山脈》にて採掘された
卵から孵化した鳥。
本来の姿とは違うらしいが……？
種族 宝石鳥《ジェムトリス》

伴杭彼方《ともくいかなた》
エリアレイドボス“ヒストクロック”
を討伐した結果、【存在改定《リメイク》】を
経て更なる力を得た姿。
灰銀狼をその身に取り込んでいる。
種族 黒焔領中鬼大王《アルチャータ・ゴブリングレートキング》・堕天隗定種《リスタリオリシーズ》

装丁イラストラフ（プランB）
Illustration by NAJI柳田

異世界下克上サバイバルファンタジー

前世で不運な死を遂げ、ふと目覚めると最弱ゴブリンに転生していたゴブ朗。しかし、喰えば喰うほど強くなる【吸喰能力《アブソープション》】で異常な「進化」を遂げ、あっという間に群れのトップに君臨してしまい…!? 強力無比な怪物だらけの異世界で、壮絶な下剋上サバイバルが始まる!!

◉B6判 ◉各定価:748円(10%税込)

無料で読み放題
今すぐアクセス!
アルファポリスWebマンガ

風波しのぎ
Kazanami Shinogi
シリーズ累計
270万部!
(電子含む)
THE NEW GATE
ザ・ニュー・ゲート
01~22
TVアニメ
2024年4月13日より放送開始!
(TOKYO MX・MBS・BS11ほか)
コミックス
1~14巻
好評発売中!
風波しのぎ
THE NEW GATE
ザ・ニュー・ゲート
01.終わりと始まり
絶対覇者《ハイヒューマン》
無双バトル
デスゲームと化したVRMMO-RPG「THE NEW GATE」は、最強プレイヤー・シンの活躍により解放のときを迎えようとしていた。しかし、最後のモンスターを討った直後、シンは現実と化した500年後のゲーム世界へ飛ばされてしまう。デスゲームから"リアル異世界"へ——伝説の剣士となった青年が、再び戦場に舞い降りる!
漫画:三輪ヨシユキ
各定価:748円(10%税込)
THE NEW GATE
ザ・ニュー・ゲート
1
デスゲームから500年後のゲーム異世界へ
絶対覇者降臨
新たなる無双伝説開幕!!
シリーズ累計15万部!
大人気ファンタジー待望のコミカライズ!
各定価:1320円(10%税込)
1~22巻好評発売中!
illustration:魔界の住民(1~9巻)
KeG(10~11巻)
晩杯あきら(12巻~)
アルファポリスHPにて大好評連載中
アルファポリス 漫画
検索

最強最古の神竜は、辺境の村人ドランとして生まれ変わった。質素だが温かい辺境生活を送るうちに、彼の心は喜びで満たされていく。そんなある日、付近の森に、屈強な魔界の軍勢が現れた。故郷の村を守るため、ドランはついに秘めたる竜種の魔力を解放する!

1~24巻 好評発売中!

各定価:1320円(10%税込) illustration:市丸きすけ

漫画:くろの B6判
各定価:748円(10%税込)

月が導く異世界道中
Tsukiga Michibiku Isekai Dochu
あずみ圭
Azumi Kei
1~19
8.5
シリーズ累計360万部の超人気作!(電子含む)
TVアニメ第2期
2024年1月8日から 2クール 放送開始!
TOKYO MX・MBS・BS日テレほか
月が導く異世界道中
あずみ圭
薄幸系男子の成り上がりファンタジー、開幕!
なんでだろう親の都合で異世界へ
読者賞受賞作!
待望の書籍化!
異世界へと召喚された平凡な高校生、深澄真。彼は女神に「顔が不細工」と罵られ、問答無用で最果ての荒野に飛ばされてしまう。人の温もりを求めて彷徨う真だが、仲間になった美女達は、元竜と元蜘蛛!? とことん不運、されどチートな真の異世界珍道中が始まった!
2期までに原作シリーズもチェック!
●各定価:1320円(10%税込)
●illustration:マツモトミツアキ
1~19巻好評発売中!!
月が導く異世界道中
1
あずみ圭
木野コトラ
とことん不運、されどチート!!
シリーズ累計29万部
漫画:木野コトラ
●各定価:748円(10%税込)●B6判
コミックス1~13巻好評発売中!

子育てしながら冒険者します
異世界ゆるり紀行
1~15
水無月静琉
Minazuki Shizuru
シリーズ累計110万部（電子含む）突破!!
2024年7月
TVアニメ
放送開始!!
（テレ東・BSテレ東ほか）
1~15巻
好評発売中!
コミックス
1~8巻
好評発売中!
子連れ冒険者ののんびりファンタジー!
神様のミスで命を落とし、転生した茅野巧。様々なスキルを授かり異世界に送られると、そこは魔物が蠢く森の中だった。タクミはその森で双子と思しき幼い男女の子供を発見し、アレン、エレナと名づけて保護する。アレンとエレナの成長を見守りながらの、のんびり冒険者生活がスタートする!
異世界ゆるり紀行 子育てしながら冒険者します
水無月静琉
転生したら、双子を保護しました。
子連れ冒険者の異世界のんびりファンタジー!
異世界ゆるり紀行 子育てしながら冒険者します
水無月静琉
みずなともみ
1
転生したら、幼い双子を保護しました。
シリーズ累計15万部!!
◉各定価：1320円（10%税込）
◉Illustration：やまかわ
◉漫画：みずなともみ B6判
◉各定価：748円（10%税込）

どん底から脱却
してみせます!

父の亡き後、貧乏貴族ダーヴィッツ家の当主となった三男のフローラル。彼が窮状を脱するために考えたのは、貯めてきたお小遣いと、得意な回復魔法を使ったお粗末な金策一つのみ。箱入り息子の考案した金策なんて上手くいくはずもなく……と思いきや、治療した少女達が超優秀で、期待以上の大成功!?　仲間もお金も増えたフローラルは、次々と新たな金策に取り組み始める——夢は大きく、不労所得でウハウハ生活!

◉定価:1320円(10%税込)　◉ISBN 978-4-434-33598-3　◉illustration: つなかわ

この作品に対する皆様のご意見・ご感想をお待ちしております。

おハガキ・お手紙は以下の宛先にお送りください。

【宛先】

〒150-6019 東京都渋谷区恵比寿 4-20-3 恵比寿ｶﾞｰﾃﾞﾝﾌﾟﾚｲｽﾀﾜｰ 19F
（株）アルファポリス　書籍感想係

メールフォームでのご意見・ご感想は右のＱＲコードから、
あるいは以下のワードで検索をかけてください。

アルファポリス　書籍の感想　検索

ご感想はこちらから

本書は Web サイト「アルファポリス」（https://www.alphapolis.co.jp/）に投稿されたものを、
改稿、加筆のうえ、書籍化したものです。

Re:Monster（リ・モンスター）　暗黒大陸編《あんこくたいりくへん》　4

金斬児狐（かねきるこぎつね）

2024年　3月　31日初版発行

編集－宮坂剛
編集長－太田鉄平
発行者－梶本雄介
発行所－株式会社アルファポリス
〒150-6019 東京都渋谷区恵比寿4-20-3 恵比寿ｶﾞｰﾃﾞﾝﾌﾟﾚｲｽﾀﾜｰ19F
TEL 03-6277-1601（営業）　03-6277-1602（編集）
URL https://www.alphapolis.co.jp/
発売元－株式会社星雲社（共同出版社・流通責任出版社）
〒112-0005東京都文京区水道1-3-30
TEL 03-3868-3275
装丁・本文イラスト－NAJI柳田
装丁デザイン－ansyyqdesign
印刷－中央精版印刷株式会社

価格はカバーに表示されてあります。

落丁乱丁の場合はアルファポリスまでご連絡ください。

送料は小社負担でお取り替えします。

©Kogitsune Kanekiru 2024.Printed in Japan
ISBN978-4-434-30333-3 C0093